K.B012112

신장기룡

최약금무패의

바하무트

세리스가 동요했는지,
난처한 듯 몸을 떨었다.

"이것이 『강철의 마녀』의—."

"회개하지 않을 숙세(宿世)의 용이여
《고리니시체》."

CONTENTS

UNDEFEATED
BAHAMUT
CHRONICLE

신장기룡

바하무트

최약무패의

아카츠키 센리 지음
카스가 아유무 일러스트
원성민 옮김

Character

룩스 아카디아

멸망한 아카디아 제국의 왕자.
『무패의 최약』이라고 불리는 기룡사.

리즈샤르테 아티스마타

아티스마타 신왕국의 왕녀. 붉은 전희(戰姬)라고 불린다.
신장기룡《티아마트》의 파일럿.

피르히 아인그람

아인그람 재벌의 차녀. 룩스의 소꿉친구이며 학원장의 여동생.
신장기룡《티폰》의 파일럿.

크루루시퍼 에인폴크

북쪽의 대국, 유미르 교국에서 온 유학생 클래스메이트
신장기룡《파프니르》의 파일럿.

아이리 아카디아

구제국 황족의 생존자.
1학년이며 룩스의 친여동생.

세리스티아 라르그리스

『기사단』의 기사단장인 3학년. 학원 최강이라고 불린다.
시바레스
사대귀족인 공작가 영애이며, 신장기룡《린드부름》의 파일럿.

키리히메 요루카

『제국의 흉인』이라고 불리던 암살자 소녀.
룩스를 주인으로 인정하고 섬기고 있다.
신장기룡《야토노카미》의 파일럿.

후길 아카디아

구 아카디아 제국의 제1 황자.
《창조주》측 사람으로서 다시 룩스 앞에 나타난다.

World

장갑기룡《드래곤 라이드》

유적에서 발굴된 고대병기.
그중에서도 희소종이며, 높은 성능을 보유한 것은 신장기룡이라고 부른다.
또한, 장갑기룡의 파일럿은 기룡사《드래곤 나이트》라고 부른다.

유적《루인》

전 세계에서 발견된 일곱 개의 고대유적. 장갑기룡《드래곤 라이드》이 발굴된 이후, 국력을 좌우하는 중요한 거점으로써 각국 간에 세력 다툼이 일어나고 있다.

환신수《어비스》

유적에서 나타나는 수수께끼의 환수. 인류를 위협하는 존재이며, 기룡사만이 대항할 수 있다.

종언신수《라그라뢰크》

하나의 유적에 대해 한 마리만 존재한다는 초상의 힘을 숨기고 있는 7마리의 환신수.

『검은 영웅』

정체불명의 장갑기룡《드래곤 라이드》을 사용하여 단신으로 약 1,200기에 달하는 제국 장갑기룡을 쓰러뜨렸다고 하는 전설의 영웅.

아티스마타 신왕국

리즈샤르테의 아버지인 아티스마타 백작이 아카디아 제국에 대항하여 일으킨 쿠데타가 성공하며 5년 전에 건국된 나라.

아카디아 구제국

세계의 5분의 1을 지배했던 대국. 세계최강이라고 일컬어지던 압도적인 군사력을 바탕으로 압정을 펼쳤으나, 쿠데타로 인해 멸망하였다.
룩스와 아이리는, 이 제국 황족의 생존자.

칠용기성

갈수록 늘어나는 환신수의 위협에 대항하여, 세계협정의 가맹국에서 선출한 대표 기룡사들.

Prologue — 과거의 소망

언제부터였을까.

누군가가 자신을 봐주었으면 좋겠다고 바라기 시작한 것은—.

왕후 귀족이 특권을 쥐고 남존여비 풍조와 압정을 펼치던 5년 전의 구제국.

막내인 룩스는 황위 계승권을 둔 분쟁에서 가장 먼 존재였다.

같은 황족들의 기분과 안색을 살펴야만 하는 숨 막히는 성내.

"—연말 연회 이후로 오랜만에 보는구나. 잘 지냈어? 룩스."

하지만 배다른 맏형인 후길만은 어딘지 모르게 그 안에서도 붕 떠 있었고, 연회 자리에서도 친근하게 말을 건네주었다.

일그러진 선민사상에 찌들어 침울하게 가라앉아 있던 자신—.

그런 룩스는, 처음으로 조금이나마 자신을 이해해줄 사람과 만난 것 같다고 생각했다.

†

단풍이 물들기 시작한 가을.

학원제라는 대형 이벤트가 코앞으로 다가온 이른 아침.

학원 부지 내의 연습장에서 장갑기룡 자주 훈련을 마친 룩스는 한숨을 내쉬었다.

"후우……."

학원생활에도 꽤 익숙해졌지만, 이렇게 혼자서 장갑기룡 연습을 하고 있으면 불현듯 과거의 기억— 5년간의 날품팔이 생활이 떠올랐다.

『왜 사람은 나이를 먹으면 노력을 할 수 없게 되는 걸까.』

당시에 룩스가 일을 도와주었던 대장간의 우두머리가 술집에서 들려준 이야기가 있다.

『그냥 게을러지는 탓도 있지만, 그게 다가 아니야. 사람은 노력이 어느 정도 결실을 맺으면 그 다음으로 넘어가기 어려워지지. 자기 혼자만의 생각이나 관점만으로는 따라갈 수 없는 법이거든. 누가 됐든 한 명이라도, 아는 녀석이 지금의 그 녀석을 봐주면 좋을 텐데 말이지…….』

당시의 룩스는 그렇군요, 라고 대답하며 고개를 끄덕였다.

하지만 지금은, 아무에게도 보이고 싶지 않다고 생각하며 이렇게 혼자서—

"자, 그럼……."

몸이 식기 전에 휴식을 마치고, 다시 장갑기룡을 장착한 다음 훈련을 재개했다.

실기 수업이 없는 날이면 짧은 시간이라도 기룡을 건드리는 것이 룩스의 습관이었다.

몸이 조작법을 잊을 리는 없지만, 기술의 정밀함이 떨어지는 것만 같은 기분이 드는 탓이었다.

연습을 얼추 마친 후, 마지막으로 심호흡을 한 번 하고서 장갑기룡의 조종간을 강하게 쥐었다.

모아 둔 조약돌을 공중에 집어던진 후 《바하무트》의 신장을 해방했다.

"一《폭식》." _{리로드 온 파이어}

압축, 강화— 시간의 흐름을 몇 분의 1까지 감속시키고, 그 후에 몇 배까지 초가속시키는 그 능력을 자신을 중심으로 주위 수 ml의 범위까지 확장해서 발동했다.

동시에 룩스는 자신도 기룡을 구동해서 천천히 낙하하는 조약돌을 대검으로 베었다.

자신의 움직임도 몇 분의 1까지 감속되지만, 주위의 모든 것을 확인할 수 있는 것은 장점이었다.

여러 방향에서 동시에 쏟아지는 공격에 대한 대처 및 반격을 겸한 신장의 응용.

오의라고 할 정도까지는 아니었지만, 그것에 버금가는 전력이 되는 전투 기술이었다.

"크……!"

그러나 그 도중에 룩스는 머리에서 통증을 느꼈고, 그 탓에 《폭식》이 풀려 실패했다.

역시 기본적으로 강력한 신장이다 보니 넓은 범위로 발동하는 것은 정신과 육체에 상당한 부담을 주었다.

5년 전부터 계속 시도해보았지만 좀처럼 잘 풀리지 않았다.

『앞으로 한 가지 요령만 터득한다면 그 기술을 완성할 수 있을지도 모르겠구나. 예를 들자면―.』

마지막으로 이 기술을 견학한 맏형, 후길이 그런 조언을 해 준 것은 기억하고 있었다.

그러나 그 뒤에 소꿉친구인 피르히가 잡혀간 탓에 혁명 계획을 서두르기로 한 룩스는 결국 이 기술을 완성하지 못했다.

자신을 배신한 형의 조언을 의심하여 『함정이었을지도 모른다』라고 생각하면서―.

마지막 열쇠를 손에 쥐고 있음에도 문을 열지 못한 채, 룩스는 언제나 그 문턱 앞에서 걸음을 멈추고 말았다.

하지만―.

"항상 열심히군요, 룩스."

"아……?"

장갑을 해제한 직후 들려온 목소리에 룩스는 뒤를 돌아보았다.

신체에 착 달라붙는 장갑기룡 전용 복장― 장의를 입은 금발 소녀가 올곧은 눈으로 룩스를 보고 있었다.

사대 귀족인 공작가의 영애이자, 유격 부대 『기사단』^{시바레스}의 단장인 3학년.

『칠용기성』이 된 룩스의 보좌관을 맡고 있는 세리스티아 라르그리스.

허리까지 내려오는 윤기가 흐르는 금발과 단정한 용모.

초연한 기품을 품고 있는 그 모습은 무심코 숨을 죽일 정도로 아름답다.

더욱이 그 볼록한 가슴의 부피는, 군살이라곤 없는 그녀의 몸매에는 어울리지 않다 싶을 정도로 컸으며, 장의를 입고 있으면 더욱 선정적이었다.

세리스 본인은 의식하지 못할 테지만, 일단 건강한 사춘기 소년인 룩스는 시선을 둘 곳이 마땅치 않았다.

"……아, 안녕하세요. 세리스 선배."

지금은 친하게 지내는 연상의 소녀에게, 룩스는 어색하게 인사했다.

그녀의 존재를 눈치채지 못할 정도로 연습에 몰두하고 있었다는 것과, 그녀의 모습을 넋 놓고 보고 말았다는 사실이 쑥스러워서 자기도 모르게 눈을 돌리고 말았다.

"말을 늦게 걸어서 미안해요. 연습 중이라는 건 조금 전에 눈치챘지만, 룩스를 방해하면 안 되겠다고 생각했거든요."

세리스는 후배인 룩스에게도 정중한 태도로 대해주었다.

그녀에게도 서투르고 부족한 점은 있었지만, 역시 훌륭한 연장자라고 룩스는 생각했다.

피부에 맺힌 땀을 보면 그녀도 막 훈련을 마친 참이리라.

"저는 새로 고안해 낸 전투 스타일을 연습하고 있었습니다. 《기룡해방》이라는, 기초 기술의 응용입니다만…… 역시 쉽지 않네요."

세리스가 그런 이야기를 하며 룩스 쪽으로 고개를 돌렸다.

"룩스가 조금 전까지 하고 있던 것은 새로운 기술의 개발인가요? 많은 인원이 원거리에서 동시에 퍼붓는 공격에 대항하는 기술처럼 보였습니다만—."

역시 학원 최강으로 이름 높은 소녀.

잠깐 관찰한 정도로 룩스의 목적을 간파한 듯했다.

"네. 한참 전부터 시도 중인 기술인데, 생각처럼 쉽지 않아서……. 신장을 광범위에 발동하면서 저도 전력으로 검을 휘두르면, 역시 출력이 떨어지네요."

룩스는 쓴웃음을 지으며 자신의 약점을 털어놓았다.

그러자 세리스는 턱 끝에 손을 대고 잠시 생각하더니, 이윽고 양 손바닥을 가볍게 부딪쳤다.

"그렇군요. 기술 자체는 사용할 수 있으니, 집중력의 정밀도와 지속력을 높여보는 게 어떨까요?"

"—네?"

룩스가 의표를 찔린 것처럼 반응하자, 세리스는 이해했다는 것처럼 고개를 끄덕이고는 자신이 지닌 《린드부름》의 기공각검을 쥐었다.
소드 디바이스

"저는 주로 조건을 붙인 훈련을 통해 집중력을 높이고 있어요. 특정한 동작을 스위치 삼아, 잡념을 떨쳐 내서 집중력을 얻는 방법이지요. 이 허리에 찬 기공각검의 자루를 건드리면 언제든지 그렇게 할 수 있게끔 단련하고 있답니다."

세리스는 룩스의 할아버지이자 자신의 가정 교사였던 웨이드에게서 배운 내용을 설명해주었다.

가벼운 자기 암시를 이용한 훈련법.

집중할 수 있는 환경에서 훈련할 때, 기공각검의 자루를 건드리는 것을 발동 신호로 삼는다.

그것을 철저하게 부과해서 습관화하면, 그 동작 자체가 뇌를 전환하는 스위치가 되어 순식간에 최대의 힘을 발휘할 수 있다는 이야기인 것 같았다.

무술의 『형(型)』이나 기룡을 소환하기 위한 영창부^{패스 코드}도 그런 것의 일종인 듯했고, 세리스가 지닌 높은 집중력도 바로 그 덕분이리라.

"그리고 발성 등을 이용하여 집중력을 끌어올리는 정도일까요. 저는 자주 활용하지 않지만, 목소리를 내서 일시적으로 육체의 출력도 올릴 수 있다고 하더군요. 그렇게 몇 가지 기술을 조합하면—"

"그렇, 군요. 나중에 시험해봐야겠네요."

평소엔 홀로 훈련하던 세리스는 룩스와 이렇게 이야기할 수 있어서 기쁜 것인지 묘하게 밝고 말이 많았다. 룩스는 그런 세리스를 흐뭇하게 생각하는 한편, 정체 모를 위화감을 느꼈다.

세리스의 조언은 정확했으며, 틀린 점은 없다고 생각했다.

실제로 그녀의 조언대로 할 수 있게 된다면 조금 전의 기술을 완성할 수 있을지도 모른다.

그럼에도 불구하고 머릿속 어딘가에서 그것을 거부하고 있었다.

옳다고 생각하지만, 받아들이고 싶지 않다고 생각하고 있었다.

'난, 무슨 생각을 하는 거지……? 아니, 세리스 선배의 조언은, 분명 예전에―.'

5년 전에 들은 적이 있었다.

당시에 룩스의 훈련을 지켜보던 형, 후길의 입에서―.

"어이, 룩스! 그리고 세리스! 여기다, 여기!"

룩스가 생각에 잠긴 찰나, 상공에서 귀에 익은 목소리가 내려왔다.

모습을 드러낸 것은 거대한 심홍색 신장기룡 《티아마트》를 장착한 소녀였다.

룩스가 기사로서 섬기는 신왕국의 공주, 리즈샤르테 아티스마타.

"아, 안녕히 주무셨어요, 리샤 님. 웬일로 일찍 일어나셨네요, 오늘은―."

아직 여섯 시 정도밖에 되지 않은 이른 아침. 평소의 그녀라면 장갑기룡 공방(드래곤 라이드 아틀리에)에서 자고 있을 시간대다.

룩스와 세리스 옆에 착지한 리샤는 장착 중이던 장갑을 해제했다.

훈련하러 온 것은 아니었는지, 교복 위에 하얀 가운을 걸치고 있었다.

"훗, 그렇지 뭐. 나도 가끔은 일찍 일어날 때가― 아니, 이게 아니지! 우리 쪽으로 급한 연락이 들어왔다! 전부터 말이 나온 군사 회의 말인데, 예정을 바꿔 오늘 오전 중에 이 성채 도시에서 열겠다고 하는군(크로스 피드)."

리샤가 진지한 표정으로 말하자 룩스와 세리스는 서로 마주 보았다.

얼마 전 왕도에는 『창조주』— 유적의 고문서에서 그 존재가 암시되어 온 구시대의 황족을 자칭하는 무리들이 나타났다.

그래서 그 문제에 대한 대책 회의를 신왕국의 중신 두 사람과 함께 가까운 시일 내에 가질 예정이었다.

"—알겠습니다. 바로 옷을 갈아입고 오겠습니다."

룩스는 일단 기숙사의 자기 방으로 돌아가려고 달려갔다.

"……."

그를 배웅한 직후, 마찬가지로 대기실로 돌아가 옷을 갈아입으려 하는 세리스를 리샤가 불러 세웠다.

"그나저나 아침부터 둘이서만 무엇을 하고 있었나? 설마 그런 일은 없을 거라고 생각하지만, 양심의 가책을 느낄 만한 일을 한 것은 아니겠지?"

"무, 무슨 소릴 하는 겁니까, 리즈샤르테?! 무례하군요! 저는 그저, 어쩌다가 룩스가 훈련하는 모습을 보았을 뿐—"

"그, 그러냐. 그렇다면 상관없지만. 그게, 그 음란녀— 요루카가 조금 전에 해준 이야기인데, 최근 크루루시퍼 녀석이 알게 모르게 수상쩍은 움직임을 보이고 있다고 해서……."

리샤는 살짝 뺨을 붉히고 불안한 것처럼 손가락을 꼼지락거리며 중얼거렸다.

"수상하다는 게 무슨 소리입니까?"

세리스가 고개를 갸우뚱하며 묻자 리샤는 얼굴을 더욱 빨갛게 물들이며 소리쳤다.

"그, 그러니까 말이다. 그, 유미르 교국에서 돌아오는 길에 룩스에게 키스하면서 조, 좋아한다는 둥 속삭였다는 것 같다. 내, 내 허가도 없이, 주제넘은 짓을—."

"키, 키스—라고요?! 룩스와 크루루시퍼가?!"

그 말에 반응하여 세리스의 얼굴까지 순식간에 새빨갛게 달아올랐다.

세리스의 큰 목소리에 리샤까지 덩달아서 더욱 허둥거렸다.

"너, 너무 큰 소리로 말하지 마라! 괘, 괜히 나까지 낯뜨거워지잖아?!"

리샤는 난처한 목소리로 핀잔을 준 다음 연습장 바닥으로 시선을 내리며 심호흡했다.

"아, 아니 뭐 요루카— 그 음란녀가 그냥 한 소리니까……. 하, 하지만 결국 룩스는 딱히 아무 생각 없는 모양이고, 무언가 대답을 돌려준 것도 아닌 모양이니, 문제는 없다고 생각한다만…… 하여튼!"

리샤는 굳이 언성을 높이더니 처음부터 다시 시작하려는 것처럼 등허리를 똑바로 폈다.

그리고 작은 체구에 비해 큰 편인 가슴을 쭉 펴며 팔짱을 끼더니, 뺨을 발갛게 물들인 채 계속해서 말을 이었다.

"너도 룩스의 보좌관이라면, 크루루시퍼가 괜한 짓을 하지 못하게끔 주의하란 말이다. 호, 혹시나 내 기사한테 묘한 수작이라도 부리면 곤란하니까. 앞으로 하게 될 임무에도 지장을 불러올 테고, 무엇보다도 내가 먼저 제대로…… 말할 예정이었는데— 윽…… 아, 아무것도 아니닷!"

끝에 가서는 잘 들리지도 않을 정도의 작은 목소리로, 리샤는 그런 말을 했다.

"하, 하여간 내 이야기는 여기까지다! 그럼 밖에서 마차가 기다리고 있으니까 서두르거라!"

"아, 알겠습니다! 저도 금방 가겠습니다……."

세리스는 약간 긴장한 목소리로 대답한 다음 대기실로 돌아갔다.

자신의 살갗을 수건으로 닦으니 쿵쾅쿵쾅 빠르게 뛰는 가슴의 고동이 느껴졌다.

"크루루시퍼가, 룩스에게 키스를……?! 나, 남녀의 감정을 확인하는 행위라는, 그런 정도의 지식은 제게도 있습니다만……."

마치 열병에 걸린 것만 같은, 자신이 모르는 멍한 얼굴이 눈앞의 거울에 비치고 있었다.

세리스도 학원을 다니며 동급생이나 후배들에게서 많은 이야기를 들었다.

친척이나 친구의 연애담이나, 남성 교관들에 대한 평가.

오랫동안 주변 사람들에게서 남성을 싫어한다는 오해를 받아 온 탓에 지금까지 다른 소녀들이 그런 이야기를 꺼낸 적은 없었다. 하지만 세리스가 룩스를 인정하고 『기사단』 정식 입단을 허가한 뒤에는, 이따금 다른 학생들이 두 사람의 관계에 대해 물어볼 때도 있었다.

『세리스 선배가 처음으로 인정한 남자라는 건, 역시 좋아한다는 소리죠? 그를─.』

『룩스 군에게 남성에 대해 이것저것 가르쳐달라는 말을 하셨는데, 그 뒤로 어떤 것을 배우셨나요?』

『아쉬워요. 세리스 양은 틀림없이 여자애를 좋아하는 사람이라고 생각했는데─!』

마지막은 논외라고 하더라도, 그 이후로 그런 느낌의 질문을 받을 때가 늘어났다.

사람들이 룩스와의 관계를 두고 놀릴 때마다, 세리스는 부끄러워하면서도 「그, 그런 이야기는 불허합니다!」라고 단호하게 그것을 부정해 왔다.

세리스는 룩스를 후배로서 호의적으로 생각했으며, 자신에게 살갑게 대해주는 첫 남성이라는 점에서도 마음속으로 의지하고 있었다. 『기사단』의 단장으로서 언제나 자기 자신을 엄하게 다스린다는 사실을 아는 그의 자상한 배려심에도 위로받고 있었다.

사실은 연장자로서 모범적이고 견실한 모습을 보여주고 싶었지만, 룩스와 함께 있으면 왠지 모르게 솔직한 감정을 드러내며 어리광을 부리고 말았다.

그다지 칭찬받을 만한 행동이 아니라는 것은 알지만, 그 시간은 무척 기분 좋았다.

그런 의미에서 룩스가 『호감이 가는 남자』라는 점은 틀림없었다.

세리스는 공작가의 딸이니 원래대로라면 슬슬 혼담이 들어올 연령대였다.

『남성 혐오』라는 소문, 그리고 사관후보생이면서 남자 군인 못지않은 실력의 소유자라는 점.

그 두 가지만 아니었다면 이미 약혼이 결정되었다 해도 이상할 것은 없었다.

"좋아하는 이성으로서의 룩스…… 말인가요."

세리스는 아직 룩스를 그렇게까지 의식한 적은 없었다.

그러나 크루루시퍼가 룩스에게 적극적인 애정 공세를 펼치고 있다는 이야기를 듣고서 스스로도 놀랄 정도로 동요하고 있었다.

『올바름』과 『사명』에 붙잡혀 있던 자신의 껍데기를 깨뜨려준 소년.

룩스가 다른 누군가와 사귀는 모습을 상상하는 것만으로도, 어딘지 모르게 불안하고 답답한 기분이 엄습했다.

"제, 제가 대체 무슨 생각을……?!"

몸을 닦으며 룩스를 생각하고 있자니 묘하게 몸이 뜨거워지고 좀이 쑤시는 듯한 충동이 샘솟았다.

어떻게든 다스려보려고 심호흡을 해보았지만 거칠게 요동치는 심장은 안정될 기미를 보이지 않았고, 열기를 머금은 숨결만이 흘러나올 뿐이었다.

"크루루시퍼가, 룩스에게 마음이…… 있다는 건가요."

세리스가 룩스의 보좌관이 된 이유는, 어디까지나 후배인 룩스의 힘이 되어주기 위해서다.

지난번 유미르 교국에 도와주러 간 것도 그렇다.

하지만— 정말로 그 이유뿐일까?

"그럴 리가 없어요. 제, 제가 그저 룩스 곁에 있고 싶어서, 보좌관이라는 자리를 핑계로 내세웠다니—."

그렇게 생각했다.

그런데 자신의 마음은 왜 이렇게 진정되지 않는 것일까?

"크루루시퍼는 관계없습니다. 저는 룩스에게 그런 삿된 감정 따위는 품고 있지 않을 거예요. 그렇지요? 웨이드 선생님."

타계한 스승을 향해, 세리스는 그렇게 중얼거렸다.

그럼에도 어딘가 붕 뜬 듯한 기분은 사라지지 않았지만, 세리스는 옷을 갈아입고 서둘러 교문 앞으로 향했다.

†

마차를 타고 달리기를 수십 분.

긴장된 분위기가 성채 도시 1번 지구에 있는 관청 회의실을 가득 메우고 있었다.

대영주인 사대 귀족이자 세리스의 아버지— 디스트 라르그리스.

그리고 여왕을 보좌하는 젊은 측근, 나르프 재상.

룩스와 세리스는 신왕국을 대표하는 중신 두 사람 앞에 앉아 있었다.

"그러면 이만 회의를 시작하려고 합니다만, 괜찮겠습니까?"

나르프가 진지한 목소리로 화두를 꺼내자 룩스와 세리스는 나란히 고개를 끄덕였다.

유미르 교국에서 벌어진 일련의 문제를 해결하고 귀국하여 학원으로 돌아온 직후—.

신왕국에서 보낸 사자가 사대 귀족의 중신이 대화를 하러 올 것이라는 서한을 들고 급히 룩스 일행 앞에 도착했다.

내용은 세계의 동향과 관련된 사건의 대책 회의.

『칠용기성』인 룩스에게 보내는 급무 이야기였다.

"귀공들에게 이미 전달했다시피 이전부터 유적에서 그 존재가 암시되어 온 『창조주』라는 명칭의 구시대 황족들, 그들이 모습을 드러내 각국에 대화를 요청한 건에 관하여 논의하고자 합니다."

"······."

그 말을 들은 룩스의 표정이 바짝 긴장됐다.

바로 얼마 전에 왕도에서 작동을 멈춘 유적 『거병』이 다시 움직이고, 그와 함께 나타난 『창조주』가 대화를 요청한 사건.

지금까지 유적에서 얻은 문서, 혹은 각국에서 암약하던 무기 상인 헤이즈 등을 통해 그 존재의 편린은 파악하고 있었지만, 이렇게 정식으로 모습을 드러낸 것은 처음이었다.

따라서 각국을 대표하는 기룡사 『칠용기성』— 그리고 그들이 옹립하는 집정자의 대리인들이 집합하여 『창조주』와의 대화에 임할 예정이라고 했다.

이른바 세계 회의가 개최되는 것이다.

"각국의 관계자들도 서둘러 준비 중인 모양입니다만, 그중에서도 우리들은 더욱 큰일이군요."

"그게, 무슨 뜻입니까?"

룩스가 고개를 갸웃하자 나르프 재상은 고개를 살짝 들어 올렸다.

"그들은 대화 장소로 우리 신왕국을 지정했습니다. 그것도 ─ 왕도가 아니라, 당신들과 인연이 있는 그 장소를 선택했죠."

"설마……."

짧게 말하며 숨을 들이쉬는 세리스에게 그녀의 아버지인 디스트가 대답했다.

"그렇게 되었다. 그들─『창조주』들이 대화 장소로 지정한 곳은, 성채 도시 크로스 피드. 귀공들이 다니는 왕립 사관 학원이다."

그 말을 들은 룩스와 세리스는 말문이 막히고 말았다.

자신들과 아주 가까운 그 장소에서, 그렇게 중요한 일이 진행된단 말인가?

"……대화를 요구한『창조주』들의 목적은, 무엇일까요?"

세리스의 질문에, 나르프 재상은 고개를 저으며 대답했다.

"현 시점에서는 불명입니다만…… 만약에『창조주』라는 일족이 한참 전부터 눈을 뜨고 있었다고 한다면, 이 시기에 행동에 나선 것에는 어떤 중요한 의미가 있는 것이 아닐지 추측하고 있습니다."

"……."

그 생각에 동조한 것인지 침묵이 실내를 가득 채웠다.

과거 황족의 일원으로서 구제국을 변혁하려다가 실패한 룩스는, 리샤가 도와준 덕분에 학원에서 새로운 보금자리를 얻었다.

그리고 소녀들과의 관계와 여러 사건을 겪으며, 다시 『칠용기성』으로서 신왕국에 몸을 바치겠다고 결의하고 지금에 이르게 되었다. 하지만 설마 이렇게나 빨리, 큰 문제에 끼어들게 될 줄이야.

"그러면, 함께 이곳에 온 리샤 님은—?"

"라피 여왕 폐하를 대신하여 그 회의에 참석하실 겁니다. 그것에 관련된 이야기를 별실에서 폐하와 하고 계실 겁니다."

요컨대 세계 회의에 참석하는 지도자 대행으로 신왕국에서는 리샤.

『칠용기성』으로는 룩스와 세리스가 참석한다는 말인가?

"하지만 여왕 폐하가 아니라 리샤 공주님께서 참가하신다는 것은, 다른 나라에서도—."

"네, 아마도 그럴 거라고 들었습니다."

신왕국이 라피 여왕 대신에 왕녀인 리샤를 내보내고, 타국에서도 그것을 따른다.

결국 모든 나라가 그만큼 『창조주』들을 두려워한다는 증거였다.

게다가 불안정한 유적의 위협만이 아니라 『용비적』이라는 이름의 전쟁광들의 대두도 문제였다.

『용비적』의 삼두목 중 한 명인 드라켄을 붙잡아 성채 도시의 감옥에 가둔 것까지는 좋았지만, 신문은 지지부진한 모양이었다.

처음부터 왕도에서 신문하지 않는 이유는 룩스도 잘 몰랐지만, 그녀를 되찾기 위해 『용비적』이 기습적으로 공격하는 것을 우려하고 있을 가능성도 있었다.

"『용비적』 문제도 세계 회의에서 화제가 될 거라고 생각합니다만, 회의석상에서 어떻게 이야기할지 방침만이라도 정해 둘까요?"

세계 회의에서 룩스와 세리스가 어떻게 리샤를 받쳐줄 것인가?

그렇게 제안한 순간, 불현듯 디스트가 룩스의 의중을 떠보았다.

"룩스 아카디아. 귀공은 어떻게 보는가? 『용비적』의 목적이 각국에 대한 반역뿐이라고 생각하나?

"디스트 경, 무슨 말씀이십니까?"

나르프 재상이 고개를 갸우뚱했다.

유적에서 보물을 도굴하고, 각국의 요인을 노리는 『용비적』은 용병 조직인 동시에 역적이다.

유적에서 얻을 수 있는 이익에 눈이 먼 귀족이나 권력자들의 지원을 받아 국가와 대치하며 해를 끼치는 반역자 집단.

대외적으로는 그렇게 알려져 있으며, 각국의 대표들도 그렇게 생각하고 있을 테지만—.

"아뇨, 그들에게는 어떤 명확한 목적이 있다고 생각합니다."

룩스는 잠시 생각한 후 거침없이 단언했다.

"무슨……?"

나르프와 세리스의 당황한 반응을 무시하고 룩스는 담담하게 이야기를 계속했다.

"사단장 드라켄의 부대와 싸워보고 깨달았습니다. 그들의 움직임에는 절도가 있었으며, 기룡사의 숙련도도 과하다 싶을 정도로 높았습니다. 그야말로 각국의 정예와 비교해도 손색이 없을 정도였죠."

"그, 그렇습니까? 아니, 하지만 아무리 그래도 그건, 말도 안 되는—."

그 반응에도 룩스는 동요하기는커녕 태연하게 동의했다.

"네— 저도 말도 안 된다고 생각합니다. 아무리 그래도 말이죠."

"……네?"

룩스의 태연한 한마디에 나르프 재상은 얼떨떨한 모습으로 되물었다.

옆에 앉아 있는 세리스까지 멍하니 입을 벌리고 있었다.

"『용비적』 삼두목 중 한 명, 드라켄의 실력은 『칠용기성』과 거의 동격이었습니다. 그만 한 실력자라면 타국의 군부 측에서도 야인으로 놔두지 않고 좋은 조건으로 고용했을 겁니다. 우수한 기룡사는 어떤 나라에서든 희소한 전력이니까요."

"하, 하지만 룩스. 그녀는 분명, 귀족 밑에 붙는 것을 싫어하지 않았던가요?"

"그, 그렇습니다. 감옥에 있는 그녀도 신문받을 때마다 그런 대답을 반복하고 있다고 들었는데요."

인룡 사단장 드라켄은 귀족들에게서 부조리한 취급을 받아 용병 일에 투신하게 되었다.

지난번 전투에서도 그녀는 분명 그런 말을 했지만……

"저는, 그녀가 연기를 하고 있다고 생각합니다."

"네……?"

룩스가 진지한 표정으로 대답하자 세리스는 더욱 혼란스러워했다.

"이 시대에 기룡사는 일자리를 걱정할 필요가 없습니다. 그렇다면 미래가 없는 용병 일을 계속하기보다는, 조건을 따져보고 국가의 녹을 받아먹고 사는 쪽이 낫죠. 실제로 블래큰드 왕국의 『푸른 폭군』 싱글렌 경은 나라에 붙었습니다. 그 이유는—."

"그는 기룡사가 지닌 한계를 알고 있다는 이야기인가?"

디스트 라르그리스가 지적하자 룩스는 고개를 끄덕였다.

"아무리 순간적으로는 무적이라 해도, 장갑기룡은 오랫동안 지속적으로 사용할 수 있는 물건이 아닙니다. 그러니 그들이 폭력으로 나라를 빼앗는다 해도, 결국은 금세 암살당하고 말 겁니다."

아무리 강하다 해도, 그것만으로는 왕좌에 오를 수 없다.

신뢰할 수 있는 많은 동료나 부하를 거느리고, 백성이나 귀족들에게 인정받을 수 있는 체제를 구축하는 것이 중요한 법이다.

이전에 싱글렌이 비밀리에 룩스를 비롯한 『칠용기성』 일원들에게 제창한 이야기.

기룡사가 중심이 되는 세계 통일 국가를 제정하겠다는 계획에는 그런 의도도 있는 것이다.

"그렇다는, 이야기는—?"

"표면적으로는 국가의 군대에 소속되는 쪽이 용병보다 훨씬 안전하고 혜택도 많습니다. 다른 누구도 아닌 그 드라켄이, 다른 나라들과 그 정도의 교섭조차 하지 못할 것 같지는 않군요."

룩스의 발언에 회의실이 술렁였다.

"그만큼 치밀하게 전략을 짜고, 갖은 노력을 다해 전술을 연마했는데, 가장 중요한 행동 목적이 무엇인지 짐작조차 할 수 없다니, 그런 것은 말도 안 된다고…… 저는 생각합니다."

"……그래서 결론이 무엇입니까? 그 『용비적』들은 뭔가 이유가 있어서 국가에 소속되는 대신에, 굳이 용병이나 도적질을 한다 이겁니까? 무엇을 위해서요?"

나르프가 미심쩍은 표정으로 질문하자 룩스는 가볍게 숨을 들이쉬었다.

"그들에게는, 무언가 확신이 있는 것이 아닌가 싶습니다."

그렇게 단언한 룩스는 스스로도 생각하는 것처럼 중얼거렸다.

"각 국가의 정식 절차, 유적 조사권을 무시하고 역적이 되더라도 어떤 한 가지만 손에 넣어 밀어붙이면 이길 수 있다. 그대로 이 세상의 모든 것을 지배할 수 있게 해주는 무언가가, 유적에 숨겨져 있다고……."

"……."

룩스의 추측에 그 자리의 일동은 침묵에 잠겼다.

이윽고 옆자리의 세리스가 부드럽게 침묵을 깨뜨렸다.

"가능성은 있다고 생각합니다. 하지만 너무 심하게 비약한 게 아닌가요? 근거가 그것밖에 없어서야, 세계 회의석상에서 언급하기에는—."

"아니, 근거라면 하나 더 있다."

디스트가 즉시 입을 열며 세리스의 발언을 부정했다.

"『창조주』라고 불리는 무리들이, 지금 이 시기에 계산이라도 한 것처럼 나타났다는 점이지."

"—."

회의실 안에 다시 조용한 긴장감이 감돌았다.

룩스와 디스트를 제외한 두 사람이 퍼뜩 깨달은 것처럼 숨을 삼켰다.

"귀공들은 유미르 교국의 유적 『갱도^{루인}홀』에서 새로운 정보를 입수했다고 했지? 그 문서에 대해서 말인데, 리샤 공주님과 그대들이 먼저 확인해줘. 물론 그 내용을 절대로 외부에 발설해서 안 된다는 정도는 말하지 않아도 알겠지. 세계 회의석상에서도 언급하지 말게."

"네……?! 하, 하지만, 일단 여왕 폐하께 먼저 보여드려야—."

디스트의 말을 듣고 재상 나르프가 황망히 대답했다.

크루루시퍼와 함께 입수한 기록서.

유적이나 구시대의 역사에 관련된 중요한 정보를 가지고 돌아온 것은 좋았으나, 아직 내용을 확인하진 않은 상태였다. 일단 신왕국의 상층부에 넘겨야 한다는 절차가 필요한 탓이었다.

"귀공께서 허가를 받아주시오, 재상 각하. 세계 회의까지는 이제 시간이 얼마 남지 않았소. 『창조주』들과 대화하기 전에 우리도 유적의 정보를 알아 둘 필요가 있소."

"―아, 알겠습니다. 확인을 마치는 대로 즉시 폐하께 아뢰겠습니다."

나르프가 대답하기 전에 룩스도 고개를 끄덕였다.

룩스 일행이 크루루시퍼 덕분에 입수한 정보를 한발 빨리 파악해 두면, 세계 회의석상에서 『창조주』들이 어디까지 진실을 이야기하는지 확인할 수 있다.

그뿐만이 아니라 대화와 협력을 요청하는 그들의 진의를 파악하는 것에도 도움이 되리라.

그 정보를 여왕에게 먼저 보이는 대신에 룩스 일행에게 확인하게 하는 것은, 아마도 이례적인 일일 테지만―.

"그, 그러면 계속해서 다음 안건을―."

다소 동요하는 나르프 재상의 주도하에 회의는 계속되었다.

그로부터 한 시간 후, 회의를 마치고 해산하게 되었다.

"후우……."

회의실에서 나온 룩스는 가볍게 한숨을 내쉬었다.

역시나 이런 일을 할 때면 긴장하게 된다.

특히 자기 입으로 정치에 관련된 의견을 내놓아야 한다면 말할 것도 없다.

그런 생각을 하던 룩스는, 문득 함께 방에서 나온 세리스가 물끄러미 자신을 바라보고 있는 것을 알아차렸다.

"세리스 선배, 무슨 일 있으세요?"

"조금 전에는 놀랐습니다. 룩스는 대단하군요."

"네⋯⋯?"

그렇게 운을 뗀 세리스는 미소 지으며 어딘가 맥이 풀린 듯한 감탄을 흘렸다.

"아버지나 나르프 재상 앞에서 그런 이야기를— 아니, 『용비적』과의 전투를 통해 그들의 행동 목적까지 추측해 내다뇨."

"그렇게 대단한 것도 아니에요. 그냥 혼자 생각하던 것이 때마침 화두로 올라왔을 뿐이니까요."

"하지만 아버지께서는 적어도 당신을 신뢰하고 계실 거라고 봅니다. 아버지께서 다른 사람에게 일을 맡기는 것은 정말로 흔치 않은 일이거든요."

룩스는 존경하는 소녀가 보내는 찬사를 들으며 조금 낯간지러운 기분이 들었다.

다만 회의 내내 신경 쓰이는 점이 있었다.

"—세리스 선배, 디스트 경이⋯⋯."

"⋯⋯?!"

룩스의 말을 듣고 세리스티아는 뒤를 돌아보았다.

사대 귀족이자 자신의 아버지이며, 대귀족의 당주인 디스트 라르그리스가 근처를 서성이고 있었다.

키가 큰 신사는 두 사람을 향해 천천히 다가와 룩스 쪽으로 조용히 시선을 돌렸다.

"오늘 한 이야기는 꽤 흥미로웠어. 리즈샤르테 왕녀 전하의 보좌를 잘 부탁하네. 귀공과는 나중에 개인적으로 다른 이야기를 해보고 싶군."

"알겠습니다."

룩스가 대답하자 디스트는 조용히 고개를 끄덕였다.

계속해서 이번에는 자신의 딸인 세리스 쪽으로 돌아섰다.

"……읏!"

세리스는 약간 긴장한 표정으로 아버지가 입을 열기를 기다렸다.

그러나 그의 시선은 세리스의 얼굴을 바라보는 게 아니라 복도 끝을 향하고 있었다.

"그에 비해, 너는 왠지 모르게 겉돌고 있는 것 같구나."

엄격한 동시에 낙담이 섞인 목소리.

그 말을 들은 순간 세리스의 표정이 살짝 굳어졌다.

"그런 얼빠진 꼴로 세계 회의에 참석할 생각이냐? 그래서야 우리 가문의 수치밖에 안 되겠구나. 대신할 사람을 준비해 둘 필요가—."

그 찰나—.

"디스트 경, 감히 한 말씀 드리겠습니다."

—룩스가 끼어들었다.

"그녀는 지난번 전투로 인한 피로가 아직 덜 풀린 상태입니다. 저를 도와주다 그렇게 된 것이지요."

짧은 시간 동안 두 사람의 시선이 엉키고 침묵이 생겨났다.

그러나 이윽고 디스트는 천천히 시선을 돌렸다.

"그런가, 그렇다면 좋네. 나의 딸이, 스스로 세운 맹세를 잊은 게 아니라면 말이지."

"……."

떠나는 디스트를 향해 세리스는 아무 말도 하지 못한 채 고개만 숙이고 있을 뿐이었다.

너무나도 그녀답지 않은 모습에 당황한 룩스는 급하게 말을 걸었다.

"신경 쓰지 마세요, 세리스 선배."

난처한 미소를 지으며 룩스는 그녀를 위로해주었다.

그리고 문득 생각났다는 것처럼 질문을 꺼냈다.

"그나저나 정말로 괜찮으세요?"

"괘, 괜찮냐고요?"

룩스는 자신의 질문에 황망하게 대답하는 세리스를 보며 확신했다.

"아, 아뇨, 그게 세리스 선배, 어쩐지 오늘따라 평소랑 분위기가 다른 것 같아서……."

늘 독특한 긴장감을 두르고 있는 그녀가, 지금은 왠지 모르게 멍한 느낌이랄까? 룩스도 콕 집어 말하기는 어려웠지만, 그런 느낌이 들었다.

"괘, 괜찮습니다! 그, 그러고 보니, 소문으로 도는 이야기가 사실인가요? 그, 유미르에서 돌아올 즈음에, 크루루시퍼가 키, 키스를 해줬다는—."

"네……? 다시 한 번 말씀—."

"아, 아무것도 아닙니다! 제 선에서 해결할 수 있어요!"

잘 듣지 못한 룩스가 되묻자, 세리스는 몹시 허둥대며 부정하더니 작은 목소리로 중얼거렸다.

"하아…… 왜 달아나고 마는 걸까요? 남자인 룩스에게도 의지할 수 있게 됐을 텐데 말이죠……."

세리스는 눈 딱 감고 말을 꺼냈다가 금세 어두운 표정을 지으며 중얼거렸다.

과거에 있었던 한 사건—.

세리스는 일찍이 룩스의 할아버지이자 자신의 스승인 웨이드를 우연히 사지로 내몰고 만 것을 후회하여,『올바르게 행동하자』고 생각하며 계속해서 자신을 통제해 왔다.

교내 선발전 당시『남자』인 룩스에게 그 사실을 밝힌 후, 자신의 솔직한 마음을 모두에게 알릴 수 있게 되었건만…….

"알겠습니다. 하지만— 무슨 일 있으면 기탄없이 말씀해주세요. 이런 저라도, 세리스 선배의 힘이 되어줄 수 있는 일이 있다면 기쁠 거예요."

룩스가 미소와 함께 대답하자, 세리스는 더욱 얼굴을 붉히며 시선을 피했다.

"……괘, 괜찮습니다! 무리는 하지 않아요. 그래요. 요즘 들어서 마음이 좀 해이해졌을 뿐입니다! 아버지께서 실망하시지 않도록, 처음부터 다시 단련해야—."

"저, 저기, 너무 무리하지는 마세요. 세리스 선배의 훈련은 안 그래도 엄청 고되니까."

그런 룩스의 목소리조차 들리지 않는 것인지 그녀는 혼자 돌아가 버렸다.

'세리스 선배, 진짜 무슨 일 있는 거 아닌가……?'

룩스는 일말의 불안을 품고 그녀의 뒤를 좇아 학원으로 귀환했다.

"정말이지, 전 대체 무슨 생각을……."

밤— 여자 기숙사에 있는 자신의 방에서 세리스는 심호흡을 한 번 했다.

아버지 디스트의 말마따나 오늘의 자신은 여러모로 해이해져 있었다.

세계 회의에 대비하기 위한 사전 회의 자리에서, 자기도 모르게 룩스에게 한눈을 팔고 말다니.

"이래서는 안 됩니다. 하다못해 집중해서 회의에 임해야—."

생각은 그렇게 하지만, 어째선지 룩스 곁에 있으면 그의 존재를 자꾸만 의식하게 되었다.

"요즘 들어 이상하군요. 저는……."

얼굴이 뜨겁게 달아오르고 가슴이 쿵쾅쿵쾅 뛰었다.

신기한 그 감각은 『의지할 수 있는 남자』인 룩스에게도 상담할 수 없었다.

이유는 모르겠지만 룩스를 생각할 때만 그 문제가 일어났으니까.

"미지의 고난이군요. 그래도 저는, 앞으로 나아가야만—"

세리스는 두 손으로 자신의 볼을 찰싹 때리며 등을 꼿꼿하게 세웠다.

그리고 그대로 연습장으로 가서 훈련을 시작하기로 했다.

며칠 뒤로 다가온 학원제. 그리고 『창조주』들과의 세계 회의.

일상의 축제와 세계를 뒤흔드는 사건의 막이 동시에 열리려하고 있었다.

Episode 1　　　폭풍의 전조

"그럼 루크찌의 귀환과 학원제를 미리 축하하는 뜻에서, 건배~!"

"건배~!"

티르파의 선창과 함께 잔과 잔이 부딪치는 소리가 울려 퍼지고, 활기찬 목소리가 식당을 가득 채웠다.

귀국 후에 바로 열린 회의 다음 날— 학원의 휴일.

유미르 교국에서 성채 도시에 있는 학원으로 무사히 돌아온 룩스를 축하하는 연회가 대낮부터 개최되었다.

연회는 입식 파티 형식이었으며, 예전에 리샤가 개최한 연회 때처럼 식당이 개조되어 실내에는 수많은 원탁이 마련되어 있었다.

실질적으로 7일 이상이나 룩스가 학원을 비운 탓인지, 여학생들만이 아니라 학원 관계자들까지 룩스가 돌아오기를 고대한 모양이다.

급하게 개최된 이 소동을 기획한 사람은, 역시나 삼화음^{트라이어드} 멤버들이었다.

"어서 와, 룩스 군. 몸은 괜찮아? 나를 못 봐서 외롭지는 않았어?"

"의뢰서를 잔뜩 받아 뒀으니까 기대하라구—."

"Yes. 룩스 씨가 없는 동안에, 제가 아이리를 완벽하게 보조해주지 못한 것을 사죄합니다."

우선 친한 친구인 샤리스, 티르파, 녹트 세 사람과 짧게 대화한 후, 이어서 유격 부대 『기사단』의 멤버들이나 같은 반 급우들과 인사를 나누었다.

"유미르 교국에 다녀왔다고 들었는데, 진짜 약혼한 거야?!"

"크루루시퍼 양의 집에 묵었다니, 설마 한방을 쓴 건 아니지?!"

"룩스 군, 작은 여자애를 좋아한다며? 나한테 나이 차이가 많이 나는 여동생이 있는데, 우리 집에 와볼 생각 없어?"

"아니, 다들 어떻게 그런 것까지 알고 있는 거야?!"

······이상하다.

룩스는 어디까지나 몰래 크루루시퍼를 따라갔을 뿐이다.

이래저래 학생들 사이에 껴서 시달리고 있었지만, 도움의 손길은 오지 않았다.

트라이어드의 계획인가, 아니면 이곳에 있는 모든 소녀들의 뜻인가.

리샤, 크루루시퍼, 피르히, 세리스, 요루카 다섯 사람은 『자기들만 유미르에 가다니 치사하다』는 이유로 이 연회에서 쫓

겨난 모양이었다.

'솔직히 그 논리는 이해가 잘 안 되지만……'

룩스도 다들 자신과 크루루시퍼를 걱정했을 거라는 건 알고 있었다.

하지만 그건 둘째 치고, 오랜만에 여동생 아이리와 느긋하게 이야기할 수 있겠다고 기대했지만…….

"오빠는 가족인 저한테까지 일언반구도 없이 외국으로 가버리시는군요. 혈연관계라는 건 참 허무한 거였네요."

아이리는 원망이 느껴지는 도끼눈을 뜨며 매몰차게 룩스를 외면했다.

아무래도 이번에 유미르 교국에 같이 가지 못한 것이 크게 불만스러웠던 모양이다.

아이리는 룩스가 귀국한 뒤에도 대화를 나누기는커녕, 입을 삐죽 내밀며 뾰로통한 태도만을 보였다.

"하아……. 아이리가 저렇게 나오면 감당하기 힘든데."

일단 학생들의 질문 공세에서 해방된 룩스가 구석 자리에서 한숨을 쉬고 있으니 누군가가 불쑥 컵을 내밀었다.

"자, 여기 물. 너무 술만 마시면 몸에 안 좋아."

"아, 고마…… 어? 코랄?! 왜 네가 여기—?!"

어느새 옆에 앉은 사람은 가냘프고 중성적인 분위기의 미소년이었다.

반하임 공국의 『칠용기성』 보좌관.

공녀의 먼 친척인 코랄이라는 소년 기룡사였다.

룩스의 질문에 소년은 사랑스러운 웃음을 활짝 지어 보였다.

"아, 역시 금방 알아보는구나. 거봐, 그라이퍼. 내기는 내가 이겼다?"

코랄이 뒤를 돌아보자, 거기에는 반하임 공국의 『칠용기성』인 그라이퍼 네스트가 시치미를 뚝 뗀 표정으로 술을 들이켜고 있었다.

머리카락 일부가 거꾸로 선 금발과, 심성이 꼬인 듯한 삼백안이 인상적인 소년.

겉모습만 보면 무책임할 것 같지만, 의외로 남을 잘 챙겨주는 별난 소년이다.

과거의 인연 탓에 한때는 자신과 대립했지만, 그 뒤로는 어느 정도 우호적인 관계가 되었다고 룩스는 생각하고 있었다. ……아마도.

"하아, 그런 건 아무래도 상관없어. 그보다 이 학원은 꽤 평화로운걸. 도저히 세계 회의가 열릴 장소로는 안 보여."

"아하하. 다들 그 사실은 아직 모르니까……."

그라이퍼가 빈정거리자 룩스는 쓴웃음을 지으며 대답했다.

다른 학생들에게는 『창조주』들과 대화를 나눌 장소로 학원이 선정되었다는 사실을 알리지 않았다.

다들 학원에서 열리는 몇 안 되는 이벤트 중 하나인 학원제를 앞둔 상황이다.

소녀들이 들뜨는 것도 무리는 아니었다.

아니, 솔직히 룩스도 기대하고 있었다.

"어라, 그러고 보니 그라이퍼랑 코랄이 여기에 왔다는 건, 이제—."

"응. 나머지 『칠용기성』들도 곧 여기에 도착할 거야. 아직 공표하지 않았으니, 학원 사람들은 놀랄지도 모르지만—."

"……."

그 말을 듣고서 룩스는 다시 생각을 정리했다.

지금까지 판명된 『칠용기성』은 분명 다음과 같다.

"『칠용기성』은 아티스마타 신왕국, 유미르 교국, 반하임 공국, 블래큰드 왕국, 헤이부르그 공화국, 토르키메스 연방, 그리고 마르카팔 왕국까지 총 7개국의 대표입니다. 아직 오빠가 만나보지 못한 것은 마지막 세 나라의 대표들이에요."

어느새 다가온 아이리가 그렇게 정리해주었다.

룩스가 깜짝 놀라자 코랄이 아이리를 향해 미소를 보냈다.

"설명해줘서 고마워, 아이리."

"천만의 말씀이에요. 어차피 다 코랄 씨가 가르쳐주신 내용인걸요. 오빠가 멋대로 어디론가 가버린 사이에, 여러모로."

"아, 아하하……."

아이리는 여전히 가시 돋친 태도로 말했다.

아무래도 아이리는 반하임 공국에서 온 그들을 응대해주는 동안에 코랄과 꽤 친해진 것 같았다.

정작 룩스는 원망받고 있는 상황이다 보니 복잡한 심경이었지만…….

"아이리. 아무리 외로웠다고 해도, 그런 말을 하면 안 되지?

들어봐, 룩스 군. 얘, 네가 없는 동안에 계속 오빠 이야기를—.”

“잠깐, 그 얘기는 하면……?!”

지금까지 뾰족한 태도를 보이던 아이리는 얼굴을 빨갛게 물들이며 허둥지둥 코랄을 말리려고 했다.

그 모습이 재미있었는지 코랄은 키득키득 웃었다.

아무튼 코랄의 이야기를 듣고서 룩스도 약간 마음이 놓였다.

그 뒤로 코랄은 배려심을 발휘해 그라이퍼와 함께 식당에서 나갔고, 룩스는 그제야 아이리와 단둘만의 시간을 가질 수 있었다.

두 사람 사이에서 흐르는 분위기는 어색했지만, 그래도 천천히 시선이 마주쳤다.

“저기, 미안해 아이리. 아무 말 없이 출발해서. 걱정 끼쳤지?”

“……딱히 사과할 필요는 없어요. 저는 오빠가 무사하다면, 그걸로 충분하니까.”

언뜻 보기에 아이리가 풍기는 분위기는 여전히 완고했지만, 그래도 용서해준 것 같았다.

“그보다, 큰 이야기가 움직이고 있으니까 나중에 잠깐 이야기 좀 해요. 오늘 밤 일정은 비어 있죠?”

“아, 응. 물론이지.”

룩스가 힘차게 고개를 끄덕이자 아이리는 한숨을 폭 내쉬었다.

“그러면, 우선 학원 안을 돌아다니면서 사람들한테 인사나 좀 해요. 오빠가 없는 동안에 학원제 준비가 진행되기도 했고, 다들 할 말도 있는 것 같으니까—"

"어……?"

룩스가 당황하자 아이리는 가만히 그의 교복 소매를 잡아당겼다.

어느덧 연회가 파장 무렵인 것을 보니, 트라이어드 멤버들이 그런 방향으로 조율해준 것 같았다.

자연스럽게 배려해준 세 사람에게 감사하면서, 일단 여자기숙사로 돌아가 잠시 휴식한 다음 룩스는 아이리와 함께 학원 부지 내를 돌아다니기로 했다.

†

"오랜만에 잡일도 좀 해야지—"

룩스가 최소한 오후 의뢰만이라도 해결하려고 말을 꺼내자, 아이리는 기막히다는 얼굴로 대답했다.

"그런 말을 했다간 웃음거리가 될걸요."

그 이유는 교내를 둘러보는 동안에 금방 알 수 있었다.

형형색색의 장식으로 꾸며진 교실마다 낯선 간판이 세워져 있었다.

학급별로 간이 음식점이나 전시회를 하는 모양이었다.

게다가 실내 연습장은 댄스홀처럼 개조되어 붉은 융단과 샹들리에로 아름답게 장식되어 있었다.

안뜰에는 무슨 수로 만들었는지는 몰라도 마치 시장처럼

노점이 죽 늘어서 있었으며, 점원으로 분장한 학생들이 다양한 상품을 준비하며 떠들고 있었다.

"이거, 굉장한걸……."

룩스 본인도 멋대가리 없는 표현이라고 생각했지만, 그렇게 감탄할 수밖에 없었다.

학원 부지는 유미르 교국으로 출발했을 때와는 완전히 달라진 모습으로 몇 배나 화려하게 꾸며져 있었다.

놀라는 룩스의 모습을 발견한 여학생들이 손을 흔들며 인사했다.

"저기저기, 룩스 군은 어떤 기획에 참가할 거야—?"

"우리 쪽으로 오지 않을래요? 다들 요리나 접객을 해보는 건 처음이에요!"

"얼른 정해줘. 네 결정에 따라서 전문적인 가게를 준비하려고 하거든! 그 뭐야, 돈만 내면 룩스 군이 3분 동안 사랑을 속삭여주는 가게라든지—."

"저기, 이게 대체 무슨 소리야……?"

연신 쏟아지는 이해할 수 없는 말에 룩스가 난처해하자, 함께 걷던 아이리가 대답해주었다.

"학원제 기간에는 반드시 어떤 전시회나 기획에 참가해야만 한다는 규정이 있어요. 참고로 오빠는 아직 안 정하셨으니, 무엇을 할지 오늘 내로 결정해주세요."

"……그, 그랬구나."

참고로 리샤 일행은 어떤 것에 참가할지 한참 전에 정해 둔 모양이었다.

이 일에 거의 관심이 없던 건 룩스뿐이었던 것이다.

'학원에서 열리는 축제라…….'

구제국 시절에는 황족으로서 나라의 축제를 멀리서 보았을 뿐.

5년 동안 날품팔이 생활을 하며 축제 준비를 도와준 적이 몇 번 있기는 했다.

그러나 기본적으로는 그저 일꾼으로서 일을 했을 뿐, 이렇게 많은 사람들과 함께 즐거워해 본 적은 없었다.

"어떻게 참가하면 되는 걸까……."

미묘하게 익숙하지 않달까, 어쩐지 겉도는 듯한 기분이 들었다.

룩스가 그런 생각에 잠겼을 때, 불현듯 귀에 익은 목소리가 그를 불러 세웠다.

"어이, 룩스! 너는 내 쪽에 끼워주마. 냉큼 이쪽으로 오거라!"

큰 목소리로 룩스를 부르고 손을 흔들며 다가온 사람은 신왕국의 공주인 리즈샤르테.

그녀의 특징인 금발 사이드 테일이 흥분을 주체하지 못하고 흔들리고 있었다.

아이리와 트라이어드 멤버들과 보내는 시간을 방해하지 않으려고, 지금까지 말을 걸지 않고 꾹 참고 있었던 것이리라.

"하아. 리샤 님은 여전하시네요."

"그럼. 부르셨으니 한번 가 봐야겠지?"

아이리가 한숨을 내쉬자 룩스도 쓴웃음을 짓고는 리샤 곁으로 향했다.

장갑기룡 공방.

개발소장인 리샤가 관리하는 이 장소도 학원제 기간에는 개방되는 모양이었다.

룩스는 리샤의 상황을 살피러 비교적 자주 공방에 드나드는 편이었다. 그러나 지금 그의 눈앞에 펼쳐진 공방의 풍경은 바로 얼마 전에 본 것과는 사뭇 달라져 있었다.

"우와……."

룩스의 입에서 작은 감탄성이 흘러나왔다.

범용기룡 두 종류를 조합한 《키메라틱 와이번》이나, 통상의 두 배 정도까지 장갑을 증설한 기룡.

리샤가 개조 및 독자적으로 개발한 오리지널 장갑기룡.

게다가 엄중하게 보관 중인 희소 부품 등이 전시되어 있었다.

그것은 오랫동안 장갑기룡을 접해 온 룩스조차 무심코 넋 놓고 구경할 정도의 광경이었다.

단순한 기능성만이 아니라, 겉으로 드러나는 아름다움도 의식한 것이리라.

"어떠냐? 제법 봐줄 만하지? 아직 아무한테도 보여주지 않았다만. 특별히 너한테만 보여주는 거다."

리샤는 후훗 웃으며 자랑스럽게 팔짱을 끼고는 다소 커다란 가슴을 활짝 폈다.

그 귀엽고 자연스러운 행동을 본 룩스의 심장은 순간적으로 덜컥 뛰었지만—.

"눈빛이 불순하네요, 오빠."

"으……? 미, 미안해?!"

도끼눈을 뜬 아이리가 핀잔을 주자 퍼뜩 제정신으로 돌아왔다.

"응……? 무슨 일 있느냐?"

귀엽게 고개를 갸웃하는 리샤 쪽으로 다시 돌아서며 전시품에 대한 소감을 말하기로 했다.

"굉장하네요. 혹시 어제도 늦게까지 깨어 계셨던 게 이것 때문인가요?"

"훗, 뭘 모르는구나. 이건 그냥 지금까지 얻은 성과를 가져다 놓았을 뿐이다. 회심의 역작을 학원제 같은 곳에서 보여줄 수야 없지."

굳센, 그리고 자신 가득한 웃음을 지으며 리샤는 선언했다.

룩스도 그 웃음에 이끌린 것처럼 따라서 미소 지었다.

"기대할게요, 리샤 님."

"아, 응……. 그, 그럼 너도 당일에 작동을 시연할 때 나와 함께해준다면—"

"그나저나 이거, 상자 안에 있는 건 쉽게 훔쳐갈 수 있겠는데요?"

"뭐라고?!"

희귀한 부품을 진열해 둔 전시용 상자를 룩스가 들어 올리자, 리샤는 무심코 목소리를 높였다.

"밖에서도 볼 수 있게 유리로 막아 둔 건 좋지만, 깨지면 그걸로 끝이니까요. 손이 좀 가긴 하겠지만, 무장 종류는 철제 케이지에 넣고 받침대랑 고정해 두는 게 안전할 것 같네요."

"그, 그러냐⋯⋯?"

룩스는 잡일 의뢰로 경비를 하다가 전시품을 도난당해본 경험도 여러 번 있었다.

"분명 기룡 격납고에 수리용 쇠붙이가 있을 테니까, 조금 가져오겠습니다. 공구도 빌려 올 테니 잠시만 기다리고 계세요."

그렇게 말하고 룩스는 빠른 걸음으로 밖으로 나갔다.

돌아온 룩스가 재빨리 전시대를 손보자 리샤가 고마움을 표했다.

"좀 바보 같은 모습을 보이고 말았구나. 하지만 도와줘서 고맙다."

"신경 쓰지 마세요. 무언가에 몰두하다 보면 자주 있는 일이니까."

"그러냐. 역시 너는 내 기사로구나. 그, 그러고 보니 너는 지난번에, 크루루시퍼와⋯⋯."

"그럼 슬슬 다음 장소를 보러 갈까요, 오빠."

"잠깐 기다려! 내 이야기는 아직—!"

리샤는 두 사람을 쫓아가려 했지만, 그 순간 공방을 견학하러 온 렐리 때문에 포기할 수밖에 없었다.

나중 일이 조금 걱정되었지만, 그대로 다른 장소를 둘러보기로 했다.

안뜰에는 전용 특설 스테이지가 설치되어 있었으며, 각종 공연이 열릴 예정인 것 같았다.

교실은 단순히 노점 외부만을 본뜬 가게가 있는가 하면, 내부 장식까지 여러 가지로 공들인 곳도 많았다.

룩스는 계속해서 아이리가 참가하는 기획— 도서관을 이용한 특설 『자료관』으로 가보았다.

구제국에서 신왕국으로 바뀐 역사.

성채 도시의 간이 지도와 기능. 그 밖에도 지금까지 발굴된 유적이나 환신수, 장갑기룡에 대한 자료가 알기 쉽게 전시되어 있었고, 룩스가 보기에도 재미있었다.

학원제 당일에는 아이리도 안내와 해설을 담당하는 사서를 맡는다고 했다.

"그나저나 대단하네. 일단 여기는 사관 학원인데……. 다른 곳에도 이런 축제가 있을까?"

"없을 거예요."

아이리는 웃는 얼굴로 산뜻하게 단언했다.

"저도 다른 학원에 다녀본 적은 없지만, 다른 학생들의 이야기를 들어보니 흔한 일은 아닌 것 같더라구요. 축제를 좋아하시는 학원장님의 영향일 거라고 생각해요."

"그렇구나……."

룩스도 아이리의 예상이 맞을 거라고 생각했다.

노는 것을 좋아하는 렐리의 성격 때문에 가끔 고생할 때도 있지만, 이런 행사는 괜찮다는 생각이 들었다.

평소에는 그다지 편한 마음으로 축제에 참가할 수 없는 처지인 룩스는, 자신이 이 즐거워 보이는 학생들의 일원으로 받아들여진 것만 같다는 기분이 들었다.

평소에는 아가씨답게 내숭을 부리는 아이리에게서도 알게 모르게 고양된 분위기가 느껴졌다.

어렸을 적부터 복잡한 사정을 안고 살아온 두 사람도, 지금 이 순간만큼은 자유로운 기분에 잠겨 있었다.

"……."

나란히 걷던 두 사람은 시끌벅적한 길에서 벗어나 인기척 없는 정원수 근처로 향했다.

우연히 찾아온 그 타이밍에 아이리는 표정을 진지하게 바꾸며 물어보았다.

"그러고 보니, 오빠와 친구분들이 맡고 있던 **자료**는, 어떻게 되었나요?"

목소리의 톤이 한 단계 낮아졌다.

에두른 질문이었지만 룩스는 그녀의 의도를 바로 파악했다.

얼마 전 유미르 교국의 『갱도』에서 회수해 온 정보, 유적과 『창조주』에 관련된 자료 이야기였다.

이번에는 자동인형인 네이 루슈가 고대 문자를 해독해준 덕분에 내용을 바로 파악할 수 있었다.

"응…… 크루루시퍼 씨 일행이랑 먼저 훑어보고서 왕도로 문서도 보내 두긴 했는데…….”

“뭔가, 알아내셨나요?”

아이리의 목소리에서 약한 긴장감이 느껴졌다.

유적의 『관리자』인 크루루시퍼에 대한 것보다, 『창조주』를 신경 쓰는 것이리라.

구제국 황족의 특징인 은발과 잿빛 눈동자.

그리고 아카디아라는 성.

그 특징을 지니고 있던 헤이즈와 모종의 연결 고리가 있는 것이 아닐까 하는 문제였지만…….

“아니, 아직까지 그렇게 자세한 정보는…….”

“그런, 가요.”

어쩐지 안심한 것처럼 아이리는 한숨을 토해 냈다.

“하지만 조심하세요. 조만간 열릴 세계 회의에는, 아마 그 사람도 참석할 테니까.”

“……알고 있어.”

자연스럽게 대답하려고 했지만, 목소리에 힘이 들어가는 것을 자각했다.

각 나라와의 대화를 제안한 『창조주』의 황녀, 리스테르카.

그녀가 자신의 호위 겸 보좌관으로 동행할 사람으로 선포한 인명들 사이에 후길의 이름이 있었다.

이전부터 헤이즈의 주위에 나타나곤 했으니 예상은 하고 있었지만, 이번에는 같은 회의석상에서 우선 후길과 대치해야 했다.

5년 전, 구제국을 멸망시키겠다고 결의했으면서 그날 배신한 이유.

그리고 지금 후길이 『창조주』의 일족에 가담하는 이유.

그런 문제들에 대해 생각하고 있는데— 요란한 목소리와 발소리가 들려왔다.

"아무나 좀—?! 그 아이를 잡아 줘어어어어?!"

"—?!"

급하게 달려가는 학생들의 집단.

그 선두에는 화려한 붉은 망토를 걸친 소녀가 달리고 있었다.

오렌지색 머리카락을 원형으로 묶은 머리 모양이 특징적인 자그마한 소녀였는데, 다리가 묘하게 빨라 아무도 따라잡지 못했다.

"저건— 밖에서 견학하러 온 여자애인가?"

학원 학생처럼 보이진 않았고, 그렇다고 불법 침입자가 여자아이라고 생각하기도 어려웠다.

그렇다면 어째서 학생들에게 쫓기고 있는 것일까.

룩스가 그 광경을 보며 고민하고 있으니, 멀리서 달리고 있던 그 소녀가 귀찮다는 표정으로 입을 열었다.

"아아 진짜, 난감하구나. 살짝 넘어져서 물건을 쓰러뜨렸을 뿐인데— 여기 녀석들은 뭐 이리 속이 좁누."

소녀는 이리저리 주위를 둘러보며 추격자를 뿌리치려고 더욱 달렸다.

하지만 그 소녀 앞을 난데없이 나타난 트라이어드 삼인조가 막아섰다.

"당장 멈춰라, 소녀여! 너는 이미 포위되었다! 이 학원의 명물 자경단, 삼화음^{트라이어드}에게 말이다!"

리더라고 할 수 있는 샤리스가 소녀 앞을 가로막으며 이름을 밝혔다.

자기 입으로 명물이라고 단언하는 건 좀 아닌 것 같다는 생각이 들었지만, 그녀는 어쩐지 즐거워 보였다.

"아아 마이크 테스트~. 지금 당장 멈추지 않으면, 나중에 간지럼 형에 처할 거야—."

"Yes. 앞서 말한 두 사람은 이 모양입니다만, 진심이오니 지금 바로 투항하십시오."

계속해서 티르파와 녹트가 가세하여 포위하는 것처럼 세 방향을 가로막자, 망토 소녀는 한숨을 푹 내쉬었다.

"이거야 원. 학생들에게 손을 댈 수는 없는 노릇인데 말이지."

"순순히 포기— 우왁?!"

"히앗?!"

"……윽?!"

그러나 트라이어드가 소녀를 붙잡으려는 찰나, 그 세 사람의 몸이 갑자기 붕 떠오른다 싶더니 그대로 뒤집혀서 잔디밭 위에 넘겨졌다.

소녀는 잡아서 던졌다기보다는, 그저 가볍게 자신의 몸을 비튼 정도로만 보였다.

그런데 마법 같은 움직임으로 느닷없이 세 사람이 쓰러졌다.

"여러분?! 괜찮— 엇, 우왓?!"

룩스는 세 사람이 걱정되어 반사적으로 소리쳤지만, 뒤집혀 쓰러진 트라이어드 멤버들의 치마가 훌렁 뒤집혀 있어서 룩스는 황급히 눈을 돌렸다.

"훗, 아직 수행이 부족하구나."

그 틈을 타 도망자는 바람처럼 달아나버렸다.

트라이어드가 순식간에 당하는 모습을 목격한 룩스와 아이리도 어안이 벙벙했다.

"저 여자애는, 대체—?"

"응. 겉보기에는 그냥 어린애 같지만, 일반인은 아니었어."

최소한의 움직임으로 상대를 제압하는 달인에 가까운 몸놀림. 그것과 비슷한 모습을 어디선가 본 것 같았지만, 생각나지 않았다.

"룩스 군! 뒷일을 부탁해!"

"더는 무리야— 지쳤어—."

벌떡 일어난 샤리스와 티르파가 도움을 요청했다.

"저기, 하지만 장갑기룡을 사용하지 않으면, 저도 붙잡을 자신이 없는데요……."

룩스가 쓴웃음을 짓자, 마지막으로 볼이 발그스름하게 물든 녹트가 도끼눈을 뜨고 냉정하게 중얼거렸다.

"No. 우리 세 사람의 팬티를 태연하게 감상한 죄를, 지금이라면 용서해드리겠습니다만—."

"미안! 내가 어떻게든 붙잡아 올게!"

녹트의 지적에 반응한 아이리의 싸늘한 시선.

그 자리에서 도망치려는 것처럼 룩스는 도주한 소녀를 좇아 달렸다.

말은 그렇게 했지만, 그 자그마한 뒷모습은 이미 사라진 지 오래였다.

그러나 밑져야 본전이라는 생각에 건물 뒤편으로 돌아간 순간, 갑자기 등 뒤에서 누군가가 룩스의 목덜미를 붙잡았다.

"⋯⋯윽?!"

한순간의 방심— 아니, 분명 주의를 기울이고 있었는데 허무하게 붙잡히고 말았다.

하지만 룩스가 뒤를 돌아보기 전에 등 뒤에서 목소리가 들려왔다.

"이보게, 그대. 미안하네만 나를 좀 숨겨줄 수 없겠는가? 조금 전부터 무서운 녀석이 나를 노리고 있어서 말이야⋯⋯."

어쩐지 목소리가 겁에 질린 것처럼 들리는 이유를 룩스는 바로 깨달았다.

어느새 눈앞에는 까만 이국 의상을 입은 소녀가 서 있었다.

"오랫동안 격조했사와요, 주인님. 기분은 어떠신가요? 조금 전 연회에서는 시중을 들지 못하여 죄송하옵니다."

미소와 함께 인사한 사람은 1학년인 키리히메 요루카.

구제국 시절 『제국의 흉인』이라고 불리던 기룡사이자, 지금은 룩스의 충실한 종자임을 자처하는 암살자 소녀.

윤기가 흐르는 흑발, 푸른색과 보라색, 서로 다른 색으로 빛나는 두 눈동자.

요염한 색기가 감도는 미소는 왠지 모르게 보는 이를 불안하게 했지만, 묘하게 가슴이 두근거리기도 했다.

그런 마음속 동요를 간파하지 못하게끔 룩스는 심호흡을 한 다음 등허리를 똑바로 폈다.

"저기, 일부러 나를 만나러 와준 거야?"

룩스가 조심스럽게 묻자 요루카는 활짝 밝은 미소를 보여주었다.

"네, 물론이지요— 라고 대답해드리고 싶사옵니다만, 아쉽게도 그건 아니에요. 저도 학원제라는 행사에 반드시 참가해야만 하는 모양인지라, 예행연습을 하고 있던 참이랍니다."

"예행연습이라니……?"

마음에 걸린 룩스가 물어보자 요루카는 눈을 내리깔고 고개를 끄덕이며 대답했다.

"네. 저는 혼자서 『이국의 기사』라는 기획을 맡게 되었사와요. 사실 저희 고도국에서는 사무라이라고 부릅니다만—."

"그, 그래?"

뭐랄까.

고도국의 문화에 대해서는 잘 모르다 보니 알아들을 수 없었지만, 다른 학생들이 협조성이라곤 전혀 없는 요루카에게 귀찮은 일을 떠넘긴 것 같은 냄새가 풀풀 풍겼다.

뭐, 요루카 본인은 그런 것을 신경 쓰는 성격도 아니지만.

"어? 하지만 예행연습이라면— 뭔가 기사 같은 일이라도 하는 중이었어?"

"네, 조금 전에 학원 기물을 파손한 죄인을 쫓고 있었사와
요. 눈에 띄는 붉은 망토를 두른 소녀인데, 주인님께서는 알
고 계시온지요?"

"그게—."

바로 그 순간, 여전히 룩스의 등 뒤에 숨어 있는 소녀가 룩
스의 등에 손가락으로 글자를 써서 지시했다.

간단하게 『도와다오』라는 메시지였다.

"……."

룩스는 솔직히 이 아이를 붙잡아야 한다면 이 자리에서 넘
겨줘야 한다고 생각했지만, 상황을 보니 자신이 소녀를 설득
하는 쪽이 나을 것 같은 기분이 들었다.

"저, 저기, 방금 저쪽으로 간 것 같던데—."

"어라? 그런가요."

룩스의 거짓말에 요루카는 여느 때처럼 미소 지으며 대답
했다.

그러나 보라색 눈동자의 홍채가 미미하게 빛나는 것 같기도
했다.

"그러면 실례하겠사옵니다. 나중에 뵙겠사와요, 주인님."

친애를 담은 미소를 보이며 요루카는 그대로 그곳에서 사라
졌다.

"……역시 눈치챘으려나."

룩스가 그렇게 생각하며 중얼거린 순간, 그에게 도움을 받

은 소녀도 등 뒤에서 안도의 한숨을 내뱉었다.

"후우, 그대 덕분에 살았구나. 이 은혜를 어찌 갚아야 할꼬."

"아니, 그건 됐는데— 그보다 넌 무슨 짓을 해서 쫓기고 있던 거야?"

다시 소녀를 향해 돌아서며 룩스가 추궁했다.

체구를 보고 어린애일 거라고 생각했지만, 알게 모르게 그 몸에서 흘러나오는 어른스러운 분위기를 보면 어느 정도 나이가 든 편일지도 모른다.

"음. 딱히 대단한 짓은 하지 않았다네. 조금 전에 노점 비슷한 곳에서 행사를 열었는데 말이야, 한번 도전해볼까 하다가 과녁을 잘못 봐서 비싸 보이는 항아리를 깨뜨렸을 뿐이야."

"……제가잘못했습니다죄송합니다붙잡겠습니다."

룩스가 무미건조한 표정을 지으며 슬쩍 손을 붙잡자 작은 소녀는 비명을 질렀다.

"우와! 기껏 한시름 놓았더니! 뭐가 문제인가—?! 물건 값은 분명 나중에 치르겠다고 했단 말이다!"

"……."

뭐, 그녀의 독특한 옷차림을 보면 사실일지도 모르지만, 학생들이 화난 이유도 대강 알 것 같았다.

"그럼 다른 사람들한테는 내가 대신 사과할 테니까, 일단 학원장님께 이야기만이라도—"

잠시 고민한 후 룩스는 자기 나름의 해결책을 제안했지만,

망토 소녀는 코웃음을 쳤다.

"학원장? 그렇다면 걱정할 필요 없겠군. 렐리 아인그람과 나는 오랜 친구이니라."

"뭐……?!"

깜짝 놀란 룩스가 눈을 깜빡인 순간, 소녀가 손을 스륵 움직이더니 룩스의 뺨을 요염한 손놀림으로 어루만졌다.

"헌데, 나답지 않게 이제야 깨달았다만, 그대는 제법 잘생겼구나. 특히 내 취향의 동안이야. 은혜를 갚고 싶으니 이름을 가르쳐줄 수 없겠는가?"

"어, 으음, 저는 룩스 아카디아, 인데요……."

갑자기 소녀의 손길이 뺨을 쓰다듬자 룩스는 무심코 부끄러운 마음이 들어 뺨을 붉혔다.

눈앞의 소녀는 그 반응을 보고 기분이 좋아졌는지 눈을 더욱 초롱초롱하게 빛냈다.

"오오! 그대가 소문의 몰락 왕자였는가! 이건…… 그야말로 절호의 기회로구나!"

흥분한 탓에 갈라진 목소리로 소리치며 소녀는 입맛을 다셨다.

룩스는 그 정욕의 불꽃이 붙은 눈동자가 자신을 바라본 순간 불길한 예감을 느꼈다.

하얀 장갑을 낀 손이 슬그머니 룩스의 목덜미를 휘감는 동시에 다른 한쪽 손은 룩스의 가슴과 복근 주위를 더듬었다.

"겉보기엔 날씬하지만, 그럭저럭 탄탄하군. 이 정도면 안기는 맛이 좋을 것 같구나."

소녀는 어쩐지 교태를 부리는 것만 같은, 그러면서도 음흉한 웃음을 띠었다.

"잠깐, 갑자기 무슨 짓을—?!"

"순진한 반응이로고. 설마 그럴까 싶지만, 그 얼굴로 여자 경험이 없는 게냐?"

"엑……?!"

소녀가 느닷없이 이상한 질문을 하자 룩스의 얼굴은 더욱 빨갛게 달아올랐다.

경험이라니 그, 그걸 말하는 건가?

키스 이상을 가리키는 거라면, 그렇긴 한데—.

"이럴 수가, 이 정도의 진미가 지금까지 아무도 손대지 않은 상태로 고스란히 남아 있었다니! 될 수 있으면 앞으로 5년은 더 묵힌 다음 잡아먹고 싶었다만, 지금이라도 충분하니라. 이 보게, 룩스여. 그대와의 하룻밤— 얼마면 살 수 있는가?"

"……넵?"

룩스는 몇 초 동안 진득하게 생각해 보았지만, 그 질문의 의미를 이해할 수 없어서 당황했다.

그러나 소녀 쪽은 어딘지 모르게 음탕함이 느껴지는 웃음을 보이며 룩스의 얼굴을 올려다보았다.

"빚이 잔뜩 남아 있지? 차라리 내 애인이 되어 집에 오는 것은 어떤가?"

거기까지 듣고서 마침내 룩스도 그녀의 의중을 알아차렸다.

이 잘 차려입은 소녀가 무엇을 위해 룩스를 사려고 하는지를—.

"아니, 무슨 소릴 하는 겁니까?! 그런 짓을 할 수 있을 리가—."

룩스는 빨갛게 익은 얼굴로 허둥지둥 거부했지만, 소녀는 더욱 음흉한 미소를 지으며 룩스의 가슴을 손가락으로 더듬었다.

"크크크크……. 그대, 보기와는 다르게 흥정에 능숙하구먼? 좋아. 그대의 여동생도 함께 거두어주겠네. 생활 부분은 걱정하지 말게나."

"무슨 이야기냐니까요?!"

반사적으로 딴죽을 건 순간, 룩스의 몸이 갑자기 떠오르더니 뒤쪽으로 끌려갔다.

"……윽?!"

배후에서 나타난 누군가는 가볍게 룩스를 안고 도약하여 눈앞의 소녀에게서 거리를 벌렸다.

그리고 거기까지 당한 후에야 룩스는 그 현상을 일으킨 존재—.

룩스와 소녀 사이에 끼어들어 두 사람을 떼어 놓으려고 한, 다른 한 소녀의 정체를 알아차렸다.

"피이?!"

분홍색 머리카락과 커다란 가슴을 지닌 소꿉친구, 피르히 아인그람.

무표정하고 과묵해 보이는 마이페이스 소녀는, 지금 이 순간만큼은 날렵하게 움직여 눈앞의 소녀와 대치했다.

"호오……. 재회한 스승에게 이런 무례한 짓을 하다니, 인사한번 고약하구나. 렐리는 여전히 자기 동생을 오냐오냐 키우는 모양이로고."

"아무리 스승님이라 해도, 루우는 넘겨주지 않을, 거야."

조용히 자세를 잡는 피르히를 앞에 두고서 소녀는 당당하게 미소 지었다.

"호호오, 그렇단 말이지. 그러고 보니 네게서, 소꿉친구가 있네 없네 하는 이야기를 들은 적이 있었구먼."

두 사람은 아는 사이인가?

그 생각보다 먼저 두 사람을 말려야만 한다는 생각이 룩스의 뇌리에 떠올랐다.

피르히는 보기와는 다르게 신체 능력이 뛰어난 무술의 달인이지만, 이 소녀도 상당한 실력자다.

그러니 두 사람이 제대로 맞붙으면 큰일이 일어날 것이다.

"저, 저기 둘 다, 무슨 상황인지는 잘 모르겠지만 그만―."

그렇게 판단한 룩스가 온 힘을 다해 말리려고 한 순간, 갑자기 분위기가 이완되었다.

"후…… 어쩔 수 없구먼. 놀이는 이쯤에서 그만하도록 할까. 이 두 사람을 동시에 상대하는 건 역시 힘들 것 같으니라."

"두 사람……?"

룩스는 고개를 갸웃한 직후에 다른 한 사람의 정체를 알아차렸다.

피르히와 대치 중이던 소녀의 등 뒤에서, 학원 최강의 3학년 세리스티아가 기공각검의 자루에 손을 대고 있었다.

그 표정은 평소의 세리스답게 굳세었으며, 한 치의 틈도 보이지 않았다.

"당신은 마르카팔 왕국의 대표, 마기알카 젠 반프리크 님이시군요."

세리스는 소녀에게 시선을 고정한 채 조용히 그 이름을 말했다.

"각국에 뻗어 있는 판로와 막대한 자산을 보유한 반프리크 상회의 총수……. 그리고 지금은 세계 등급 순위 1위이자 『칠용기성』 대장."

"―?!"

그 말을 들은 룩스의 표정이 무심코 경직됐다.

얼핏 어려 보이기만 하는 이 인물이, 세계의 정점에 위치하는 기룡사라니…….

몸놀림을 통해 평범한 사람은 아닐 거라고 생각하긴 했지만, 설마―.

"룩스의 실력을 시험하러 오신 겁니까? 그렇다면 농담이 조금 과하셨습니다."

그러나 세리스는 그런 사실에 기죽는 기색조차 보이지 않으며 초연한 태도로 말했다.

그러자 마기알카는 피식 웃으며 살짝 고개를 가로저었다.

"그럴 리가, 이건 정말로 단순한 우연이라네. 내 행동 때문에 오해했다면 사과하지. 딱히 소동을 일으키려는 생각은 없었어."

소녀는 두 손을 들고 눈을 감으며 항복 자세를 취했다.

그리고 피르히와 세리스가 자세를 풀자, 마기알카는 다시 룩스 쪽을 보았다.

"나는 애초에 마르카팔 왕국 출신이 아니고, 국가에 묶인 몸도 아니네만, 지금은 한시적으로 고용되어 『칠용기성』의 대장을 맡고 있지. 앞으로 잘 부탁하네, 룩스."

"아, 네. 저야말로―."

마기알카가 오른손을 내밀어 악수를 청하자 룩스도 흔쾌히 받아들였다.

외관상 가냘파 보이는 몸이었지만, 꽤 단련돼 있는 모양이었다.

"그나저나 소문대로 제법 재미난 남자로군. 학원에 한 명뿐인 남학생 주제에, 여자를 다루는 법이 꽤 능숙해 보여."

"아, 아뇨……."

당신도 『칠용기성』의 대장인 것치고는 꽤 특이한 사람입니다만.

룩스는 차마 그 말까지는 하지 못했다. 그러자 눈앞의 여성은 음흉하게 웃으며 「역시 나중에 내 방으로 오지 않겠는가?」라고 속삭였다.

그 모습을 본 세리스가 의연한 태도로 제지했다.

"마기알카 경. 룩스에게 자꾸 이상한 말씀을 하지 마십시오. 그 이상의 접촉은 허가하지 않겠습니다."

그러나 마기알카는 딱히 신경 쓰는 기색도 없이 눈꼬리를 내리며 놀리는 웃음을 지었다.

"허어, 라르그리스 가문의 공작 영애는 남자를 혐오하는 꽉 막힌 여자라고 들었는데, 내가 아는 것과는 꽤 다른 것 같구 면. 그대— 설마 이 남자를 사모하는 겐가?"

"윽……?!"

그 질문을 들은 순간 소녀의 가면이 순식간에 부서졌다.

하지만 마기알카는 딱히 추궁하는 일 없이 한숨을 폭 내쉰 다음 화제를 바꾸었다.

"자, 오늘은 학원장과 이야기를 하러 왔다네. 나중에 이곳에서 열릴 학원제와 세계 회의에서 만나지. 그때는 잘 부탁하네, 두 사람 다—. 아아, 나의 애제자도, 나중에 느긋하게 차라도 마시자꾸나."

그 말을 끝으로 마기알카는 발길을 돌려 그대로 가버렸다.

그 자리에는 룩스와 피르히, 세리스 세 명만이 남았다.

"저 사람이 『칠용기성』의 대장이라니. 전에 피이가 말한 무술 선생님이란 설마—."

"응. 저 사람이 스승님. 나도 만나는 건 오랜만이야."

피르히는 고개를 끄덕여 긍정했다.

맨손 격투에서는 적수를 찾아볼 수 없는 피르히를 가르친 인물이니 꽤 강할 거라고 상상하긴 했지만, 설마 그녀도 상회를 운영하는 대부호일 거라고는 생각지도 못했다.

"하지만 렐리 씨나 피아랑 아는 사이라면, 나쁜 사람은 아니겠지?"

"……몰라."

"어……?"

피르히의 예상치 못한 대답에 룩스는 자기도 모르게 되물었다.

"스승님은 아마도, 자기 자신만을 위해 움직인다고 생각해."

"그렇, 구나……."

피르히는 무표정하고 과묵한 탓에 그다지 주위에 관심이 없는 것처럼 보이지만, 사실은 사람의 본질을 잘 꿰뚫어 본다.

다시 말해 그녀의 판단은 신용할 수 있었다.

선악과는 무관하게, 어쨌든 긴장을 늦추면 안 되는 상대라는 것만큼은 확실해 보였다.

"그리고 세리스 선배도 도와주셔서 고맙습니다ㅡ."

"아, 아뇨……. 저는 그저, 우연히 룩스가 있는 곳을 지나가던 길이었을 뿐이에요."

"……?"

갑자기 초조한 표정으로 시선을 피하는 그녀를 보며 룩스는 고개를 갸웃했다.

이상하다.

조금 전까지는 평소의 늠름한 선배였는데, 갑자기 태도가 돌변하고 말았다.

"어디 몸이라도 안 좋으세요? 세리스 선배한테는 흔치 않은─."

룩스가 그렇게 말하며 다가간 순간 세리스가 뒷걸음질 쳤다.

"어라……?"

그녀의 반응에 룩스가 고개를 갸웃하자, 세리스는 뺨을 발갛게 물들이며 시선을 피했다.

"세, 세리스 선배, 왜 그러세요……?"

"아, 아뇨, 아무것도 아닙니다. 사, 사소한 우연입니다! 그, 제, 제 용건은 이제 끝났으니, 이만 실례하지요!"

세리스는 완전히 당황한 모습으로 일방적으로 말한 후 그대로 달려 나갔다.

그 기세로 순식간에 룩스의 시야에서 사라지고 말았다.

†

"하아, 하아……. 제게 대체 무슨 일이 일어난 거죠─?!"

학원 부지 내를 달리면서 얼굴의 열기를 자각했다.

이상했다. 무언가 묘했다.

어제도 멍하니 있다가 아버지 디스트에게 질타를 받아, 지쳐 쓰러질 때까지 훈련에 매진했는데─.

조금 전에도 룩스가 궁지에 빠진 모습을 보고 달려가, 최선의 행동으로 도와주었다고 생각했는데─.

『그대─ 설마 이 남자를 사모하는 겐가?』

마기알카가 꺼낸 한마디가 머릿속에서 떠나지 않았다.

룩스의 얼굴을 본 순간부터 상황 판단이 잘 되지 않았다.

"이런 일은, 지금까지 한 번도 없었습니다만—."

결국 교사 뒤쪽에서 교문 밖까지 뛰어온 세리스는 가쁜 숨을 몰아쉬었다.

평소 같았으면 이만큼 달린 정도로는 숨이 차지 않을 테지만, 가슴의 고동은 여전히 빨랐다.

여기까지 오는 길에 후배 소녀들과도 스쳐 지나갔지만, 얼굴도 보지 못하고 지나치고 말았다.

'잠시 바깥을 좀 순찰한 뒤에 돌아갈까요⋯⋯.'

자신의 몸이 진정되기 전까지는 돌아가지 못할 것 같아서, 세리스는 드물게도 『도망치는 자세』를 생각했다.

그러나 그녀의 그런 생각과는 별개로, 실제로 학원제가 열리는 이 시기가 되면 왕립 사관 학원의 분위기는 어수선해진다.

기껏해야 이틀 정도긴 하지만, 외부인들에게도 개방되는 까닭에 그야말로 불순한 생각을 품은 『남자』도 당연히 찾아온다.

작년에는 옷을 갈아입는 모습을 엿보려고 학원 건물을 기어오른 치한이나, 장갑기룡을 노리고 격납고에 침입하려 한 도둑도 있었다.

그때는 세리스 일행이 신속하게 해결하여 큰 문제로 발전하기 전에 해결했지만⋯⋯.

'정말로 피해가 발생하게 되면, 우리 선에서는 해결할 수 없어요.'

일단 피해가 발생한 뒤에는 학원장과 시장, 어쩌면 학원을 운영하는 왕도 측에서도 간과할 수 없을 것이다.

세리스 자신은 군이 따지자면 다소 과열되는 경향을 보이는 축제의 떠들썩한 분위기를 불편해하는 쪽이었다. 그래도 축제를 기대하는 많은 소녀들의 모습을 보고 있으면 기분이 좋았다.

아니, 자신은 평소에도 필요 이상으로 고지식하게 행동하는 만큼, 이런 자리에서는 무대 뒤로 돌아가 그녀들의 짧은 여흥을 응원해주고 싶었다.

그것이 자신이 할 수 있는 일이라고, 세리스는 생각했다.

"후우, ……겨우 가슴이 진정되었군요."

외벽으로 둘러싸인 넓은 학원 주위를 한 바퀴 돌고 난 세리스는 평정심이 돌아온 것을 느꼈다.

하지만 과거 세리스에게 문무를 가르쳐준 가정 교사 웨이드.

룩스의 할아버지인 그에게서 받은 지도서에도, 이런 증상에 대한 대처법은 실려 있지 않았다.

"일시적인 증상이라면 다행이지만, 이 상태가 계속되면 위험하겠군요……."

나지막한 목소리로 중얼거리며 모퉁이를 돌자, 교문에서 조금 떨어진 위치에서 물끄러미 학원 안쪽을 바라보는 소녀의 모습이 눈에 들어왔다.

"저 사람은—?"

세리스는 그 모습을 보고 고개를 갸우뚱했다.

외관상 수상한 인물 같지는 않았다. 평범한 중류층 가정의

아가씨로 보였지만, 세리스는 뭔가 이상하다고 생각했다.

왜냐하면 세리스가 외벽을 따라 한 바퀴 도는 동안, 계속 그 자리에서 안쪽을 보고 있었기 때문이다.

"실례합니다. 잠깐 괜찮으신지요?"

마음에 걸린 세리스가 말을 걸자, 아가씨는 퍼뜩 정신이 든 것처럼 그쪽을 보았다.

세리스보다 두세 살 연상으로 보이는, 화려하진 않지만 예쁜 여성이었다.

"학원에 무슨 용건이라도 있으신지요? 저라도 괜찮다면, 이야기를 들어드릴까요?"

"아— 아하하…… 미안해."

그렇게 대답한 여성은 친근하게 손을 흔들며 쓴웃음을 지었다.

"사실 나는 다른 지구에 사는 사람이거든. 마침 일이 있어서 이곳에 온 김에 아는 남자애랑 만나볼 수 없을까 싶어서 와봤는데— 학원제도 아직 준비 중인 것 같으니 안 될 것 같아서 아쉬워하던 참이야."

"남자애요……? 그렇다는 건, 설마—."

"응. 룩스 아카디아 군이야. 전직 왕자님이자 날품팔이꾼. 지금은 이 성채 도시에서 다른 의미로 유명인이 된 모양이지만……."

어딘지 모르게 아련한 눈빛을 보이며 그녀는 중얼거렸다.

사대 귀족 공작가의 영애로서 룩스에 버금갈 정도로 유명한 세리스를 알아보지 못하는 것은, 아마도 그녀 자신이 귀족과 인연이 없는 사람인 탓이리라.

"그게, 고양이가 물어 간 내 포셰트를 되찾아주려고 하다가 이 동네에 오게 된 거거든. 그래서 좀, 책임 같은 게 느껴져서."

"그런 일이 있었군요."

세리스는 룩스가 리샤의 제안을 따라 학원에 편입하게 된 경위는 들었지만, 이렇게까지 구체적인 이야기는 들어본 적 없었다.

"응, 재미있는 애였어. 우리 쪽에서는 잠깐밖에 일하지 않았지만, 항상 바쁜 모습으로—"

그녀는 그대로 룩스에 대한 기억을 이야기하기 시작했다.

어째서일까…….

룩스가 학원에 온 뒤로 아직 반년 정도밖에 지나지 않았으니 당연한 것인데, 자신이 모르는 날품팔이 생활 시절의 이야기를 들으니 조금 아쉬운 기분이 들었다.

"그렇구나. 그 애도 즐겁게 지내고 있는 것 같아서 다행이네. 그래도— 가능하다면, 잠깐이라도 좋으니 그랑 만나게 해줄 수 없을까? 학원제가 열릴 때까지 기다리고 싶지만, 일 때문에 오늘 중에는 꼭 돌아가야 하거든."

"그, 그건……."

그녀의 부탁에 세리스는 잠시 망설였다.

학원 규정상, 보통은 허가받지 않은 외부인을 안에 들이는 것은 허용되지 않는다.

그러나 이유를 붙여서 룩스를 밖으로 데리고 나오는 것은 가능하리라.

그것 또한, 원래는 해선 안 되는 행동이었지만—.

'……하지만 그녀는 일부러 이렇게 만나러 와 주었고, 룩스도 분명 좋아할 겁니다.'

세리스는 망설였다. 그녀를 도와주기 위해 학원의 규율을 어길 것인가.

그러나 기대가 가득한 그녀의 눈을 보고 있으니 자꾸만 답답한 기분이 들었다.

"저, 저기, 죄송합니다만…… 그, 룩스는 지금—."

자연스럽게 거절하려는 순간, 아가씨의 몸이 둥실 떠올랐다.

"꺄악?!"

"—?!"

그 즉시 용수철처럼 튀어 나간 세리스는 떠밀린 아가씨의 몸을 품에 안았다.

어느 틈엔가 교문 근처에는 검은 군복을 갖춰 입은 소녀 두 명이 서 있었다.

"이게 무슨 짓입니까, 당신은— 큭?!"

재빨리 아가씨를 일으켜 세운 세리스는 폭력을 휘두른 군복 소녀를 노려보았다.

한 명은 큰 키와 진홍색 머리카락이 특징적인 소녀.

그녀의 온몸에서는 불길하고 위압적인 적의가 흘러넘쳤고, 찌르는 듯한 안광을 뿌리고 있었다.

무력과 악의의 화신.

그녀를 본 사람들은 전부 그렇게 생각할 것만 같은 분위기를 풍기는 소녀였다.

정색— 아니, 희미하게 미소 짓고 있는데도 불구하고 모든 것을 내려다보며 멸시하는 시선.

그런 두려움을 안겨주는 표정으로 그녀는 세리스를 응시했다.

"뭐가—?"

뻐끔, 초승달 모양으로 입을 연 그녀는 아가씨의 팔을 콱 붙잡았다.

그 직후 아가씨의 입에서 날카로운 비명이 터져 나왔다.

"옷…… 아아아아아악……?!"

"—."

그 순간 세리스의 얼굴에서 잡념이 사라지며 표정이 완전히 바뀌었다.

거침없이 레이피어형 기공각검을 뽑아 검은 옷을 입은 소녀의 얼굴을 향해 칼끝을 겨누었다.

"그 이상의 행패는 허가하지 않겠습니다. 거부한다면 참지 않을 겁니다."

진심이 담긴 세리스의 엄포.

그러나 포학한 소녀는 그럼에도 안색 한번 바꾸지 않았다.

"행패? 그건 내 앞길을 가로막은 이 천민이 부린 거잖아? 신왕국이 된 뒤로 아랫것들을 제대로 안 가르친 모양이네에."

"아, 아파아아앗!"

검은 옷의 소녀는 아가씨의 팔을 으스러뜨리려는 기세로 손아귀에 더욱 힘을 주었다.

그 순간 세리스가 움직이며 레이피어의 칼날이 번뜩였다.

동시에 소녀도 아가씨에게서 손을 떼고 장갑을 낀 오른 주먹을 내질렀다.

"—그만해, 세리스!"

"참으십시오, 로자 님."

두 목소리가 동시에 울려 퍼진 찰나 검과 주먹의 궤도가 교차했다.

서로 시도한 공격을 종이 한 장 차이로 피한 직후, 세리스와 소녀는 신속하게 거리를 벌렸다.

그와 동시에 두 사람을 말리기 위해 끼어든 사람은 트라이어드 멤버이자 3학년인 샤리스. 그리고 적발 소녀와 함께 있던 다른 한 사람, 안경을 쓴 군복 차림의 소녀였다.

"—흥이 식어. 조금은 즐길 수 있겠다고 생각했는데."

적발 소녀는 손을 흔들며 조롱하는 것처럼 웃었다.

하지만 세리스는 그 웃음이 아닌 다른 점에 의식을 빼앗겼다.

"로자……? 당신은, 설마—."

"처음 뵙겠습니다. 그녀는 헤이부르그 공화국을 대표하는 『칠용기성』, 로자 그랑하이드. 저는 보좌관인 카렌시아 하즈마이스라고 합니다."

옆에 있던 이지적인 외모의 안경 소녀가 로자 대신 신분을 밝히며 인사했다.

그녀의 표정은 철면피라기보다는 애써 냉정함을 유지하고 있는 것처럼 보였다.

"헤이부르그, 의……."

두 사람의 정체를 알게 된 세리스와 샤리스는 경계하는 표정으로 자세를 가다듬었다.

헤이부르그 공화국.

세계적으로 이름 높은 대국 중 하나로, 몇 개월 전 헤이즈라는 무기 상인의 손을 빌려 신왕국을 탈취하기 위해 침공했다.

그러나— 그것은 어디까지나 구제국에서 망명한 잔당과 헤이즈가 주도한 계획.

외부인 두 사람과 군부 탈취를 꾀한 고관 한 사람이 독단적으로 저지른 일이라고 해명했을 뿐이다.

그 전투에서 큰 타격을 입은 신왕국은 당연히 그 해명을 받아들이지 못하고 책임 소재를 추궁했지만, 두 나라의 주장은 평행선을 달려 현재에 이르게 되었다.

거기까지는 세리스 일행도 아는 이야기였지만…….

"로자 그랑하이드…….『전용전』에서도 당신의 얼굴을 본 기억은 없습니다만—."

로자의 나이는 세리스 일행과 동년배로 보였다.

그럼에도 불구하고 지금까지 그녀의 존재에 대하여 들어본 적은 없었다.

"아아, 확실히 그런 일도 있었지. 유적 조사권을 걸고 맞붙는 단순한 모의전……. 난 그딴 것에 참여하려고 했다가 철창에 갇혔다고. 군사 학교의 교내 선발전에서, 상대를 겨우 다섯 명 정도 죽여버렸을 뿐인데 말이지."

"—윽?!"

그녀가 태연하게 밝힌 사실에 세리스 일행은 전율했다.

일말의 죄책감조차 느껴지지 않는 로자의 발언을 통해, 어째서 지금까지 그녀의 이름을 듣지 못했는지 순식간에 그 이유를 깨달았다.

아무리 굉장한 실력자라 해도, 이런 성격이라면 확실히 나라 밖으로 내보낼 수 있을 리가 없다.

상식이나 윤리를 지니지 않은 살육자.

따라서 지금까지 존재 그 자체를 은폐해 온 것이다.

"……."

두려웠다.

그리고 동시에 헤이부르그 공화국의 사정도 가늠할 수 있었다.

실력은 출중하지만 무슨 일이 있어도 외부로 내보내고 싶지 않은 그녀를 『칠용기성』으로 추천해야만 할 정도로, 헤이부르그의 내부 상황은 혼란스러운 것이다.

역시 국가 간의 협력 체제라고 하지만 조금도 방심할 수 없었다.

"자…… 그럼, 학원장님께 인사하러 가야겠군. 당분간 신세 좀 지겠어. 내 심기를 건드리지 않게 조심하라고."

아가씨에게는 흥미를 잃었는지 로자는 교문 안으로 들어갔다.

세리스도 불평하고 싶은 마음을 참으려고 했으나, 옆에 있던 샤리스에게 일어난 이변을 알아차렸다.

그녀의 상박에, 조금 전까지는 없었던 멍이 떠올라 있었다.

조금 전 서로 자신의 동료를 말리려고 끼어든 그 순간—.

로자가 샤리스의 몸을, 눈치채지 못할 정도의 속도로 가격한 것이다.

"기다리세요. 이대로 친구에게 범한 무례를 사과하지 않고 가는 것은 용납하지 않겠습니다."

세리스의 주위에서 풍기는 분위기가 바뀌었다.

신비롭다는 표현이 어울리는 절대자의 분위기.

집중력을 극한까지 끌어올린 세리스는 눈앞의 소녀에게 적대적인 의지를 드러냈다.

"차, 참아, 세리스! 나는 괜찮아! 여기서 문제를 일으키면—."

"—훗, 후후후. 너…… 재미있구나—."

뒤로 돌아서며 입꼬리를 비틀어 올린 로자의 눈동자가 어둡고 사악한 빛을 띠었다.

"재미있고— 강한 여자네. 그냥저냥한, 수준이지만."

"사과할 생각은 없다고 판단해도 되겠지요? 그렇다면……."

기공각검 자루를 쥔 세리스의 손에 힘이 살짝 들어갔다.

그러나 로자는 눈썹 하나 까딱하지 않으며 오만하게 미소지었다.

"아쉽지만 관둬야겠어. 여기서 시작하면 누군가가 방해할 거 아냐? 그러면 흥이 확 깨지잖아. 만약 그런 짓을 당한다면, 난 참지 못하게 될 거야."

"두 분 모두 그만하세요."

카렌시아가 두 사람 사이에 끼어들자 일촉즉발의 분위기가 약간 누그러졌다.

하지만 셰리스와 로자의 안광은 여전히 교차되어 있었다. 그리고 로자는 이렇게 선언했다.

"마음에 들었어. 너와는 언젠가 어울리는 자리에서 결판을 내주겠어. 네 힘과 긍지를, 산산이 박살 내서 나락으로 떨어뜨려 줄게."

희열에 젖은 웃음을 남기고 로자는 그 자리에서 떠났다.

그 뒷모습이 학원 안쪽으로 사라진 뒤에도 셰리스는 한동안 기공각검의 자루에서 손을 떼지 않았다.

"미안해요, 샤리스. 어서 의무실로 가죠."

"왜 이리 호들갑스러워. 이 정도는 평소 훈련할 때 입는 상처 수준이잖아. 하지만—."

웃으면서 그렇게 대답한 샤리스는, 문제의 소녀가 사라진 방향을 보며 마저 중얼거렸다.

"『창조주』와 대화하는 세계 회의라……."

"네, 아무 일 없이 끝났으면 좋겠다—는 건, 너무 철없는 바람이겠지요."

셰리스는 동의하는 것처럼 다시 고개를 끄덕였다.

축제를 앞둔 학원의 분위기.

소란과 열기에 감싸인 그 즐거운 분위기 속에서 격렬한 폭풍의 전조가 느껴졌다.

†

몇 시간 후.

성채 도시 1번 지구에 위치한 관청 근처의 여관.

그곳에는 세계 회의에 참석하기 위해 소집된 각국의 대표—『칠용기성』의 멤버들이 묵고 있었다.

호화롭다고는 할 수 없지만, 인테리어에서 꼼꼼한 손길이 느껴지는 여관이었다.

그곳의 2층 안쪽에 있는 한 방에서는 두 소녀가 이야기를 나누고 있었다.

"—있잖아, 악과 선 중에서, 과연 어느 쪽이 더 강할 것 같아?"

뭔지 모를 위험함이 느껴지는 미소를 지으며 한 소녀가 질문했다.

헤이부르그 공화국을 대표하는 『칠용기성』로자 그랑하이드와 그녀의 보좌관인 카렌시아.

그 좁은 세계 속에는 단 두 사람만이 있었다.

"물론 그 모든 것이 일률적인 건 아니야. 강한 악, 강한 선이 존재하지. 하지만 만약에— 만약에 실력이 같은 두 사람이 싸우면, 어느 쪽이 이길까?"

두 사람 가운데 정신적으로 우위에 서는 존재.

그 한 여자가 눈매를 날카롭게 좁히며 소녀의 귓가에 속삭였다.

옆에 앉아 있는 얌전한 소녀는, 어쩐지 우울해 보이는 어색한 표정으로 천천히 수긍했다.

"……물론. 악, 입니다."

대답하고서 연약함이 느껴지는 시선으로 상위자의 안색을 살피며 계속해서 말했다.

"선이란, 선을 선택한 순간 약해지게 됩니다. 법을 지키고, 의를 존중한다. 신이나 지배자의 변덕…… 불확실한 희망과 구원을 바라는 타락에 지나지…… 않으니까요."

소녀는 무언가 협박이라도 당하고 있는 듯한 침통한 표정으로 중얼거렸다.

그것밖에 선택지가 없다고, 그렇게 단념한 것처럼…….

그 대답에 만족한 여자는 히죽, 사악하게 입가를 일그러뜨렸다.

"잘 아네. 선이란— 싸움 앞에서 달아난 겁쟁이들의 말로야."

소리 높여 대답하면서 여자는 소녀의 육신을 손으로 어루만졌다.

군복 위로 소녀의 가슴을 다섯 손가락으로 더듬으며, 끈적하게 주무르고 희롱했다.

"앗, 크읏……?!"

쾌락과 아픔, 그 두 가지를 동시에 선사하면서 여자는 소녀의 반응을 즐겼다.

"이 세계에서는 악이야말로 진정한 강자. 악이라면 선의 탈을 뒤집어쓸 수 있어. 악이라면 인심을 속일 수 있어. 악이라면 상대를 앞지를 수 있어. 악이라면 법망을 빠져나갈 수 있어— 사람이라면 누구든 선을 향해 달아나버리는 이유는, 겁 많은 양으로 살아가는 것이 편한 탓이야. 하지만 그래서는 빼앗기기만 할 뿐. 너라면 그것을, 이미 이해하고 있겠지?"

"……."

"선인은 잡아먹힐 뿐. 영웅 따위는 오지 않아. 너와 네 가족을 도와주는 사람은 헤이부르그의 어디에도 없었어. —알고 있지? 네가 앞으로도, 『악』으로 살아갈 수밖에 없다는 것을."

"……네."

고개를 끄덕이는 것 이외의 선택지는 허용되지 않았다.

견디는 듯한 목소리로 대답하며, 소녀는 고개를 숙였다.

"착한 아이구나. 그렇다면 실행에 옮겨야 해. 강자 측에 서는 악으로서, 우리가 성공하기 위한 행동을—"

체격이 다른 한 여자가, 그대로 다른 한 사람을 밀어 침대 위로 넘어뜨렸다.

여자는 자신의 입술을 핥으며 그 간계를 귓가에 속삭였다.

"억지로 때려눕히면 안 된다? 헤이부르그를 방해하는 빛이 있는 신왕국— 그것을 짓뭉개려면 안쪽에서부터 시작해야 해. 녀석들이 실태를 부리게 만들어서, 수치심과 후회로 썩게 하는 거야."

악한 절대자 밑에 깔린 소녀는 공허한 눈동자로 천장을 바라보았다.

"크읏, 아……."

육신 곳곳에서 느껴지는 다양한 감각에 몸을 맡긴 채, 소녀는 검게 물들어 가는 갈등과 싸우고 있었다.

Episode 2 　칠용 집결

"안녕하세요, 렐리 씨."

"안녕, 룩스 군. 어젯밤에는 잘 잤니?"

이른 아침 학원장실.

이미 모여 있었던 리샤나 세리스와 짧게 인사를 나눈 후 룩스는 렐리와 이야기를 나누었다.

그로부터 하루, 드디어 세계 회의의 시작이 코앞으로 다가왔다.

"사전 회의는 미리 다 마쳤을 테지만 조심하렴. 너도 알다시피, 어떤 나라의 대표든 다들 여간내기가 아니잖니?"

"정신 바짝 차릴게요. 그보다—."

"응, 이쪽도 최대한 빈틈없이 경계하고 있어. 뒷일은 걱정 마렴."

국가를 적대시하는 전쟁광 『용비적』이 이번 세계 회의에 대한 정보를 알아차린다면 높은 확률로 습격하러 올 것이다.

그래서 얼마 전부터 기룡사 증원을 모아 둔 모양이었다.

피르히나 요루카 같은 실력자도 학원 수비에 참여하는 것 같으니 크게 걱정할 필요는 없을 것 같았다.

그렇다면—.

"그래. 이제 우리가 대화에 어떤 자세로 임할지만 정하면 되겠구나."

약간 긴장한 모습의 리샤가 룩스 옆에 나란히 섰다.

참석하는 사람은 『칠용기성』과 그 보좌관 및 각국의 지도자 대리인으로 선발된 네 명.

신왕국의 대리인으로는 리샤가 세계 회의에 참석하게 되었다.

"우선 사전 회의에서 정한 대로 가보죠. 우리의 방침은 우선 『창조주』에게서 정보를 빼내는 것입니다."

사실 자신들만이 아니라 다른 국가도 기본적으로는 그것이 목적이라고 보아도 틀림없을 것이다.

지금까지 수백 년 동안에 걸쳐 베일에 가려져 있던 구시대의 역사.

그 모든 것을 아는 존재가 나타났으니, 이쪽으로서는 그들이 어떤 식으로 나올지 살펴볼 수밖에 없었다.

당연히 회의 중에는 인연이 있는 후길을 건드릴 생각은 없었다.

룩스가 호흡을 고르고 있으니 『칠용기성』과 그 보좌관, 그리고 각국의 지도자 대리인들이 속속 모습을 드러냈다.

이미 구면인 사람들이 있는가 하면 처음 보는 사람도 있었다.

"안녕, 룩스 군. 오늘도 잘 부탁해."

"야호~. 오빠, 잘 지냈어?"

그렇게 말을 걸어온 사람은 코랄과 메르다.

두 사람과 간단히 인사를 나눈 다음 룩스도 회의실로 들어갔다.

방은 꽤 널찍했지만, 외부의 습격을 방지하기 위해 창문이 없고 어두침침했다.

그래서 대낮인데도 비치되어 있는 램프가 각국 대표들의 얼굴을 은은하게 비추고 있었다.

회의 좌석은 크게 세 그룹. 지도자 대리인 네 사람과 『칠용기성』, 그리고 『창조주』그룹으로 나눌 수 있었다.

지도자 대리인은 신왕국에서 리즈샤르테. 반하임 공국에서는 공녀 밀미에트. 헤이부르그 공화국에서는 그니우스 대신이 참석할 예정이었다.

유미르 교국에서만 니아스 교황이 출석한 이유는, 실질적인 최고 권력자로서 그 위에 대주교가 있는 까닭이리라.

그리고 『칠용기성』일곱 명과 보좌관들은 한 사람을 제외하고 전원이 모였다.

신왕국 대표는 룩스 아카디아. 보좌관으로 세리스티아 라르그리스.

반하임 공국 대표는 그라이퍼 네스트, 보좌관은 코랄 에스터.

유미르 교국 대표는 메르 기잘트. 보좌관으로 크루루시퍼 에인폴크.

헤이부르그 공화국 대표는 로자 그랑하이드. 보좌관은 카렌시아 하즈마이스.

블래큰드 왕국에서는 싱글렌 쉘불릿과 보좌관 츠바이베르

크 기믈레.

마르카팔 왕국에서는 마기알카 젠 반프리크. 보좌관은 결석.

—여기까지는 룩스가 만나본 적 있거나 세리스에게서 이야기를 들은 상대다.

그리고 소문조차 들어본 적 없는 마지막 『칠용기성』이, 드디어 실내에 모습을 드러냈다.

"……아니, 여기까지 와서 왜 돌아가려고 하시는 겁니KA?! 얼른 들어가세YO!"

모자 쓴 소녀가 열린 문 너머로 보이는 갈색 팔을 힘껏 잡아당기는 모습이 보였다.

모든 사람들의 시선이 그쪽으로 집중되는 가운데, 이윽고 그 모습이 드러났다.

"……"

이 상황이 무척 싫은 듯한, 그리고 자신 없어 보이는 눈빛을 지닌 소녀였다. 몸에는 얇은 이국 의상을 걸치고 있었다.

선명한 갈색 피부와 초록빛이 감도는 윤기 있는 흑발.

그 외양만 해도 충분히 특징적이었지만, 그녀의 얼굴에 새겨진 붉은 문신이 그 독특한 풍모를 더욱 두드러지게 했다.

"으, 아—"

그리고 자신이 주목받고 있다는 사실을 깨달은 소녀는 재빨리 눈을 돌리며 입을 다물었다.

그 틈에 모자 소녀는 그녀를 질질 끌고 와 억지로 자리에 앉혔다.

"아, 늦어서 죄송합니DA. 이 분은 토르키메스 연방의 대표인『칠용기성』소피스 셉티, 그리고 저는 보좌관인— 우르크 셉티라고 합니DA."

하지만 자기소개를 듣고도 다들 아무 말도 하지 않았다.

마지막으로 나타난『칠용기성』은 지금까지의 멤버들과는 또 다른 의미로 다가가기 어려워 보이는 소녀였다.

'하지만 뭘까? 분명 이번이 첫 대면일 텐데, 누군가와 닮은 것 같은 느낌이…….'

룩스가 그녀를 빤히 바라보자, 소피스는 재빨리 시선을 피하며 고개를 돌렸다.

고개를 푹 숙인 소녀 대신에 모자 소녀가 모두를 향해 선언했다.

"음— 소피스는 낯가림이 심한 탓에 여러분과는 이야기를 잘 나눌 수 없습니DA. 그러므로 제가 통역관으로서 그녀의 의사를 전달할 테니, 잘 부탁드립니DA."

"……참으로 기묘한 녀석들이다만, 뭐 좋다. 나중에 말주변이 없어서 잠자코 있었던 거라는 변명만 하지 않는다면야."

대장인 마기알카의 정리를 끝으로 전원이 착석했다.

자리에 앉아 양쪽 팔꿈치를 테이블에 올리고 깍지를 낀 후, 마기알카는 일동을 돌아보며 입을 열었다.

"—자, 다들 모였으니 이번 회의에서 우리의 뜻을 통일해보는 게 어떻겠는가? 자칭 유적의 주인이라는『창조주』인가 하는 녀석들을 어떻게 대할지가 문제인데— 기본적으로 녀석들을 의심해야 하겠지?"

"저기— 실례하겠습니다, 대장님."

그때 반하임 공국의 공녀 밀미에트가 손을 들었다.

천진난만하고 성격이 밝은 그녀는 이 자리에서도 주눅 들지 않고 적극적인 모습을 보였다.

"그것이 무슨 의미인지요? 『거병』을 움직인 것을 보면, 그들이 유적을 관리하던 과거의 황족일 가능성이 높다고 봅니다만—."

"그 이야기를 하는 것이 아닙니다, 밀미에트 공녀 전하."

그녀의 질문에 『푸른 폭군』, 블래큰드 왕국의 대표인 싱글렌이 입가를 오만하게 비틀며 입을 열었다.

"이번에 대화를 요청한 『창조주』인 그들은, 자신들이 진짜라는 사실을 『거병』을 움직여서 주장했습니다. 우리가 지금까지 유적에서 장갑기룡이나 보물을 발굴— 아니, 훔쳐 낸 책임을 그들이 추궁해 올 가능성이 있죠."

"……요컨대 처음부터 너무 저자세로 나가면, 호되게 당할 거라는 말씀이십니까?"

코랄이 조용히 묻자 그 자리에 있는 전원이 입을 다물었다.

그것이 한 가지 대답을 나타냈다.

"게다가 그 『창조주』라는 녀석들의 정체도 엄밀하게 말하자면 아직 모른다네. 극단적으로 말해 수백 년 전에 유적을 공략한 정체 모를 족속들이, 구시대의 지배자를 사칭하고 있을 가능성까지도 점쳐볼 수 있겠지. 녀석들이 『진짜』라는 사실을 증명

할 수 없다면, 우리가 저자세로 나갈 필요도 없지 않겠는가."

마기알카의 주장은 룩스도 이해할 수 있었다.

왕도에서 가진 사전 회의에서 룩스나 리샤 일행이 거듭 강조한 것과 거의 같은 이야기였다.

장갑기룡의 존재와 힘은 이 시대에서는 필수 불가결한 요소가 되었으며, 자신들이 살아가는 토지는 말할 것도 없었다.

만약 그들이 그것들에 대한 소유권을 주장한다 해도, 그 요구를 쉽게 받아들일 수는 없는 상황이었다.

따라서 명목상은 대화지만 전투라고 해도 틀릴 것은 없었다.

회의가 결렬된다면 그 자리에서 『창조주』들과의 전쟁이 일어날 가능성마저 있었다.

다시 일동이 표정을 굳히고 있는데, 불현듯 방 밖에서 떠들썩한 소리가 들려왔다.

뚜벅, 뚜벅, 바닥을 울리는 구둣발 소리가 점점 가까워지더니 이윽고 문이 천천히 열렸다.

"—기다리게 해드려서 죄송합니다. 각국 대표 여러분."

낭랑한 목소리와 함께 그 모습이 나타났다.

순백색으로 빛나는 드레스를 갖춰 입은 어린 소녀가 미소를 지으며 인사했다.

은색 장발과 좌우 비대칭의 눈동자.

인간과 동떨어진 그 신비로운 미모 앞에, 긴장이 가득하던 그 자리의 분위기가 순식간에 변했다.

사람들은 룩스를 비롯한 구제국의 황족과 닮은 그 얼굴을 보고 마음속으로 강한 경계를 품었다.

"저는 유적이 존재하던 구시대의 황족—『창조주』의 생존자. 제1 황녀 리스테르카 레이 아샤리아. 그리고 이쪽은 시녀인 미스시스 뷔 엑스퍼. 마지막으로 저의 기사인 후길 뷔 아카디아입니다."

리스테르카라고 이름을 댄 공주 옆에 두 명의 종자가 섰다.

이전에 헤이즈 옆에서 본 적 있는 푸른색 머리카락의 시녀 미스시스.

그리고 호화로운 외투를 걸친 그 남자를 본 순간 룩스의 머리가 열기를 띠었다.

"······?! 저 녀석이, 후길이라고? 뭐야— 나도, 어딘가에서 본 듯한······."

무언가 짚이는 데가 있는지 리샤도 후길을 보고 작게 신음했다.

한편 룩스는 바로 감정을 죽인 것처럼 그 입을 굳게 다물었다.

"저의 갑작스러운 소개와 요청에 응하여 대화 장소와 기회를 마련해주신 각국의 여러분께 우선 감사의 말씀을— 그리고 우호의 증거로서 나라마다 약 2백 기의 장갑기룡을 양도해드릴 것을 약속하겠습니다."

"—?!"

리스테르카가 온화한 어조로 꺼낸 말에 일동은 놀란 얼굴로 눈을 깜빡였다.

룩스가 자신이 잘못 들었나 싶어 한순간 귀를 의심한 직후.

각국의 왕족 대리인인 니아스 교황이나 밀미에트 공녀, 게다가 그니우스 대신까지 무심결에 입을 열었다.

"그, 그 말이 참말이오? 리스테르카 님."

"굉장해요. 하지만 나라마다 2백 기씩 양도해주시겠다니—"

"믿을 수 없소! 1년 동안 유적 조사권을 대여섯 번 사용해도 고작 수십 기밖에 발굴할 수 없는 장갑기룡을, 한 번에 그 정도나……."

범용기룡 한 기만 해도 평범한 가옥 한 채 이상의 가치가 있다.

각국이 시간과 희생을 치러 가며 유적에서 조금씩 모아온 장갑기룡은 아직도 그만큼 귀중한 병기인 것이다.

예상하지 못한 선물에 반응하여 실내의 분위기가 살짝 풀어졌다.

하지만 그 와중에도 대부호인 마기알카, 그리고 싱글렌만은 동요하지 않았다.

파격적이라고 할 수 있는 그 『선금』에도 눈썹 하나 까딱하지 않으며 미소 짓고 있었다.

"물론 이것은 인사에 불과합니다. 저희들과 원만하게 지내주신다면, 더욱 희소한 보물이나 신장기룡도 선물해드리겠습니다. 구체적인 것은 지금부터—"

"『창조주』 님인지 뭔지 모르겠지만, 이해가 안 되는구먼."

불현듯 튀어나온 마기알카의 목소리가 후끈 달아오른 그 자리의 공기를 갈랐다.

표독스럽고 어딘가 비틀린 것 같은 미소를 떠올리며 마주한 리스테르카를 응시하고 있었다.

　"말을 잘라 먹어서 미안하게 되었네. 허나 나는 상회의 수장이기도 해서 말이지. 너무나도 수상한 이야기를 들으면 무심결에 조건 반사적으로 뾰족한 말이 튀어나오거든. 무시하고 계속해도 되네만?"

　"오해하지 말아주세요. 저는 진심이랍니다."

　리스테르카는 온화한 목소리로 재차 그렇게 말했지만, 마기알카는 코웃음을 쳤다.

　"공짜만큼 비싼 것은 없다—. 이 말이 수천 년 전에도 있었는지 모르겠구먼. 처음부터 그런 달콤한 먹이를 내준 다음, 앞으로 우리에게 무엇을 시킬 생각인가?"

　"……."

　그 말을 듣고 『창조주』 리스테르카는 은은한 미소를 유지한 채 침묵했다.

　하지만 이윽고 각오를 다진 것처럼 눈을 내리깔더니 천천히 탄식했다.

　"하는 수 없군요. 조금 더 즐거운 이야기부터 시작하고 싶었습니다만—."

　그렇게 서두를 연 다음 황녀는 가볍게 심호흡을 했다.

　그리고 주위를 둘러보더니 진지한 표정으로 충격적인 말을 꺼냈다.

"본론을 말씀드리겠습니다. 앞으로 반년이 지나기 전에 이 세계는 멸망합니다."

"―뭐?"

반사적으로 그렇게 대답한 사람이 누구인지는 알 수 없었다. 『칠용기성』의 일원일지도 모르고, 지도자 대리인들 중 한 명일지도 모른다.

하지만 그것이 누가 되었든, 리스테르카가 태연하게 꺼낸 폭탄 발언에 조금 전 이완되었던 분위기는 급변했다.

"……구체적인 이야기를 들어볼 수 있겠는가?"

마기알카가 당당한 표정을 유지하며 다음 말을 재촉하자 리스테르카는 고개를 끄덕였다.

"여러분은 이미 알고 계실 거라고 생각합니다만, 재화(災禍)라고 불리는 파괴 현상과 환마인이라는 존재. 이 세계에는 그것들을 불러일으킨 근간이 되는 시스템이 존재합니다. 그것이 『성식(聖蝕)』이라는 이름의 **세계를 멸망시키는 기구(機構)**입니다."

"『성식』, 이라고?"

리샤가 의심스럽다는 표정을 지으며 중얼거렸지만, 이것은 연기다.

룩스를 비롯한 신왕국 측 사람들은 유적 『갱도』에서 회수해 온 자료의 정보를 공유하여 그것을 알고 있다는 사실을 숨기고 있었다.

『창조주』리스테르카가 진실을 말하는지 확인하기 위해서다.

"네. 저희들이 존재했던 구시대는, 그 자원과 기술력 덕택에 무척 유복한 삶을 영위하였습니다. 하지만 오랜 평화도 언젠가는 끝이 찾아오기 마련이지요. 그 기술과 자산을 독점하고자 분쟁이 일어났고, 많은 사람들을 말려들게 한 사투가 시작되었습니다. 그리고 저희들의 시조는 오랜 세월에 걸친 그 대란을 수습하기 위하여, 그것들의 원흉인 인간을 멸망시킬 기구를 만들었습니다. 그것이 『성식』이라 불리는 최종 섬멸 기구— 최대 최강의 인간형 종언신수입니다."

"—."

리스테르카가 밝힌 과거의 역사.

그 피비린내 나는 현실에 사람들은 할 말을 잃었다.

하지만 이윽고 제정신으로 돌아왔는지 지도자 대리인 쪽자리에서 손이 올라왔다.

"자, 잠깐 멈춰보시게, 『창조주』 님. 아무리 그래도 믿을 수 없군. 인류를 멸망시키기 위한 『성식』이라고? 그런 것이 정말로 존재했다면, 우리가 이렇게 살아 있을 리가 없지 않은가."

니아스가 조용히 의자를 흔들며 입을 열었다.

소년의 흔적이 남아 있는 젊은 교황의 질문에 리스테르카는 다소곳하게 미소 지으며 대답했다.

"네. 『성식』은 본디 고대 인종과 『창조주』들을 제외한 모든 것을 멸망시키는 최종 병기입니다. 하지만 그렇게 되면 선량하고 무고한 백성들까지 몰살당하게 되지요. 그런 까닭에 전쟁을 주도한 인간들 대부분이 멸망한 단계에서, 당시의 황족들은『성식』을 정지시켰습니다."

소녀는 담담하게 대답했다.

"유적을 이 별에 가져온 고대 인종과, 그것을 받아들인『창조주』일족. 그들 중에서도 선택받은 황족과 측근만이 알며, 들어갈 수 있는 낙원의 땅—『대성역』. 구시대의 모든 지혜와 기술, 재보가 존재하는 그 장소에서만『성식』을 저지하고 세계의 멸망을 막을 수 있습니다."

술렁—.

눈을 내리깔고 조곤조곤 중얼거리는 리스테르카의 말에 회의실의 공기가 조용히 흔들렸다.

"한 가지 묻고 싶은 게 있다."

그때 그 틈을 파고드는 것처럼 푸른 로브를 두른 작은 체구의 인물, 싱글렌이 조용히 고개를 들어올렸다.

"어째서 과거에 멈추었다는『성식』이라는 놈이, 이 시대에 되살아난 거지?"

어떤 의미에서는 당연하다고 할 수 있는 질문에 리스테르카는 바로 대답했다.

"저도 확실한 원인은 알 수 없습니다만, 아마도 이 세대의 사람들이 유적에 모종의 간섭을 한 것이라고 생각합니다. 저는『성식』이 부활했다는 사실을, 『대성역』에서 내려온 계시로써 받아들였을 뿐이니까요."

"계시를, 받았다고?"

리샤가 눈살을 찌푸리자『창조주』인 황녀는 살짝 미소 지었다.

"저는『신탁의 무녀』거든요.『창조주』의 성지인『대성역』—— 그곳에서 보내는 정보를 받아들이는 힘을, 저는『세례』라는 의식을 통해 얻었답니다."

본디 아카디아라는 성을 지녔을 그녀가 레이 아샤리아라는 성을 댄 이유는,『대성역』과 교신할 수 있는 무녀가 되었다는 사실을 나타내는 것이라고 했다.

"……"

그 이야기를 들으며 룩스는 크루루시퍼와 몰래 시선을 맞춘 다음 확인했다.

『성식』이라는, 세계를 멸망시킬 기구가 존재한다는 점.

그것을 막기 위해서는『대성역』으로 향할 필요가 있다는 점.

여기까지는 유미르 교국의『갱도』에서 회수해 온 정보와 동일한, 틀림없는 진실일 것이다.

"그렇다면 그『대성역』이라는 곳에는 어떻게 갈 수 있는 게 야?"

깍지를 낀 마기알카가 질문했지만 리스테르카는 대답하지 않았다.

마른침을 삼키며 입을 열기를 기다리는 사람들을 돌아본 다음, 심호흡을 크게 한 번 했다.

"『그랑 포스』라는 이름의 보석을 알고 계신가요? 일곱 개의 유적에 존재하는 일곱 개의 크리스털. 그것을 전부 유적 최심 부에 끼우면『대성역』으로 가는 길을 열 수 있습니다. 세계를 붕괴시키려는 『성식』을 막고, 『대성역』의 유산과 기술을 손에 넣어 이 세계를 진정한 평화로 이끄는 것. 그것이 저희 『창조주』의 바람입니다."

"—."

제시된 답.

마치 마음을 읽기라도 한 것처럼 절묘한 사이를 두고서 황녀는 다시 입을 열었다.

"저희들 『창조주』의 생존자는 오랜 세월을 유적 안에서 잠들어 있었습니다만, 최근에 깨어나 이 세계의 변화에 당황했습니다. 이 시대, 이 문화의 인류가 저를 받아들여줄지 알 수 없었지요. 그러한 불안 탓도 있어서 잠시 상황을 지켜보고 있었습니다."

황녀는 각국 대표들의 얼굴을 보며 안타까운 표정으로 호소했다.

"하지만— 더는 시간이 없어요. 지금 당장이라도 여러분의 힘을 빌려 『성식』을 막지 않으면, 이 세계와 함께 멸망하고 맙니다. 한심한 일입니다만, 유적은 현재 저희들의 관리에서 반 정도 벗어났으며, 임시변통 정도밖에 할 수 없는 상황이에요. 이 세계를 함께 구하기 위하여, 부디 저희에게 힘을 빌려주세요."

이야기가 끝난 것인지 리스테르카는 자리에 앉은 채 작게 예를 표했다.

아주 약한 동요가 일어난 직후 잠깐의 침묵이 생겨났다.

이윽고 모두가 그 말을 이해했다고 생각되는 타이밍에 한 사람이 손을 들었다.

헤이부르그 공화국의 그니우스 대신. 다소 풍채가 좋은 중년 남성이다.

"그런 일이 있었습니까. 그건 참으로 고생이 많으셨겠습니다. 『그랑 포스』라고 불리는 크리스털의 존재에 대해서는 들어본 적 있습니다만, 그건 분명—"

"네. 그것을 체내에 숨긴 채 지키고 있는 일곱 마리의 종언신수(라그나뢰크)를 전부 해치워야만 합니다. 현재 『방주(아크)』의 포세이돈과 『거병(기가스)』의 위그드라실은 해치웠습니다만, 나머지 다섯 마리를 시급히 토벌해야만 합니다."

리스테르카는 고개를 끄덕이며 유적을 전부 개방하기 위한 구체적인 방책을 이야기하기 시작했다.

하지만 그 순간, 반하임 공국의 밀미에트 공녀가 고개를 갸웃하며 손을 들었다.

"죄송합니다. 잠시만 기다려주세요. 우리가 라그나뢰크를 해치워서 『그랑 포스』를 손에 넣을 필요가 있다는 것은 알겠습니다. 하지만 어떻게 해야 거기까지 들어갈 수 있는 건가요? 거의 모든 유적에 해당되는 이야기인데, 우리는 특수한 예외를 제하면 유적 심층부까지 들어갈 수 없습니다만……?"

"확실히 그렇지. 해치우고 싶어도 거기까지 가는 길을 열 수 없다오."

니아스 교황도 동의하며 고개를 끄덕였다.

그는 아직 룩스와 크루루시퍼가 『갱도』에 들어간 사실을 알지 못했다.

다른 나라의 대표들까지 동의한다는 표정을 보이자, 리스테르카는 살며시 눈을 움직여 어떤 소녀의 얼굴을 바라보았다.

그 시선은 유미르 교국의 『칠용기성』 보좌관으로 참석한 크루루시퍼에게 쏟아졌다.

"말씀드리는 것을 깜빡했군요. 저희 『창조주(로드)』에게는 협력자가 있습니다. 유적을 이 세계에 가져온 고대 인종의 후손이자 동포—『열쇠 관리자(엑스퍼)』라 불리는 존재가요. 그렇지요? 크루루시퍼 에인폴크."

"······?!"

리스테르카가 지명하자 일동은 다시 한 번 헛숨을 삼켰다.

크루루시퍼 본인은 각오하고 있었는지 동요하지 않고 눈을 내리깔고 있었다.

"그렇게 친한 척 말을 걸어도 곤란할 뿐이야. 내가 유적 출신이라는 사실은 나이를 꽤 먹은 뒤에야 알게 되었는걸. 자각도 못하는 상태인데 동포라고 주장해도 별 감흥 없다구. 유감스럽게도 당신들을 본 기억이 없거든."

크루루시퍼는 쌀쌀맞게 대답했다.

고대 인종과 『창조주』 일족이 역사적으로는 친밀한 관계라 하더라도, 그것을 따를 생각은 없다는 의사 표시였다.

하지만 리스테르카도 그 정도는 예측하고 있었는지 딱히 실망한 기색 없이 쓴웃음을 지었다.

"안타깝군요. 될 수 있으면 저희의 동료로서 지금 바로 이쪽으로 와주시기를 바랐습니다만…… 제 옆에 있는 시녀, 미스시스처럼요."

"오오, 그럼 저 파란 머리카락의 여성도—."

"네. 저는 유적의 기술자—『열쇠 관리자』의 생존자입니다."

그니우스 대신이 질문하자 이 회의실에서 유일하게 시녀복을 입고 있던 미스시스라는 여성이 고개를 숙이며 대답했다.

"저희『열쇠 관리자』의 일족은 그 이름처럼 유적의 온갖 문을 열고, 그 기능을 관리하는 권한을 지니고 있습니다. 요컨대 유적 그 자체를 건설한 고대 인종의 특권이라고 할 수 있겠지요."

"그럼 당신의 힘을 사용하면, 지금 당장이라도 모든 유적이—."

그니우스 대신의 얼굴에 희색이 돌았지만, 미스시스는 조용히 고개를 가로저었다.

"그렇게 간단한 문제가 아닙니다. 저희『열쇠 관리자』라 해도 할 수 있는 일은 한정되어 있습니다. 특히 유적의 주요 시스템에 간섭할 경우, 일시적으로 개인이 지닌 유적 관리 권한을 잃습니다. 그중에서도 중요한 문을 여는 권한을 사용해버리면, 저는 일정 기간이 지난 뒤에야 다른 유적에도 같은 조작을 할 수 있습니다."

"그렇다는, 말씀은……?"

밀미에트 공녀의 질문에 리스테르카가 고개를 끄덕였다.

"네. 거기 계신 크루루시퍼 씨의 협력을 얻을 수 없다면, 남은 반년 사이에 모든 유적을 해방하는 건 어렵다고 할 수 있습니다. 마음 같아서는 생존 중인 다른 『열쇠 관리자』도 찾고 싶습니다만…… 제반의 문제 탓에 현재 행방불명인 사람이 많습니다."

"과연."

한 호흡을 사이에 두고서 마기알카가 진득한 웃음을 떠올렸다.

"『성식』이라는 기구가 일으킬 세계 붕괴의 저지. 그것을 위해서는 일곱 개의 유적을 전부 해방해서 『대성역』에 도착해야 한다는 이야기인가?"

"이해하신 것 같아 다행입니다. 모두 힘을 합쳐 이 세계를 멸망으로부터 구해보아요."

양 손바닥을 짝 마주치며 리스테르카가 활짝 웃었다.

얼핏 듣기에는 그럴듯한 이야기였지만, 큰 의문 몇 가지가 남아 있었다.

룩스가 그것을 물어봐야 할지 망설이는 사이에 공기가 흔들렸다.

"─그래서, 우리는 이 시시한 이야기에 언제까지 어울려야 하는 건가?"

지금까지의 흐름을 끊어버리며 어두운 눈빛을 보이는 남자가 당당하게 웃었다.

블래큰드 왕국의 『칠용기성』, 『푸른 폭군』 싱글렌 쉘블릿.

그 너무나도 거만한 말투에 당황한 것인지 타국의 대표자 대리인들의 안색도 바뀌었다.

"죄송합니다. 지금 하신 말씀의 의도가 잘 이해되지 않습니다만……?"

리스테르카가 변함없이 온화한 말투로 되물은 순간, 이번에는 룩스가 입을 열었다.

"그 『성식』에 의해 세계가 진짜로 멸망한다는 증거는 있는 것인지 궁금하군요."

유적에서 나타난 『구시대』의 황족이라는 존재.

더욱이 『열쇠 관리자』나 『대성역』 등의 엄청난 이야기에 놀라 잊고 있었지만, 기본적인 질문이었다.

『성식』에 의해 세계가 멸망한다.

그 전제가 확실한 것이 아니라면, 유적의 문을 억지로 여는 것은 너무나도 위험한 행동이다.

라그나뢰크를 불러낸다면, 그것만으로도 한 나라나 세계에 종말이 찾아올지도 모르는 것이다.

실제로 이전에 룩스 일행도 온 힘을 다 쏟아부은 끝에 종이 한 장 차이로 승리했을 뿐, 사실 전멸한다 해도 이상하지 않을 상황이었다.

『성식』의 존재는 크루루시퍼와 함께 가져온 정보에도 기록되어 있었지만, 그것이 사실이라는 증거가 필요했다.

룩스가 그런 의도로 추궁하자 그 옆에 앉아 있는 소녀도 수긍했다.

"저도 룩스의 의견에 동의합니다."

세리스는 신왕국의 『칠용기성』 보좌관으로서 그렇게 말하며 고개를 들었다.

"라그나뢰크는 위험한 존재입니다. 지난번에 싸운 상대는 신장기룡 사용자 여럿이 한꺼번에 덤볐음에도 열세였습니다. 희생이나 주변 지역이 받을 피해를 고려하면, 그렇게 가볍게 토벌할 수는—."

그것은 룩스 일행이 사전 회의에서 나눈 이야기가 아니라 세리스 본인의 의견이었다.

사대 귀족인 대영주의 딸.

위에 서는 자로서 책임감이 있기에 나온 말이리라.

하지만 리스테르카가 대답하는 것보다 빠르게 누군가의 목소리가 옆에서 끼어들었다.

"어라—? 그 음탕한 몸매에 걸맞게 욕심이 많은 여자구나. 아주 꼴불견이 따로 없어."

목소리의 주인은 지금까지 한마디도 꺼내지 않았던 헤이부르그 공화국의 『칠용기성』, 로자 그랑하이드.

칠흑색 군복을 단단히 갖춰 입고, 선혈처럼 빨갛게 빛나는 머리카락을 흔드는 키가 큰 소녀.

독사를 연상케 하는, 동공이 작은 눈동자가 옆에서 세리스를 노려보고 있었다.

"……무슨 뜻입니까?"

"들렸다면 미안해—. 그냥 혼잣말이니까. 신경 쓰지 말라고, 학원 최강님."

로자는 끈적끈적하게 달라붙는 듯한 말투로 더욱 도발했다.

"하고 싶은 말이 있다면, 분명하게 하는 게 어떻습니까?"

세리스도 화났을 테지만, 표정으로는 끝까지 드러내지 않고 추궁했다.

그러자 로자는 입가에 손을 대고 어깨를 흔들며 음험하게 비웃었다.

"아니 그냥 좀, 듣고 있는 내 쪽이 낯 뜨거워져서 말이지―. 자신과 자신의 나라가 위험해지는 게 싫어도 그렇지, 도망치기 위한 핑계를 당당하게 말하다니. 나라를 대표하는 『칠용기성』의 보좌관씩이나 되는 사람이 부끄러운 줄 알아야지."

"……?!"

그 노골적인 도발에는 제아무리 세리스라 해도 험악한 표정을 지을 수밖에 없었다.

조롱하는 로자에게 즉시 반론을 펼쳤다.

"겁에 질린 것이 아닙니다. 라그나뢰크와 일전을 치러본 사람으로서 견해를 내놓았을 뿐입니다. 『성식』과 『대성역』이 확실한 것인지 판명할 수 없는 현재로서는 라그나뢰크를 해방하는 건 너무 위험합니다."

"그리고― 출현한 라그나뢰크가 우리의 의도대로, 죽을 때까지 우리에게 덤빌 거라고도 단정할 수 없습니다."

룩스는 꿋꿋하게 냉정한 태도로 세리스를 돕기 위해 나섰다.

"만약 숨통을 끊지 못했는데 놓친다면, 인근 도시나 마을이 몇 개나 말려들어 괴멸합니다. 그 피해를 입을 위험이 가장 높은 것은 영토 내에 유적이 세 개나 있는 신왕국입니다.

준비나 대책이 완벽하게 마련되기 전에는 작전을 실행할 수 없어요."

"으, 음……."

각국의 지도자 대리인들도 룩스의 말에 신음했다.

생각해보니 그 말이 맞다면서 세리스의 발언을 재차 받아들이는 태도를 보였다.

『위그드라실』에 대해서는 『방주』를 조사하는 중에 교전해서 토벌했다고, 신왕국 및 주변 국가에 보고해 두었다.

환신수의 영향을 받고 있는 피르히의 사정도 그렇지만, 애초에 무단으로 『방주』에 침입한 것이었으니 에둘러서 그렇게 말할 수밖에 없었다.

하지만 로자는 그 점은 건드리지 않고, 그저 룩스의 반론을 콧방귀로 날려버렸다.

"어라? 그렇게 큰 문제도 아니잖아—. 도시나 마을 일이십 개쯤이야. 그걸로 이 세계를 구할 수 있다면 저렴한 거 아냐?"

"당신, 제정신으로 하는 소리입니까? 국가를 뭐라고 생각하는—."

세리스가 저도 모르게 몸을 파르르 떨며 소리쳤지만 적은 신경 쓰지 않았다.

"……이봐, 『창조주』 님. 이 소극적인 국가 대표님들의 의견은 이렇다는데? 이래서야 정말로 세계를 구할 수 있겠어—?"

아랫입술을 혀로 핥으며, 로자는 리스테르카에게 알랑거리는 듯한 웃음을 보냈다.

그러나 황녀는 이에 응하지 않고 우아하게 미소 지었다.

"당연한 의견이라고 생각합니다. 활성화한 유적의 공략과 라그나뢰크의 토벌. 각국이 피해를 입을 가능성이 없다고 한다면 거짓말이 되겠지요. 그러니 저희 쪽에서는 물론 그 손해에 대한 보상을 준비했습니다."

"―보상이라고 하심은?"

적극적으로 질문하는 그니우스 대신을 향해 리스테르카는 웃는 얼굴로 고개를 끄덕이며 대답했다.

"네. 『대성역』 도달과 관련된 성과를 올린 나라에는, 저희 『창조주』의 황국에서 답례품 및 구시대의 기술을 사용할 권리를 전해드리려고 합니다."

"―오오!"

그 순간 분위기가 확 달아올랐다.

"구체적으로는 남아 있는 다섯 마리의 라그나뢰크를 한 마리 토벌할 때마다 범용기룡 100기 및 신장기룡 두 기를 기증할 생각입니다. 그것과는 별도로 유적 최심부를 돌파했을 때도 기룡이나 보물 등을 증여하고요. 그리고 공략할 때 가장 큰 성과를 거둔 나라에는, 『대성역』에 잠든 재보와 토지를 반정도 나눠 드리겠습니다."

헤이부르그 공화국의 그니우스 대신이 눈을 빛냈다.

"이거 고맙군요. 희생을 치를 만한 가치가 있을 것 같소."

그러나 다른 한편으로 니아스 교황, 밀미에트 공녀 같은 온건파는 복잡한 표정으로 그 모습을 바라보고 있었다.

그것은 의식의 차이에서 오는 반응의 차이였다.

백성이나 병사들의 희생을 치르는 것에 거리낌이 없다면 이 제안은 무척이나 매력적인 것이리라.

"그리고— 해주셨으면 하는 중요한 과제가 세 가지 정도 더 있습니다."

흥분으로 달아오른 자리를 둘러보며 리스테르카는 다시 입을 열었다.

"첫 번째는 『용비적』이라고 불리는 세력의 토벌입니다. 기룡사 용병 부대이자, 저희 황국의 유적을 어지럽히는 도적들. 우선은 그들부터 서둘러서 궤멸해야만 합니다."

"……."

이곳에서 『용비적』의 이름이 나온 것이 뜻밖이었는지, 지도자 대리인 중 몇 사람이 반응했다.

그들의 존재를 『창조주』가 인식하고 있다는 것도 그렇지만, 『용비적』을 명확한 위협— 없애야만 하는 적으로 인식하고 있다는 것도—

"실례합니다만, 리스테르카 님. 그들은 고용된 전사들— 단순한 용병일 뿐입니다. 눈엣가시 같은 존재긴 해도 굳이 노릴 필요까지는 없지 않을까 싶습니다만……."

그니우스 대신이 그렇게 주장하자 리스테르카는 말없이 고개를 저었다.

"아니요. 그들은 적어도 『대성역』에 관해서는 알고 있을 거예요."

"네……?!"

놀라움에 눈을 부릅뜨는 대리인들을 향해, 리스테르카는 미소 지으며 계속 말했다.

"『대성역』에 관련된 이야기는 유적에서도 간단히 입수할 수 없는 정보입니다만……. ―뭐, 그 부분은 지금은 넘어가도록 하지요. 다만 그들의 행보를 보건대 그렇게 생각할 수밖에 없습니다."

"룩스, 이건……."

옆자리의 세리스가 놀란 표정으로 룩스 쪽을 살짝 바라보았다.

룩스는 작게 고개를 끄덕이며 동의했다.

왕도에서 가진 사전 회의에서 나온 이야기.

『용비적』이 어떤 목적을 위해 움직이고 있다는 룩스의 예상이 적중하는 순간이었다.

"저희보다 먼저 그런 악의를 품은 사람들이 『대성역』을 어지럽히면 곤란합니다. 똑같이 유적 공략을 노리는 이상, 쓰러트려야만 상대라고 봐야겠지요."

그리고 리스테르카는 『용비적』의 간부를 처리하거나, 조직 그 자체를 무너뜨리면 더 많은 보상을 주겠다고 약속했다.

"두 번째 과제는 제7 유적 『달』의 탐색입니다. 이것은 유적의 존재 자체가 현재 행방을 알 수 없는 상황이니, 종언신수를 토벌하기에 앞서 이것부터 찾아내지 않으면 계획을 실행할 수 없어요."

"제7 유적 『달』……. 분명 예전에는 토르키메스 연방의 하늘에 떠 있었지요?"

그니우스 대신이 나지막하게 중얼거리며 토르키메스 연방 대표 두 사람 쪽으로 고개를 돌렸다.

"……."

『칠용기성』인 소피스가 묵묵부답으로 있자 보좌관인 우르크가 대신 대답했다.

"그게— 소피스는 어디로 갔는지 모르고, 들어보지도 못했다……고 하는군YO. 그리고 또, 너무 뚫어지게 보지 마, 부끄러우니까! 라고 하는— 으갹?!"

소피스는 말없이 손을 뻗어 즐겁게 대답하던 우르크의 목을 붙잡았다.

"쓰, 쓸데없는 소리 하지 말라고, 소피스가 말하고 있군YO! 저한테……!"

"……."

장소에 어울리지 않는 천진난만한 모습에 독기가 빠져나간 것인지, 그 이상은 두 사람을 추궁하지 않았다.

하지만 다음 순간, 그 이완된 분위기는 송두리째 날아갔다.

"그리고 마지막 세 번째 과제입니다만— 그것은, 이 대표 7개국 중 한 나라에 존재하는 배신자를 처리하는 것입니다."

"……."

그 순간, 조금 전까지와는 다른 종류의 긴장이 실내를 뒤덮었다.

동시에 그 자리에 있는 전원이 서로의 얼굴을 바라보았다.

"갑자기 분위기가 살벌해졌구먼. 오늘 처음 만나는 녀석들도 많을 터인데, 우리 중에 배신자가 있다고 했는가?"

다른 대표들이 위축된 가운데, 마기알카가 도발적인 웃음을 지으며 대답했다.

그러자 리스테르카는 다소곳한 표정을 유지한 채, 문득 입가에서 힘을 빼며 미소 지었다.

"어폐가 있었던 것 같군요. 죄송합니다. 말하자면 이것은 앞으로의 이야기도 포함한 과제입니다."

"앞으로, 라는 이야기는……?"

의심스러운 표정으로 니아스 교황이 묻자, 리스테르카는 눈을 내리깔며 대답했다.

"지금도 그렇습니다만, 앞으로 저희와 동맹을 맺는 이상 사실을 은폐하는 행위는 용서하지 않을 것입니다. 만약 다음부터 유적 공략에 대하여 허위 보고를 하거나, 보물을 허가 없이 훔쳐 낸다면— 저희는 그 나라 자체를 『적』으로 판단하고 공격하겠습니다."

"뭐라고……?!"

지금까지 은혜에 대해 들으며 희색을 떠올리고 있던 지도자 대리인들은 갑작스러운 이야기에 당황하였고, 표정은 공포로 뒤바뀌었다.

"실패하면 세계의 붕괴로 이어지니 세심한 주의를 기울여야만 합니다. 이기적인 욕심에 눈이 멀어 협정을 파기하는 국가에는 저희의 신뢰를 맡길 수 없어요. 모쪼록 너그러이 봐주셨으면 좋겠습니다. 지금까지 여러분이 유적에서 가져간 것은 돌려달라고 하지 않을 테니까요."

차분한 미소를 머금은 채 마지막 한마디를 강조했다.

"으, 으음. 그것은 다행이로구려."

그니우스 대신이 각국의 생각을 대표하는 것처럼 고개를 끄덕였다.

다른 지도자 대리인들도 재빨리 같은 표정을 지었다.

'역시나……'

자동인형인 네이 루슈의 존재를 숨기고 있던 유미르 교국이나, 『그랑 포스』를 하나 소지하고 있던 신왕국도 그렇지만—

다른 나라도 필시 그들만의 『유적』에 관련된 정보를 숨기고 있을 가능성은 컸다.

그러니 리스테르카의 태연한 권고와 위협에 당황한 것이리라.

하지만 이대로 이 교섭을 끝내는 것은 위험하다.

그렇게 판단한 룩스가 손을 들려고 한 순간, 마기알카가 먼저 입을 열었다.

"—배신자는 즉결 처분인가. 뭐, 당연한 판단이로군."

그녀는 깍지 낀 두 손을 머리 위로 올리며, 마치 어린아이처럼 의자를 흔들면서 장난쳤다.

그러나 이내 그 천진한 웃는 얼굴을 불쾌하게 일그러뜨리며 리스테르카를 노려보았다.

"그래서 귀공들 『창조주』가 거짓을 말하지 않는다는 걸 무엇으로 보증할 셈인가? 마찬가지로 귀공들이 우리들을 배신하면 적으로 돌려도 무방하다— 그렇게 단언하겠다면 받아주겠네."

"물론 그렇게 하겠습니다."

마기알카가 반론하자 리스테르카는 즉시 대답했다.

이제 이것으로 어떤 나라도 이 제안을 받아들일 수 없다고 할 수 없는 분위기가 조성되었다.

반대하는 순간 자국에 켕기는 구석이 있다고 인정하는 게 되고 마니까.

"그런가. 그럼 방향성은 그렇게 하기로 하고— 구체적인 부분은 다음 기회에 정하지 않겠는가? 이곳에 있는 건 각국 왕의 대리인이고, 세세한 약정도 만들어야만 하네. 아직 여러 가지로 처리해야 할 일이 많아."

"그러네요. 다른 분들도 이것으로 괜찮으시다면, 그 방향으로 부탁드리고 싶습니다."

"……알았다. 신왕국도, 라피 여왕 폐하께 그렇게 전달하지."

리샤가 대답하자 다른 지도자 대리인들도 차례차례 동의했다.

이렇게 동맹 이야기는 정리되고, 긴장되었던 실내 분위기는 이완되었다.

일단 막을 내린 이번 회의는 해산하는 방향으로 흘러갔지만—

"아, 신왕국 여러분. 마지막으로 한 가지, 덤에 가까운 요청이 있습니다만."

갑자기 리스테르카가 룩스 일행에게 그런 말을 꺼냈다.

리샤가 살짝 당황한 표정을 보이자 리스테르카는 더욱 가까이 다가왔다.

"이곳 왕립 사관 학원에는 연습장이라는 장소가 있는 것 같더군요? 내일부터 이곳에서는 학원제라는 이벤트도 열린다고 들었습니다만……."

"그렇긴 하다만, 갑자기 그 이야기는 왜 꺼내는 것이지?"

"저희가 생각한 여흥을, 그 축제에 추가할 수 없을까요? 그렇지, 이곳에 모인 대표 기룡사들이 치르는 모의전—『연무전(演武戰)』같은 것은 어떨까요?"

"—뭐라고?"

의표를 찔린 사람은 리샤만이 아닌 것 같았다.

룩스와 세리스는 물론이거니와 다른 대표들도 난처해하며 눈살을 찌푸렸다.

"……무슨 얼토당토않은 소리를. 어이하여 굳이 같은 편끼리 싸워야 한다는 말이오?"

유미르 교국의 니아스 교황이 따지고 들었지만—.

"싸움이라니요…… 단순한 여흥일 뿐이랍니다. 게다가 듣기로는 여러분께서는 유적 조사권을 얻기 위해 『전용전』같은 대회도 열었다고 하던데요."

대답할 말이 궁하여 신음하는 지도자 대리인들을 보고 리스테르카는 더욱 강하게 나섰다.

"하지만— 이제부터는 유적을 공략할 인원도 유적의 주인인 저희가 추천하게 될 테니, 여러분의 실력 정도는 알아 두고 싶군요. —함께 싸우는 협력자로서."

"……."

리스테르카는 부드러운 미소로 설득했지만, 각국의 지도자 대리인 네 사람의 표정에는 불만이 떠올라 있었다.

그 이유는 룩스도 쉽게 알 수 있었다.

굳이 각국의 대표가 모인 이 자리에서 주력들을 싸우게 하여 그 솜씨를 드러내고 싶지 않은 것이다.

생각하기에 따라서는 실력을 감추면 된다는 이야기이지만—.

"—그러면 이 모의전에서 승리한 나라의 대표에게는, 제1 유적 『탑』의 조사권을 드리겠습니다. 기간은 한 달 정도. 그 기간 내에는 몇 번이든 조사할 수 있어요."

"자, 잠깐만, 리스테르카 황녀! 느닷없이 무슨 말을 하는 거냐?!"

리샤가 당황해서 소리치자 룩스와 세리스도 표정을 바꾸었다.

제1 유적 『탑』은 정확히 신왕국의 서쪽에 위치한 영토에 존재했다.

세리스의 아버지, 사대 귀족 디스트 라르그리스가 다스리는 땅이기도 했다.

만약 다른 나라가 그 권리를 가져갈 경우 신왕국은 그 여파를 받을 가능성이 컸다.

자극당한 유적 주위에 솟아나는 환신수의 마수로부터 백성을 지키는 것만 해도 버거운데, 그 조사에 따른 혜택은 아무것도 얻을 수 없는 것이다.

게다가 라그나뢰크까지 출현한다면 그대로 영지가 괴멸할 위험마저 있었다.

"리샤 공주님의 말씀대로입니다. 『탑』은 공략이 어려운 유적이고, 애초에—."

세리스가 급하게 말리려고 했지만 리스테르카는 물러나지 않았다.

"유적 공략은 주인인 저희가 신뢰할 수 있는 나라에 맡기고 싶습니다. 그 불평은 뭔가 착각하고 계신 것 같은데요?"

"하, 하지만 그런 중요한 이야기는 어마마마께 상담하지 않으면……."

리샤가 고개를 돌리며 중얼거린 순간 리스테르카의 태도가 돌변했다.

"어머나? 그러고도 당신이 한 나라의 공주라고 할 수 있나요? 다른 사람의 조언을 얻지 못하면 무엇 하나 자기 스스로 판단할 수 없다니— 기가 막히는군요."

"—."

미소는 지금까지와 다를 바 없었다.

온화한 표정도, 부드러운 말투도.

하지만 좌우의 색깔이 다른 눈동자에서 뿜어져 나오는 안광은 지금까지와는 다른 감정을 드러내고 있었다.

그 잔혹한 한마디는 대용품으로 선택된 소녀의 가슴에 비수처럼 박혔다.

"큭……?! 나는—."

아랫입술을 질끈 깨문 리샤는 어떻게든 반박하려고 고개를 들었다.

그리고 룩스가 그녀를 감싸려고 끼어들고자 한 바로 그때—.

"그 여흥, 재미있을 것 같네. 이 내가 이름을 떨쳐주겠어."

"오, 오오! 나가줄 텐가, 로자 경!"

빨간 머리의 소녀가 손을 들자 그니우스 대신이 감탄의 목소리를 흘렸다.

로자 그랑하이드.

『강철의 마녀』라는 이명을 지닌 『칠용기성』 소녀가 드높이 선언했다.

그 모습을 본 나머지 일동 사이에서 작은 동요가 퍼져 나갔다.

예상치 못한 『창조주』들의 제안.

한 달 동안 유적을 자유롭게 조사할 수 있는 권리를 건, 각국을 대표하는 『기룡사』들 간의 모의전.

각국 대표들은 어중간한 태도를 취하고 있었지만, 헤이부르그 공화국이 제안을 받아들인 탓에 이 흐름을 멈추기는 어려워졌다.

하지만 그 『상품』이 신왕국의 위기인 이상, 막지 않으면 위험하다.

"고맙습니다. 만약 대전 상대가 나오지 않는다면, 우선적으로 당신께 『탑』의 조사권을 드리겠어요."

리스테르카의 발언을 듣고 리샤가 새파랗게 질렸다.

무언가 반박하려고 입을 연 순간, 갑자기 옆에서 기척이 움직였다.

　"알겠습니다, 로자. 신왕국『칠용기성』보좌관인 저, 세리스티아 라르그리스가 당신을 상대해드리겠습니다."

　"……세리스 선배?!"

　세리스의 행동에 놀란 룩스가 소리쳤지만, 그녀는 똑바로 로자를 응시하고 있었다.

　신왕국을 대표하는 대귀족으로서 눈앞의『적』과 대치했다.

　"헤에, 신왕국에서도 이름 높은 사대 귀족의 필두. 학원 최강인 당신이 상대해주겠다니, 이거 영광인걸―."

　"당신이 원하던 대로 해드리지요. 상처를 입은 샤리스 건도 있고요."

　히죽, 회심의 미소를 짓는 로자를 향해 세리스는 여유롭게 대답했다.

　그 두 사람의 시선이 얽히는 모습을 보며 룩스는 저도 모르게 숨을 죽였다.

　얼마 전 학원 앞에서 대립한 두 사람의 악연.

　성채 도시의 마을 처녀가 말려들고, 샤리스가 가벼운 상처를 입었다는 이야기는 룩스도 트라이어드를 통해 들었다.

　그것을 떠올린 룩스는 서둘러 세리스 곁으로 다가갔다.

　"세리스 선배, 조심하세요. 아마도 그녀는―."

　"함정이라는 사실은 알고 있습니다. 하지만 여기까지 온 이상 받아들일 수밖에 없어요. 일부러라도 도발에 응해야만 한다고, 저는 판단했습니다."

신왕국 영토 내에 있는 제1 유적―『탑』의 1개월 조사권을 건 『연무전』.

이 싸움을 받아들여 이기지 않으면, 조사 과정에서 끊임없이 출몰하는 환신수의 공격에 신왕국이 큰 피해를 입을 가능성이 있다.

다른 나라의 대표들이 참가 의사를 표명하지 않으면 이 상황을 회피할 수 있었을 테지만, 로자가 참전 의지를 보인 이상 그럴 수는 없게 되었다.

따라서 세리스는 그것을 각오하고 손을 들었을 테지만―.

"……그 밖에 참전을 희망하는 분은 없으신가요? 그럼, 헤이부르그 공화국과 아티스마타 신왕국의 대전이 되겠습니다만―."

"잠시만요! 저도 출전하겠습니다. 신왕국의 대표로서, 그녀와 함께 싸우게 해주십시오."

"……룩스?!"

"어라?"

룩스의 제안에 세리스가 놀라고, 로자는 뜻밖이라는 것처럼 눈을 깜빡였다.

리샤도 이해할 수 없다는 표정을 지으며 반사적으로 룩스 쪽으로 시선을 돌렸다.

"이, 이봐, 룩스. 굳이 너까지 이러지 않아도……."

"죄송합니다, 리샤 님. 하지만 어쩐지 불길한 예감이 들어요. 세리스 선배 혼자 싸우게 할 수는 없습니다."

"룩스⋯⋯ 당신은─."

세리스가 멍하니 표정을 무너뜨린 순간, 리스테르카가 다시 목소리를 높였다.

"그렇다고 합니다만, 헤이부르그 공화국의 『칠용기성』 보좌관이신 카렌시아 씨는 어떻게 하실 건가요?"

"저, 저는 그─ ⋯⋯네. 참가, 하겠습니다."

로자 뒤쪽으로 물러나 있던 안경 소녀는 당황한 모습을 보였지만, 옆에 있는 로자가 시선을 움직여 자신을 바라보자 작게 고개를 끄덕였다.

싸움에 동의했다기보다는, 로자의 의향에 거역할 수 없다는 인상이었다.

"그렇다면 자세한 내용은 다음 기회에 정하도록 하지요. 여러분, 오늘은 감사했습니다."

미소 띤 리스테르카의 정리를 끝으로 세계 회의는 막을 내렸다.

긴장과 충격, 그리고 흥정이 오간 대화는 일단 이렇게 끝을 고했다.

"나도 바쁜 몸이라서 말이지. 일단 물러나야겠군. 자세한 이야기는 나중에 연락하겠네. 정신 바짝 차리고 있으라고."

회의가 종료된 후 마기알카는 대장으로서 그렇게 말한 다음 퇴장했다.

한 사람, 또 한 사람 다른 지도자 대리인들도 방에서 나간 후, 지금까지 그림자처럼 서 있던 남자 또한 혼자서 복도로 나갔다.

룩스는 회의 내용을 되짚으며 긴 한숨을 내뱉는 세리스와 리샤를 두고 걸음을 옮겼다.

리스테르카의 호위로 동석한 기사— 후길.

천천히 걸음을 뗀 형은 기다리는 룩스 앞을 태연하게 지나쳤다.

싸늘한 시선과 함께 룩스는 질문을 던졌다.

"나와 할 이야기는, 아무것도 없다는 건가? —형님."

그대로 아무 일 없이 지나치려고 한 후길은 발걸음을 멈추고, 뒤에 있는 룩스를 향해 돌아섰다.

그와 동시에 움직인 룩스와 시선이 교차하자 후길은 특유의 대담한 웃음을 보이며 대답했다.

"무슨 일이냐, 아우야. 또 내 조언이라도 듣고 싶으냐? 아아, 아니면 인사라도 해주길 바란 건가? 오랜만이구나— 건강해 보여 다행이다, 라고."

익살스럽게 웃는 후길을 보며 룩스의 마음은 혼란에 빠졌다.

룩스가 기룡사로서 싸우는 방법을 배우고, 구제국을 바꿀 책략을 상담하던 때처럼 가르치는 듯한 태도.

일찍이 신뢰하였고, 끝내 배신당한 마음에 새겨진 해묵은 상처가 지끈지끈 쑤시는 듯한 감각을 가져다주었다.

"이번에는 무슨 일을 꾸미는 거지? 5년 전에 구제국을 멸망시키고, 이번에는 『창조주』의 황족에게 무슨 짓을 저지르려는

거냐. —대답해."

하지만 이제는 망설이지 않았다.

과거의 실패와 마주 선 채, 눈앞의 사내에게 진실을 물어보았다.

그러나 그런 각오마저 꿰뚫어 본 것처럼 눈앞의 사내는 탄식했다.

"내 목적이라. 여전히 영문 모를 소리를 하는 녀석이구나. 한심한 남자다. 이봐, 아우야. 너는 어쩌다가 그렇게 된 것이냐? 너는 언제부터 그렇게— 그런 어리석은 사람으로 영락해버린 것이냐?"

"—."

형이 보여준 그 태도에 룩스의 마음이 얼어붙었다.

야유로 대답하는 것, 그냥 웃어넘기는 것, 악의를 품고 비난하는 것은 각오하고 있었다.

그러나 후길이 보여준 건 그 어느 것도 아닌, 기가 막힌다는 듯한 냉소.

실망을 가득 담은, 연민에 찬 눈빛이었다.

"……대답을 못한다는 건, 즉 켕기는 구석이 있다고 봐도 되는 거겠지?"

표정이 굳어지지 않도록, 목소리를 떨지 않고 대답하는 것이 고작이었다.

룩스는 그만큼 다시 한 번 손을 잡고 싸우게 된 후길의 분위기에 압도당하고 있었다.

구제국 시절, 룩스는 처음으로 후길을 보았을 때 그가 황족 내에서도 겉도는 존재라고 생각했다.

하지만 지금 눈앞에 존재하는 이 남자는 또 다르게 보였다.

그 자리에서 가라앉고 가라앉아— 가라앉은 끝에 모습조차 보이지 않았다.

마치 끝이 없는 암흑처럼 어두웠고, 정체를 알 수 없는 공포를 품고 있었다.

"그러기를 원하는 거냐? 네가 일으킨 그 혁명의 결말은, 내 사악한 함정에 빠져 일어난 불행한 사고라고. 너는 그저 나라는 악에 홀렸을 뿐인 올바르고 청렴한 황족이었다고. 내게 그 말을 듣고 싶다면 그렇게 말해주마, 귀여운 아우야."

"웃, 기지 마."

몸에 달라붙는 것처럼 달콤한 후길의 대답에 룩스는 격앙하여 그를 노려보았다.

동시에 그 손은 무의식중에 허리춤에 있는 기공각검 자루에 닿았다.

하지만 후길은 전혀 변함없는 태도로 표정에 조롱을 띤 채, 천천히 룩스를 향해 다가갔다.

그리고 치사량의 맹독을 품은 다정한 목소리로 귓가에 속삭였다.

"—훌륭하잖아. 멋지구나, 아우야. 자신과 가까운 사람을 단 하나도 희생시키지 못하고, 잘라버리지 못하는 정의를. 악조차 구하고자 하는 너의 덧없는 이상을, 나는 진심으로 응원하마."

　그렇게 서론을 꺼내고는 굳어버린 룩스를 향해 계속해서 말했다.

　"너는 자신의 의지로 죄를 극복하기 위해 일어나, 기룡사 대표로서 이 자리에 섰다. 너라면 분명 이번에야말로 틀리지 않을 것이다. 배신당하지 않을 것이다. 실패하지 않을 것이다. 이번에야말로— 너 자신이 되기를 바란 진정한 영웅이 될 수 있겠지."

　"……으, 윽."

　그 말을 들은 순간 룩스의 눈 안쪽에 격통이 일어났다.

　모래바람이 시야를 뒤덮고, 들어본 적 없는 목소리가 뇌리에 되살아났다.

　『—너는 영원히 나의 대등한 적으로 설 수조차 없어.』

　『이 세계의 본질에서 눈을 돌린 네게 영웅의 자격은 없다.』

　『네가 바라는 구원의 결말 그 자체가 절망으로 이어진다는 사실을 깨달을 일은 없겠지.』

　『만약에 그것을 볼 수 있게 된다면, 네 몽상이 실현되어 이 세계를 구해 낸 그 순간.』

　『모든 진실을 알게 된 너는— 다시, ×××××××××××××.』

　"정신 차려라! 룩스!"

　"윽……?!"

귀에 익은 목소리를 듣고 룩스는 의식을 되찾았다.

후길 대신에 리샤의 얼굴이 눈앞에 있었다.

"대체 무슨 일이냐? 저 남자가 무슨 수작이라도 부렸느냐?!"

리샤의 질문에 룩스는 주위를 둘러보았다.

회의실 앞에 펼쳐진 긴 복도. 후길과 『창조주』들은 이미 그 자리를 떠난 뒤였다.

"아뇨―. 그냥 잠깐, 현기증이 좀……."

리샤의 말에 따르면, 아무래도 룩스는 후길과 대화를 나눈 직후 그 자리에 멍하니 서 있었던 모양이다.

조금 전 되살아난 말은 이미 기억 속에서 사라졌다.

하지만 자신의 가슴에 새겨진 상처를 깊게 도려낸 것만 같은 통증이 남아 있었다.

"그보다 난처해졌구나. 그 로자라는 비열한 여자와 싸우게 되었으니 말이다."

리샤의 푸념 섞인 말을 듣고, 세계 회의 말미에 튀어나온 그 문제 쪽으로 의식을 되돌렸다.

세리스는 어딘가 미안해 보이는 표정을 지은 채 룩스와 리샤 곁으로 돌아왔다.

"조금 전엔 멋대로 나서서 죄송합니다. 원래대로라면 그 모의전 자체를 회피할 방책을 짜내는 것이 맞다고 생각했습니다만……."

"……뭐, 사실 그럴지도 모르겠지만, 그 상황에서는 그 선택

말고는 흐름을 뒤집기 어려웠을 테지."

리샤도 동의하면서 다소 난처하다는 표정으로 중얼거렸다.

"그나저나 정말로 이길 수 있는 거냐? 그 『강철의 마녀』라는 녀석은 헤이부르그의 와일드카드라고 들었다. 그 외에 아는 거라곤 녀석의 신장기룡이 《고리니시체》라는 이름인 것 같다는 정도일까."

자국의 모의전에서 다섯 명을 죽음으로 몰고 간 무자비한 성격과 그 실력.

로자가 위험한 기룡사라는 것은 알고 있었다.

"괜찮습니다. 그녀가 보유한 신장기룡의 능력은 모르지만, 최선을 다해 이겨 보이겠습니다. 그, 그보다, 어째서 룩스까지 나선 건가요?"

세리스는 단호하게 선언한 다음, 당혹스런 시선으로 룩스를 보았다.

"죄송합니다. 세리스 선배가 걱정돼서 가만히 보고만 있을 수가 없었어요."

룩스가 난처한 모습으로 대답하자 세리스의 뺨이 살짝 달아올랐다.

"룩스……."

하지만 허둥지둥 고개를 붕붕 가로저은 후 슬그머니 룩스로부터 시선을 피했다.

"저, 저기, 마음만 고맙게 받겠습니다! 저, 저는 괜찮아요! 제가 내린 결단 정도는 제대로 책임질 수 있습니다! 그럼 이만!"

그 말을 끝으로 세리스는 급하게 룩스 곁에서 떠나버렸다.

룩스가 붙잡을 틈도 없이 그 뒷모습은 보이지 않게 되었다.

"세리스 녀석, 어떻게 된 걸까. 어째 녀석답지 않은 것 같은데……?"

"그러게요. 제가 무슨 잘못이라도 한 걸까요……?"

고개를 갸웃거리며 궁금해하는 룩스와 리샤의 조금 뒤쪽에서 두 소녀가 한숨을 내쉬었다.

"뭐야, 저 둔감한 사람들……. 보고 있는 내가 다 어이없네. 아무것도 눈치채지 못한 거야?"

최연소 『칠용기성』인 메르 기잘트는 혀를 차며 그렇게 중얼거렸다.

지난번 전투에서 비약— 엘릭시르를 사용한 반동 탓에 장갑기룡은 당분간 걸칠 수 없었다.

그 탓인지 이번 회의에서도 비교적 얌전하게 있었던 모양이다.

"그런 말 하지 마. 네 반응도 충분히 이해하지만."

옆에 있는 크루루시퍼도 난감한 듯이 쓴웃음을 지으며 메르의 말을 부정했다.

두 사람은 얼마 전 유미르 교국에서 있었던 사건 이후로, 사이에 있던 마음의 장벽이 무너져 이전보다 기탄없이 이야기를 나눌 수 있게 되었다.

"그건 그렇고 크루루시퍼. 너는 오빠랑 어떻게 된 거야? 고백은 제대로 한 거지? 진짜 약혼자가 되어줬음 좋겠다고."

"에둘러서 전하기는 했는데, 너도 알다시피 룩스 군은 저렇게 둔감하잖아. 조금 더 의식하게 하지 않으면 잘 안 될 것 같아."

"말은 그렇게 하면서, 사실은 차이는 게 무서운 거지?"

"……."

소악마 같은 메르의 지적에 크루루시퍼는 한순간 입을 다물었다.

하지만 잠시 망설이며 생각한 다음, 이윽고 조용히 중얼거렸다.

"있잖아. 실은 이제 정식으로 교제해달라고 고백해버릴까 생각해본 적은 있어. 유미르에서 일어난 사건을 해결한 후, 신왕국으로 돌아온 그날 말이지."

"뭐야, 역시 차였구나? 오빠는 가슴이 큰 애를 좋아하나?"

"이야기는 끝까지 좀 들어. 그래서 그의 여동생인 아이리에게 그 사실을 전하러 갔거든. 그런데 뜻밖의 대답을 들었어. 그녀가 말하길, 지금의 룩스 군은 누군가와 연인이 될 수 없다―더라."

"무슨 소리야?"

살며시 미소 짓는 크루루시퍼를 보며 메르는 의아하다는 표정을 지었다.

"그 여동생, 오빠를 빼앗기지 않으려고 거짓말을 하는 거라든가?"

"그 생각도 일리 있긴 하지만, 대답은 그게 아니었어. 악정을 펼쳐 온 구제국 황족의 생존자— 막대한 빚을 떠안은 신왕국의 죄인인 그는, 애초에 나라에서 혼인의 권리조차 인정해주지 않는대."

"뭐?! 하지만 네가 그랬잖아! 오빠는 분명—."

메르는 깜짝 놀라며 크루루시퍼에게 따졌다.

크루루시퍼는 전 왕자인 룩스 본인이 구제국을 멸망시켰으며, 신왕국의 건국에 가장 크게 공헌한 『검은 영웅』이라는 사실은 메르에게도 알려주었다.

과연 나라를 구하기 위하여 싸운 인물에게 그런 족쇄를 채워도 되는 것일까?

"그래, 난감한 이야기지. 하지만 그는 그런 자신에게는 다른 사람과 사귈 자격 따위 없다며, 날품팔이 시절에도 여러 차례 받은 고백을 전부 거절했다는 모양이야."

『그러니 홀몸인 오빠는 언젠가 제가 돌봐 줄 수밖에 없어요. 정말 곤란하지만— 단 하나뿐인 가족이니까요.』

그런 아이리의 대답을 듣고 크루루시퍼는 웃고 말았지만, 그때는 어떤 의미로는 진심일지도 모른다고 생각했다.

"그럼 룩스 오빠는 절대로 행복해질 수 없다는 거야? 몇 번이나 목숨 걸고 싸워서, 신왕국을 위기에서 구해줬는데—."

메르가 침통한 표정으로 고개를 숙이자 크루루시퍼는 조용히 고개를 저었다.

"아니, 아마도 지금의 룩스라면 그 죄인의 목걸이를 벗을 수 있을 거야. 사실 신왕국의 집정관들은 그렇게 해서 그에게 오히려 은혜를 입히려고 했거든."

"그럼, 어째서……?"

룩스는 어째서 굳이 죄인의 자리에 남아 있는 것일까?

크루루시퍼는 당황하는 메르를 향해 대답했다.

"그러니까 그 자신의 마음인 거야. 룩스 군은 아직도 자신이 죄인이라는 것을 당연하게 생각하고 있어. 구제국을 바꾸려고 한 자신의 이상을 끝맺지 못한 것을 후회하고 있지."

그래서 다시 『칠용기성』이 되어 신왕국이라는 나라를 위해 싸우겠다고 결의했다.

룩스를 배신하고 제국의 황족과 군대를 괴멸로 이끈 후길 아카디아.

『창조주』의 일족, 신성 아카디아 황국의 수수께끼를 품고서 과거와 마주한 채, 그날 무슨 일이 있었던 것인지— 자신이 하려고 했던 일의 진실을 확인하려 하고 있었다.

"뭐랄까, 성실하다……는 것과는 또 다르네. 마치 저주받은 것 같아."

"그럴지도 모르겠어."

룩스가 오로지 이상만을 바라보며, 목숨을 건 전투에서도 두려워하지 않는 이유.

날품팔이 생활에 뛰어들었을 때 『구원받았다』고 생각했던 이유.

그것은 한편으로는 무언가에 홀린 것처럼 보였다.

하지만—

"하지만 설령 그렇다면, 나는 그에게 걸린 저주를 풀어주고 싶어. 그 죄인의 목걸이를 벗어도 된다고, 만약 룩스 군 본인이 진심으로 그렇게 생각할 때가 온다면— 그때는 내 마음을, 분명히 그에게 전달할 생각이야."

마지막 한 걸음. 흑백을 가리는 고백은 아직 할 수 없다.

그 이유는 룩스가 자신의 마음에 매듭을 지을 때까지, 다른 소녀들이 끼어들 여지가 없으니까.

하지만 이 기회에 바로 그 직전까지는 충분히 밀어붙여 볼 생각이었다.

"정말 재미있는걸. 너의 그런 모습을 볼 수 있다니—."

"그래. 내가 유미르의 보좌관이 돼서 다행이지?"

메르가 놀려도 크루루시퍼는 쿨한 웃음으로 대답했다.

지도자 대리인들 간의 대화를 마친 니아스 교황이 돌아오자, 유미르 교국 사람들끼리만 간단한 회의를 갖기로 했다.

†

"이상해요. 뭔가 묘합니다. 조금 전에는 모처럼 제가 해야 할 일을 해냈다고 생각했는데, 어째서—."

석양의 붉은 빛으로 물든 학원 부지 안.

학원제 전날이라 그런지 순조롭게 준비가 마무리—된 것이 아니라, 아슬아슬한 순간까지 저마다 맡은 가게나 행사 준비에 여념이 없는 학생들이 많이 있었다.

그런 가운데 세리스는 홀로 멀찍이 떨어져서 그 광경을 바라보고 있었다.

『─정신이 해이해졌다.』

아버지인 디스트의 말이 여전히 귓가에서 떨어지지 않았다.

룩스를 신뢰하는 것과 단순히 모든 것을 후배 소년에게 맡기는 것은 전혀 다른 영역이다.

그를 지키기 위하여 『칠용기성』 보좌관이 되었건만, 자꾸만 마음이 풀어졌다.

그래서 조금 전 세계 회의에서는 로자 그랑하이드의 도발을 받아들였다.

대결은 이틀간 개최되는 학원제 마지막 날─ 연습장에서 하기로 했다.

하지만─ 학생들 및 외부에서 온 손님의 관전은 허용되지 않는다.

학원제 운영 문제도 있으며, 만약 『용비적』이 습격한다면 더욱 큰 혼란을 초래하기 때문이다.

그것 자체는 문제없었다.

신왕국을 구하기 위해서는 어쩔 수 없는 수단이었고, 룩스나 리샤에게 부담을 주고 싶지 않았다.

"그런데─ 룩스는 또다시 저를 도와주려 하고 있어요. 이번만큼은 저 혼자서 싸우면 된다고 생각했는데……."

하지만 그러면서도 그의 배려를 기쁘게 받아들이고 말았다.

그래서 세계 회의가 끝난 순간, 갑자기 얼굴이 뜨겁게 달아오른 것이다.

"룩스와 거리를 좀 두는 편이 좋을지도 모르겠군요. 안 그러면 또 그의 호의에 기대고 말 것 같습니다."

아무도 없는 장소에서 세리스는 홀로 중얼거렸다.

하지만 그때, 갑자기 그늘진 곳에서 소리가 들려와 반사적으로 뒤를 돌아보았다.

"당신은—?"

"어머? 평소처럼 날카롭군요. 들은 것과는 다르네요."

키리히메 요루카는 그렇게 말하며 나무 그늘에서 나타났다.

노출이 심한 이국의 검은 옷이 아니라 학원 교복을 입고 있었다.

그녀는 아름답지만 보는 이에게 뭔지 모를 불안감을 안겨주는 요염한 미소를 머금고서 세리스를 바라보았다.

"별일도 다 있군요. 당신이 개인적으로 제 앞에 나타나다니."

세리스의 눈썰미로도 무엇을 생각하고 있는지 알 수 없는 소녀였지만, 룩스에게 충실하다는 점만큼은 확실했다.

"네. 주인님께서 부탁하셨사와요. 당신이 어딘가 이상한 것 같으니, 순찰 도중에라도 상태를 보고 와줬으면 좋겠다고."

"—네?"

룩스가 자신을 걱정하고 있다.

그 이름을 한 번 들었을 뿐인데 또다시 동요가 일어났다.

그래도 이번에는 심호흡을 한 번 하니 어찌어찌 가슴의 고동을 억누를 수 있었다.

"룩스의 배려는 감사하게 생각합니다. 하지만 보다시피 저는 괜찮으니까, 걱정하지 않아도 된다고 그에게 전해줄 수 있을까요?"

"정말—인가요?"

"무슨 뜻으로 한 질문이지요?"

세리스는 순수한 의문을 담아 요루카에게 물어보았다.

"저는 이래 봬도 사람의 감정에는 민감하답니다. 이 보라색 눈동자— 세례를 받아 강화된 시각은, 상대방의 표정이나 몸짓에서 의식의 파장을 정확하게 읽어 낼 수 있사와요."

입가를 약간 느슨하게 풀며 요루카는 자신의 왼쪽 눈을 가리켰다.

요사스럽게 빛나는 보라색 홍채가 보였다.

"제가 거짓말을 하고 있다는 건가요?"

"아뇨. 저는 딱히 당신의 마음을 읽을 수 있는 건 아니에요."

방긋, 밝지만 가식적인 웃음을 지으며 요루카는 즉답했다.

"……"

세리스는 여전히 이 소녀가 상대하기 껄끄럽다고 생각했다.

싫어하는 건 아니었지만, 무슨 이야기를 해야 할지 종잡을 수 없었다.

"그건 그렇고, 그 크루루시퍼 씨가 최근 주인님께 고백하려고 하는 것 같던데— 그건 알고 있나요? 세리스 씨."

"네……?! 느, 느닷없이 무슨 말을 하는 겁니까?! 당신은—"

"뭐어, 조금 전에 언뜻 들은 이야기이니 그렇게 신경 쓰지 마시길. 그래서 세리스 씨는 어쩔 생각이신가요?"

"아, 아무것도 할 생각 없습니다! 저, 저는 아직 연애와는 무관해요."

"그건 유감스럽군요. 당신도 모쪼록 주인님의 자식을 잉태할 측실 중 한 사람이 되어주길 바랐습니다만―. 그보다 『칠용기성』 중 한 사람과 싸우게 되었지요? 어디 보자, 상대방은 『강철의 마녀』라고 불리는 모양이네요."

"당신 정도의 기룡사가 보기에도, 그녀는 강적입니까?"

학원 교문 앞에서 로자와 가볍게 공격을 나누었을 때 역량은 대강 예측했다.

확실히 심상찮은 강자기는 해도, 지금의 자신이라면 호각 이상으로 싸울 수 있을 거라고 생각했지만―.

그러나 요루카는 그 질문에 대답하지 않고, 그저 의미심장한 웃음을 돌려주었다.

"글쎄요. 어떻게 설명해야 하려나요. 저와 당신이― 규칙 없이 서로 죽일 각오로 도시 내에서 싸운다면, 어느 쪽이 이길 거라고 생각하나요?"

"그건―."

어디까지나 추측에 불과하지만, 요루카가 이길 것 같은 기분이 들었다.

세리스 본인은 1학년 소녀에게 밀리는 것을 간단히 인정하고 싶지 않았지만, 개인의 전력을 따져보면 이 요루카라는 소녀는 룩스에 버금가는 실력을 보유하고 있었다.

"참고로 저와 당신의 역량은, 거의 호각— 저는 그렇게 생각하고 있사와요. 그럼에도 불구하고 실전에서라면 제가 이길 것이어요. 요컨대 그런 의미랍니다."

"……"

실력은 동급에 가깝지만, 실전에서라면 요루카가 유리.

세리스는 그 의미를 생각해본 후 바로 대답을 이끌어 냈다.

"그렇군요. 기습이나 허를 찌르는 공격, 혹은 반칙에 약하다는 뜻입니까? 그렇다면—."

"전혀 아니어요. 무슨 소리를 하는 건가요?"

요루카는 다시 악의 없는 미소를 지으며 세리스의 대답을 가로막았다.

"……"

이루 말할 수 없는 표정을 지은 세리스를 보면서 요루카는 조용히 이야기를 재개했다.

"기습이나 허를 찌르는 공격, 반칙 따위는 당신에게 통하지 않사와요. 그런 것보다 좀 더 근본적인 문제랍니다. 예를 들어 당신은 적이든 아군이든, 될 수 있는 한 사람을 죽이지 않으려고 노력하며 싸우지요."

"—."

요루카가 태연하게 지적하자 세리스는 뒤통수를 맞은 것만 같은 기분에 사로잡혔다.

"여차할 때 적의 목숨을 빼앗을 각오가 되어 있지 않다—는 이야기는 아니어요. 하지만 그걸 제하더라도 당신은 윤리에 얽매여 있고, 최저한의 배려를 베풀지요."

"하지만, 그건—."

"네, 당연한 행동이랍니다. 오히려 제가 망가진 것이죠. 사람의 마음이 없는 저는 적의 숨통을 끊기를 망설이지 않사와요. 하지만 실전에서는 그 사소한 의식 차이가 결정적인 차이를 부른답니다. 그 『강철의 마녀』도 마찬가지라고 할 수 있사와요."

"그녀—『칠용기성』로자 그랑하이드도 주변 사람들을 말려들게 하거나, 상대나 동료를 죽음으로 내몰기를 저어하지 않는다는 겁니까?"

그제야 요루카가 경고한 이유를 이해했다.

미리 각오하지 않으면, 아마도 그녀를 이기기란 어려울 것이다.

"어떻게 보면 저보다도 질이 나쁠지도 몰라요. 여하간 그녀는 저어하지 않는 정도가 아니라, 애초에 그녀의 그 모습을 보면 어쩌면…… 그만하지요. 이다음부터는 그저 사적인 추측에 지나지 않으니까요."

요루카는 웬일로 그녀답지 않게 말을 얼버무렸다.

세리스는 재차 마음을 정리한 다음 요루카를 향해 감사 인사를 건넸다.

"배려 감사합니다. 그녀와의 연무전에는 세심하게 주의하여 임하겠습니다."

"그러기를 바라요. 먼저 금지당하고 말았지만, 주인님의 신변이 위험하다 싶으면 난입할 생각이었으니 그만큼 건투하시길. 그럼―."

그래서 세리스가 당하지 않도록 일부러 조언하러 와줬다는 것인가.

요루카다운 동기에 세리스는 오히려 안심했다.

그 말을 마지막으로 요루카는 연기처럼 사라져버렸다.

아무도 없는 교사 뒤편 나무들 쪽에서, 세리스는 심호흡을 한 다음 고개를 들었다.

"룩스에게 부담을 줄 수는 없어요. 이번에는 그에게 기대지 않고, 제 힘으로 승리해 보이겠습니다."

그것이야말로 사대 귀족의 딸인 자신이 이루어야만 하는 사명.

『정신이 해이해졌다―』고 꾸짖은 아버지 디스트가 하려던 말에 대한 대답이라고 세리스는 생각했다.

"그렇게 하면, 분명― 다시 룩스와 함께 싸울 수 있게 될 겁니다."

저물어 가는 저녁 해를 바라보며 맹세했다.

그렇게 잠시 학원제 분위기에 잠겨 있는데 멀리서 부르는 목소리가 들렸다.

"어이, 세리스. 이쪽 좀 도와줘! 내일 축제는 바빠질 것 같아."

샤리스가 이끄는 트라이어드 세 사람이 손을 흔들며 세리스를 불렀다.

그녀의 손목에는 붕대가 감겨 있었지만, 큰 문제는 없는 것 같았다.

혼자서 고민하고 있던 것이 거짓말이었던 양 세리스의 얼굴
에는 따스한 미소가 떠올랐다.

'역시, 학원은 좋은 곳이군요······.'

그런 생각을 하며 세리스는 천천히 그녀들을 향해 걸어갔다.

Episode 3　학원제, 개시

"—왕립 사관 학원 여러분, 다들 준비는 열심히 했나요? 매일 엄격한 훈련을 받느라 고생이 많아요. 하지만— 일생에 단 한 번뿐인 청춘인걸요. 사관후보생에게도 숨 돌릴 시간은 필요하겠죠? 그러니 오늘은 성채 도시의 사람들과 함께, 신나게 즐겁게 즐겨봅시다!"

와아아아아—! 렐리의 인사가 끝나는 것과 동시에 학생들 사이에서 우렁찬 환호성이 터져 나왔다.

수많은 간이 음식점, 특설 스테이지에서 열리는 다양한 종류의 이벤트.

그것과 관련된 일정이나 지도가 곳곳에 큼지막하게 붙어 있었다.

"예정보다 재료가 부족해—! 허가 같은 건 됐으니까 식당 창고에서 가져와 줘!"

"입장 티켓 유출은 금지야! ……뭐? 이미 가짜 티켓이 돌아다니고 있어?!"

"올해는 지하에서 불법 침입자가 나타났다고?! 빨리 자경단과 트라이어드에게 연락해!"

등등, 귀족 아가씨들이 분주하게 돌아다니고, 곳곳에서 요란한 목소리가 울려 퍼졌다.

아직 일반 손님 입장 개시까지는 한 시간이나 남았는데, 벌써 혼란스러운 양상을 보이고 있었다.

"뭐랄까…… 소문으로 들어보긴 했지만…… 대단하네."

"저도 1학년이라 보는 건 처음이지만— 역시 학원장님은 이상한 분이시네요……."

룩스가 쓴웃음을 짓자 동생인 아이리도 기막히다는 투로 중얼거렸다.

처음 참가하는 학원제의 열기에 두 사람은 압도당했다.

도서관에서 사서를 맡을 예정인 아이리는 이미 모든 준비를 마친 듯했다.

그래서 그녀는 적어도 본격적으로 시작하기 전인 지금만이라도…… 라는 생각에 룩스와 함께 있었지만—.

"그런데 오빠는 대체 무슨 벌칙을 받고 있는 건가요?"

아이리는 옆에 서 있는 오빠를 보며 모진 말을 꺼냈다.

룩스의 어깨에 걸려 있는 하얀 천에는 『만능 일꾼. ☆1회 1티켓☆』이라고 적혀 있었다.

"아니, 나도 잘 모르겠는데……."

룩스가 미묘한 표정으로 대답한 순간, 누군가가 그의 등을 탁 쳤다.

"안녕—! 루크찌, 컨디션은 어때—?! 내 기획 마음에 들어?"

천진한 미소를 뿌리며 나타난 사람은, 룩스의 동급생인 트라이어드의 티르파였다.

"아니, 뭔데 이게?! 내가 참가할 기획을 골라주겠다면서?!"

어제는 분명히 그렇게 들었는데, 어째선지 오늘 아침 다짜고짜 이 이상한 기획을 떠넘겼다.

"싫어? 하지마안— 루크찌는 사실 나한테 큰절을 올려도 모자랄 정도라구?"

이 기획에 대해 물어보려고 하자, 티르파는 소악마 같은 웃음을 띠었다.

"어⋯⋯?"

"처음부터 루크찌가 어떤 기획에 참가할지 선택하지 않은 탓에, 뒤쪽에서는 경쟁이 엄청 심했어. 다들 『우리 쪽으로 와야 해』라고 주장해 대는 통에 수습할 수 없을 지경이었다니까? 제비뽑기 같은 방법으로 정해볼까 싶기도 했지만, 다른 사람들이 불만을 제기할 테니까⋯⋯."

"Yes. 저희 1학년도 똑같은 상황이었습니다."

어느 틈에 녹트도 나타났다.

트라이어드 두 사람은 『학원제 자경단 간부』라는 자수가 들어간 완장을 차고 있었다.

아무래도 이날을 위해 특별히 준비한 것 같았다.

"학급의 모든 학생들이 아이리에게, 룩스 씨가 자신들의 기획에 참가하게끔 말 좀 잘 해달라며 끈질기게 요청했죠."

"……맞아요. 그래서 저도 거절하다 지쳤어요. 그러고도 동급생들에게 원망받지 않은 건, 평소의 행실이 좋은 덕분이겠죠."

아이리는 어째선지 빈정거리는 투로 덧붙였다.

거기에 샤리스까지 다가와 룩스의 어깨를 탁 두드렸다.

"추가로 룩스 군은 요즘 바빠서 학생들의 개인적인 의뢰는 뒤로 미루다시피 했잖아. 이럴 때라도 발산하게 놔두지 않으면, 불만이 폭발해서 습격당할지도 모른다?"

"스, 습격당하다뇨……?"

"후후후. 설마 눈치 못 챘어? ─이런 느낌으로, 말이지."

룩스가 당황하자 샤리스는 그의 머리를 겨드랑이 사이에 끼웠다.

알맞은 크기의 가슴의 탄력이 얼굴에 닿아 룩스는 저도 모르게 얼굴을 붉혔다.

"으앗?! 샤리스 씨, 무슨 짓을 하시는 겁니까?!"

"뭐, 자경단으로서 살짝 경고해준 거야. 학원제 기간 동안은 조심하라고."

샤리스 본인도 쑥스러웠는지 민망함을 감추려는 것처럼 웃었다.

그 광경을 지켜보던 다른 사람들은 어이없다는 표정으로 한마디씩 했다.

"샤리스 씨가 제일 먼저 오빠를 습격하셨네요."

"Yes. 믿음직스럽지 못한 자경단 단장입니다."

1학년 두 사람이 딴죽을 걸자 샤리스는 크흠, 헛기침을 했다.

© 2013 Ayumu Kasuga

"잠깐, 루크찌도 언제까지 안겨 있을 셈이야—?!"

그 틈에 티르파는 룩스를 떼어 낸 다음 이야기를 원점으로 돌렸다.

"뭐, 그렇게 됐으니 루크찌는 이곳저곳 돌아다녀 봐. 도중에 티켓을 갖고 있는 애가 의뢰하면 가게나 이벤트를 도와주면 돼. 아, 하지만 한곳에서 너무 오래 머물면 안 된다?"

그렇게 룩스가 해야 할 일의 내용을 가르쳐주었다.

결국 늘 하던 잡일이 학원제에 참가하는 학생 전용으로 변했다고 보면 될 것이다.

"티르~! 잠깐 이쪽으로 와줘! 사건이 발생했어—!"

그런 생각을 하고 있는데 안뜰 방향에서 여학생의 목소리가 들려왔다.

"응, 지금 갈게! 그럼 루크찌, 축제 즐겁게 보내."

도움을 요청받은 티르파는 급하게 이야기를 정리하며 룩스에게 말했다.

"알았어. 그다지 자신 없지만…… 열심히 할게."

"응~. 뭔가 곤란한 일이 있으면 우리를 불러줘. 안 불러도 가끔 상황을 보러 올 테니까."

"Yes. 이제 곧 일반 손님들도 입장하므로, 저희도 이만……."

"응. 그건 그렇고 샤리스 씨의 상처는—."

로자 그랑하이드와의 충돌은 소문으로 들었다.

룩스는 샤리스의 손목에 감긴 붕대를 보고 중얼거렸지만, 그녀는 시원스럽게 미소 지었다.

"이 정도는 아무렇지도 않아. 그보다 문제의 연무전에서 세리스를 잘 부탁하마."

"―네. 샤리스 씨도 조심하세요."

미소 띤 룩스의 대답을 끝으로 트라이어드 멤버들은 그 자리를 떠났고, 마지막에는 룩스와 아이리 단둘만이 남았다.

"그럼 저도 이만 가볼게요. 오빠와는 관계없는 이야기지만, 제 휴식 시간은 점심 무렵이에요."

"아, 응. 알았어."

쌀쌀한 말투였지만, 굳이 가르쳐준 것을 보면 『와 달라』라는 의미이리라.

그런 여동생의 메시지를 받은 후, 룩스는 일단 학원제를 쭉 둘러보기로 했다.

"……그리고 그, 오빠도 바쁠 거라고 생각하지만, 적어도 오늘만큼은 즐기세요."

고개를 돌린 아이리가 작게 꺼낸 한마디에서 배려를 느끼며, 룩스는 살짝 웃었다.

"고마워. 아이리도 열심히 해."

그 말을 끝으로 아이리와 헤어진 룩스는 지도를 보며 학원제의 행사장을 확인했다.

학원 건물에서 연습장 등의 시설까지 가는 길에는 온갖 가게와 전시회가 있는데, 어디부터 가보는 게 좋을까?

"역시 리샤 님한테 가볼까? 장갑기룡도 걱정되고……."

"룩스 선배! 의뢰해도 될까요?! 저희 가게 좀 도와주세요!"

룩스가 혼잣말을 꺼내기가 무섭게 안뜰에 있던 1학년 소녀들 다섯 명이 그를 불렀다.

아무래도 트라이어드 멤버들이 한 이야기는 과장이 아니었던 모양이다.

예상한 것과는 다르게 고달픈 스케줄이 될 것 같았다.

"……그게, 너무 오래 있을 수는 없는데, 그래도 괜찮아?"

"꼭 부탁드릴게요!"

룩스가 대답하자 소녀들은 고개를 끄덕이더니 웃으면서 가볍게 하이파이브를 했다.

귀족 아가씨답지 않게 까불대는 그녀들의 모습을 보고 쓴웃음을 지으며 룩스는 생각했다.

'—그래도, 모두가 기뻐해 준다면 괜찮으려나.'

요즘에는 계속 해외를 돌아다녔으니, 학원에서 자신의 도움을 필요로 한다는 것이 기뻤다.

'좋아. 오랜만에 5년 동안 단련해 온 날품팔이 실력을 발휘해서 열심히 해보자.'

그렇게 기합을 넣으며 룩스는 후배 소녀들의 안내를 따랐다.

†

간이음식점은 실외에도 있지만 학원 건물 내에 더욱 많았다.

1층에서 3층까지, 모든 학급이 형형색색의 장식으로 꾸며져 흡사 하나의 작은 시가지처럼 북적이고 있었다.

그중에서도 한층 더 호화로운 인테리어를 자랑하는 한 방.

바닥에는 붉은 융단이 깔려 있고, 매끄러운 광택을 뽐내는 가구와 장식품이 비치된 그 가게에서 룩스는 일을 도와주고 있었다.

"그러니까— 수고하셨습니다. 아가씨. 주, 주문은 무엇으로 하시겠습니까?"

"음. 케이크와 홍차, 종류는 네가 골라도 된다. 내 입맛은 까다롭지 않거든."

왠지 모르게 선정적인 시선으로 룩스를 바라보고 있는 사람은 『칠용기성』인 마기알카.

화려한 붉은 외투를 걸친 상회의 수장은 즐거운 표정으로 소파에 편히 앉아 있었다.

게다가 그 옆에는 룩스가 잘 아는 소꿉친구의 언니, 렐리가 앉아 있었다.

"룩스 군은 그 모습도 잘 어울리는구나. 어때? 학원을 졸업하면 정식으로 비서가 돼서 내 밑에서 일해볼 생각 없어?"

"아뇨, 그건 좀……."

"맞다. 룩스 군은 피이랑 같이 살 거니까 어쩔 수 없겠네."

"그보다, 이 가게는 대체 뭡니까?!"

룩스는 곤혹스러운 표정으로 두 손님을 향해 소리쳤다.

지금 룩스는 웨이터 차림이 아니라, 왠지는 몰라도 검은색을 바탕으로 한 집사 차림을 하고 있었다.

의뢰받은 룩스가 여학생들에게 끌려온 곳은 『집사의 저택』

이라는 이름의 찻집이었다.

룩스는『남자에게 어울리는 일』이라는 말을 듣고 영락없이 힘을 쓰는 일이겠거니 지레짐작했지만, 설마 직접 점원이 되어 일하게 될 거라곤 생각지도 못했다.

그리고 그곳의 첫 손님으로 마기알카와 렐리가 찾아왔다.

"도대체가 여학생밖에 없는 학원에서 집사 차림이라니……."

남자인 룩스가 편입한 것은 예외 중의 예외건만, 잘도 이런 가게를 낼 생각을 했다 싶었다.

그러나 렐리는 전혀 신경 쓰는 기색도 없이 익살맞게 웃으며 말했다.

"어머, 남자인 룩스 군은 이해하기 힘들지도 모르지만, 이런 건 의외로 여자애들밖에 없는 학원이기 때문에 수요가 있는 법이란다. 게다가 이번에는 특별 게스트도 참가했잖니."

가게 안에는 룩스처럼 집사로 분장한 소년 두 명이 서 있었다.

학원제 기간 동안 이곳에 체류하는 반하임 공국의『칠용기성』그라이퍼와 그의 보좌관인 코랄이었다.

그들이 간이 음식점에 참가한 사실에는 깜짝 놀랐지만, 의외로 둘 다 잘 어울렸다.

그라이퍼는 눈매가 사납고 거친 인상이었지만 오히려 그것이 잘 매치되지 않아 재미있었으며, 코랄은 귀여운 소년 그 자체라 이 또한 인기가 많을 것 같았다.

"좋네요, 세 사람 다 좋아요……. 룩스 군이 계속 있어준다면, 누가 최고의 인기인이 될지 내기도 할 수 있을 텐데―"

"작년에는 샤리스 선배가 남장해주셨지만, 진짜 남자애도 나쁘지 않구나아……. 아니, 나쁘지 않은 정도가 아니라 감격스러울 지경이야!"

간이 음식점 뒤쪽에서는 주최자인 소녀들이 흥분을 숨기지 못하고 소리치고 있었다.

"야, 코랄. 세계 회의에 참가하러 온 우리가 뭣 때문에 이런 짓을 해야 하는 거냐?"

가장 짜증스러운 표정을 짓고 있는 사람은 예상대로 그라이퍼였다.

원래 비협조적인 성격인 그라이퍼는 아무래도 보좌관인 코랄의 술수에 알게 모르게 말려든 것 같았다.

"어차피 할 일도 없잖아? 게다가 밀미에트 님께서도 말씀하셨잖아. 축제에 협력하라고."

"큭, 나중에 두고 보자……."

코랄의 대답을 들은 그라이퍼는 무척 불쾌한 표정으로 접객에 임했다.

"이봐, 아가씨들. 얼른 주문해라! 다 먹으면 후딱 돌아가고."

전혀 집사라고 생각할 수 없는 태도를 취했지만, 사람들은 의외로 재미있게 받아들였다.

반하임 공국에 방문했을 때 알게 된 것이지만, 사실 그라이퍼는 생김새와는 다르게 남을 잘 돌봐주니 집사 일은 의외로 적성에 맞을지도 모른다. 본인에게는 말 못하겠지만—.

"그나저나 수고했어, 룩스 군. 회의 때는 사정상 도와주지 못해서 미안해."

그런 생각을 하고 있자니, 마찬가지로 집사 차림으로 웨이터 일을 하고 있던 코랄이 미안하다는 듯이 말했다.

신왕국의 유적―『탑』의 조사권을 건 연무전 이야기가 나왔을 때 잠자코 있었던 점을 사과하는 것이리라.

그러나 『창조주』들의 목적이 불확실한 만큼 신왕국을 제외한 다른 나라는 사정상 자신들의 실력을 섣불리 드러낼 수 없을 것이다.

그러니 일개 보좌관에 지나지 않는 코랄에게 그런 것을 요구하는 건 너무한 일이라고 할 수 있었다.

"아냐. 신경 쓰지 마. 그런데 둘 다 여기서 일해도 괜찮아? 너희는 원래 손님인데⋯⋯."

"괜찮아. 반하임 공국에는 이런 학원 축제가 없으니까, 오히려 이렇게 함께할 수 있어서 기쁜걸. ⋯⋯덕분에 그라이퍼의 저런 모습도 보게 되었고."

코랄은 키득, 짓궂은 미소를 지으며 함께 일하는 동료를 바라보았다.

반면에 그라이퍼는 그 말을 들으며 더없이 불쾌한 표정으로 코랄과 룩스를 노려보았다.

"어이! 뭔 잡담을 그리 해 대는 거야 자식들아! 바깥에 줄이 길게 서 있는 게 안 보이냐!"

집사로 분장한 미남들이 아가씨에게 접대해주는 가게가 있다.

그런 소문이 퍼졌는지 어느덧 손님들이 끊임없이 몰려들고 있었다.

'서 있는 애들을 보면 어째 전부 우리 학원 학생들 같은데—.'

양갓집 규수들이 앞다투어 이런 곳을 찾아오다니, 룩스로서는 약간 이해하기 힘든 광경이었다.

하지만 이런 가게가 인기를 끄는 것은 당연한 일인 모양이었다.

"아하하, 혼나버렸네. 그럼 룩스 군, 같이 열심히 해보자."

코랄은 부드럽게 웃으며 말한 후 서둘러 하던 일로 돌아갔다.

실내에는 세 자리가 준비되어 있었다. 룩스는 그중에서 자신이 맡은 테이블 쪽으로 돌아갔다.

아무래도 숨겨진 메뉴로 케이크를 먹여주는 서비스도 있는 것 같았다.

'정말, 여긴 뭐하는 가게인 걸까……'

룩스가 난감한 기분으로 마기알카를 접대하고 있는데, 문득 그녀의 눈이 음흉하게 빛나더니 소파 옆자리에 앉아 있는 룩스의 가슴에 자연스럽게 기댔다.

"으음. 이 케이크를 만들 때 술을 넣었나? 조금 취한 것 같구나. 잠시 이러고 있어도 되겠는가?"

"잠깐, 갑자기 달라붙지 마세요?! 그리고 허벅지도 쓰다듬지 마시고요!"

겉모습은 리샤와 거의 비슷한 수준으로 몸집이 작은 소녀였지만, 그 손길과 노련한 몸짓은 렐리와 같은 연상 여성을 연상케 했다.

마기알카는 단련된 유연한 몸을 바싹 붙인 채 룩스의 품속으로 파고들어 손가락으로 그의 가슴을 더듬었다.

그 모습을 본 찻집 주최자들이 급하게 달려왔다.

다행이다. 이제 살았구나—, 룩스가 그렇게 생각하자—.

"손님. 특제 무릎베개 옵션을 선택하시면 추가 요금이 발생합니다만?"

"왜 점점 내가 모르는 비밀 메뉴가 늘어나는 거야?!"

그리고 다들 부자인 주제에, 어째서 눈에 불을 켜고 돈을 벌려고 하는 걸까.

룩스가 무심결에 소리 지른 순간, 뜻밖에도 렐리 학원장이 사이에 끼어들었다.

"미안해, 마기알카. 조금 전에 지나간 학원제 선도부원한테 한 소리 들었거든. —직책상 내가 말려야만 한다구."

"선도부원……이요?"

룩스가 고개를 갸웃하자 렐리는 쓴웃음을 지으며 복도 쪽을 바라보았다.

"미안하지만 본인의 희망에 따라 나는 아무것도 알려줄 수 없어. 정말 융통성이 없다니까— 그녀는."

"……?"

렐리의 의미심장한 한마디에 룩스는 잠시 「누굴까……」라고 생각해보았다.

하지만 점원 일이 눈코 뜰 새 없이 바쁜 탓에 이 자리에서는 답을 찾을 수 없었다.

†

눈 깜짝할 사이에 30분간의 일을 마치고 룩스는 찻집을 뒤로했다.

하지만 곧바로 그를 기다리고 있던 다른 소녀들에게 붙잡혀 안뜰에 준비된 특설 무대로 끌려갔다.

이번 의뢰는 한 연극에서 왕자님 역할을 해달라는 내용이었다.

"잠깐만?! 그런 중요한 역할을 중간에 끼어든 나한테 맡기면 어떡해?!"

그렇게 반론을 펼쳐보았지만 「그럼 공주님으로 할까?」라는 악마의 거래에 굴복하여 무진장 어색한 연기를 펼치게 되었다.

"여봐라, 룩스! 너는 대체 언제나 되어야 내 쪽으로 올 거냐! 내가 제작한 기룡의 시연을 못하고 있지 않느냐?!"

그 뒤에는 참지 못하고 찾아온 리샤의 부름을 받아 장갑기룡 공방으로 향하게 되었다.

예상 밖의 반응이랄까, 성채 도시 사람들은 가까이에서 보는 장갑기룡이 신기한 것인지 전시실은 남성들에게 호평이었다.

계속해서 그 다음에는 안뜰의 무대로 이동해서 기룡을 시연하였다.

리샤가 과거에 만든, 장갑을 장착하지 않고서도 기룡을 조종할 수 있는 『암드 와이엄』 등을 보여주자 관람객들은 열광적으로 반응했지만—.

"저기, 이건 그냥 붙잡혀 있기만 하면 되는 거 아닌가요? 굳이 저를 기다리지 않으셨어도……."

"무, 무슨 소리냐?! 그, 내 성과를 아는 네가 함께해주지 않으면, 마음 편히 조작할 수 없단 말이다……."

무대에서 내려온 순간, 그렇게 말하며 부끄러운 듯 손가락을 꼬물거리는 리샤가 인상적이었다.

"자, 룩스 군. 다 끝났으면 이쪽에도 참가해주겠니?"

그리고 룩스는 끝나기를 기다리던 크루루시퍼의 권유를 받아들여 연습장을 개조한 댄스홀로 따라갔다.

주위를 암막으로 가리고 샹들리에로 환히 밝혀진 그 장소는 화려한 드레스를 차려입은 소녀들이 춤을 추는 무도회장이었다.

물론 미처 준비하지 못한 일반 손님은 옷을 갈아입지 않아도 참가할 수 있었지만, 크루루시퍼는 손님으로 참가한 남자들의 요청을 뿌리치고 룩스를 기다리고 있었던 것 같았다.

"저기 크루루시퍼 씨. 이거 사실 성채 도시에서 온 손님들이랑 춰야 하는 거 아냐?"

"맞아. 하지만 룩스 군이랑 춤추고 싶어 하는 사람들도 잔뜩 있는 것 같으니까, 미리 연습을 좀 하는 게 낫겠다고 생각했어."

룩스는 그녀의 억지 논리에 쓴웃음을 지으며 크루루시퍼와 함께 춤을 추었다.

신왕국에서는 일반적이고 간단한 안무였지만, 능숙하게 리드해준 덕분에 룩스도 쉽게 따라갈 수 있었다.

그리고 눈송이처럼 새하얀 드레스를 입은 그녀는, 여전히 한숨이 절로 흘러나올 정도로 아름다웠다.

"다음은 내가 댄스 상대니까 제대로 리드해줘야 해, 오빠."

유미르 교국의 『칠용기성』 메르 기잘트가 다가와 그녀도 댄스에 참가했다.

미녀 두 사람과 교대로 춤을 추는 건 즐거웠지만, 일반 손님 남성들의 질투 어린 시선이 따가워 부담감이 좀 느껴졌다.

"쳇! 저 자식, 평소에도 혼자만 여자뿐인 학원에 다니는 주제에 과시하는 꼴 좀 봐…… 나는 두 사람 모두에게 거절당했다고. 나도 유미르 교국의 미녀와 춤추고 싶단 말이다아아아!"

"미끈하게 생긴 놈은 좋겠구먼, 룩스 자식—."

"그렇지, 살짝 혼쭐 좀 내주는 게 어때? 다치지 않을 정도로만 해보자고."

대다수의 일반 손님들은 마음에만 담아 두었지만, 개중에 질이 안 좋은 세 남자가 구석에서 그런 음모를 꾸몄다.

다년간에 걸친 날품팔이 생활 덕분인지 성채 도시 내에서 룩스의 평판은 좋았지만, 남자들의 질투나 시샘은 그와는 별개의 문제였다.

"좋아, 그럼 단상에서 일을 처리하자. 적당히 다른 학생들에게 댄스를 신청한 다음……."

"그러면 제가 상대해드리지요."

그때— 아름다운 드레스를 차려입은 큰 키의 금발 소녀가 그들 앞에 나타났다.

의상과 한 세트인지 눈을 가리는 하얀 가면을 쓰고 있어서 얼굴은 보이지 않았지만, 풍만한 가슴과 잘록한 허리 라인을 보며 남자는 꿀꺽 침을 삼켰다.

"어, 어어……. 자, 잘 부탁해, 아가씨."

'뭐야—. 이렇게 멋진 여자와 춤을 출 수 있다니, 나쁘기만 한 건 아니구면.'

그렇게 생각하며 남자인 룩스에 대한 원한이 조금 줄어들었지만, 동료 두 사람의 매서운 시선을 느끼고 역시 실행하기로 했다.

같은 단상, 바로 옆에서 춤을 추는 룩스의 구두 뒤축을 밟아 자빠지게 만든다는 작전을—.

남자가 부자연스러운 스텝을 밟으며 행동으로 옮기려는 순간, 그가 잡고 있던 하얀 장갑을 낀 손이 움직였다.

"방해는, 용납하지 않겠습니다."

"……뭣?! 으갸갸갸갸!"

룩스 쪽으로 다가가 다리를 뻗으려고 한 찰나 우두둑 팔이 비틀렸다.

아픔을 이기지 못하고 펄쩍 뛰어오른 남자는 까무러쳤다.

주위에서 보면 남자가 춤을 추다 실수하여 팔이 꺾인 것처럼 보이는 움직임이었다.

"후우…… 큰일 날 뻔했군요."

댄스를 마친 가면 소녀는 안도의 한숨을 쉬며 단상에서 내려왔다.

옆에서 일어난 일이 신경 쓰였지만, 룩스도 무사히 메르와 댄스를 마쳤다.

"오빠도 생각보다 잘 추네. 다음에 유미르 교국에 오면, 내가 파트너가 되어줄 수도 있어."

룩스보다 네 살이나 어린 메르. 나이에 비해 조숙하면서도 이상하게 귀여워 보이는 것이 그녀의 매력이리라.

"아하하, 그때는 잘 부탁할게. 그건 그렇고 조금 전에 무슨 소리가 들렸는데—?"

"그래, 나도 들었어."

룩스가 중얼거리자 크루루시퍼도 동의하며 고개를 돌렸다.

직전까지 두 사람 근처에서 춤을 추던 가면 소녀는 화제가 자신 쪽으로 향하자 화들짝 놀랐다.

"……아, 아뇨?! 저는 딱히 수상한 사람이 아닙니다!"

"아무도 그런 말 안 했는데……."

메르가 진지한 얼굴로 지적하자 가면 소녀는 더욱 허둥댔다.

"저, 저는 급한 일이 떠올랐으니 이만 실례하겠습니다!"

간신히 그 대답을 꺼낸 후 눈 깜짝할 사이에 그 자리에서 떠났다.

"뭐야, 저 사람은……?"

메르가 다소 황당한 표정을 짓자 룩스도 어색한 표정으로 동의했다.

"아마도 한 사람밖에 없겠지? 크루루시퍼 씨."

"⋯⋯그래, 그러게. 그녀가 무슨 생각을 하고 있는지는 모르 겠지만— 만만치 않은걸."

"응⋯⋯?"

크루루시퍼의 의미심장한 말에 룩스는 고개를 갸웃했다.

"룩스 군은 깊게 생각할 것 없어. 그럼, 이번에는 우리 단둘 이서 다른 행사를 둘러보러 가볼까?"

귓가에 울리는 달콤한 속삭임에 룩스는 자기도 모르게 가 슴이 뛰었다.

그녀의 권유를 받아들일 것인지 망설인 순간 등 뒤에서 큰 목소리가 들려왔다.

"크루루시퍼 양! 다음은 당신이 댄스홀 접수원을 맡을 차례 라구요!"

버럭 소리친 사람은 『기사단』의 일원이기도 한 3학년 소녀 였다.

룩스를 독점하면 여성 측에서도 시샘이 쏟아질 것이라는 경고인 걸까—.

"하아⋯⋯ 아쉬워라. 그럼, 나중에 보자."

"아, 으, 응. 크루루시퍼 씨랑 메르도 열심히 해."

내심 가슴을 쓸어내리면서 룩스는 손을 흔들어 소녀들과 헤어졌다.

그 뒤에는 잠시 혼자서 학원 안을 돌아다니기로 했다.

마술 도우미를 해달라는 부탁을 받거나, 빈혈을 일으킨 일반 손님의 간호나 길 안내를 하는 등, 학생과 시민 양쪽으로부터 몇 가지 소소한 의뢰를 받아 해냈다.

처음에는 어떻게 해야 할지 막막했지만, 평소에 잡일을 하며 넓은 부지 내의 지리와 상황을 파악해 둔 덕분인지, 이 『만능 일꾼』 역할은 의외로 할 만했다.

—그리고 한 시간이 더 흐른 후.

"후우, 시간이 꽤 지났구나……."

노점을 연 여학생들에게서 샌드위치나 꼬치구이 등을 받아 점심을 해결한 후, 룩스는 아이리를 보러 도서관으로 향했다.

전시 기획─『역사전』에서는 사서로 활동 중인 동생의 모습을 볼 수 있었다.

"네, 이쪽 자료는 구제국 시절부터 내려온 것이에요. 장갑기룡이 처음으로 발굴된 유적은……."

등등, 견학하러 온 손님의 질문에도 막힘없이 대답하고 있었다.

아이리 자신은 구제국의 황족인 데다 여전히 죄인의 목걸이를 차고 있건만, 그 당당한 행동거지는 역시 대단하다고 생각했다.

"아이리. 고대 문학 자료가 어디 있더라? 손님이 그쪽도 보고 싶다셔서─"

"똑바로 쭉 들어가서 우측 안쪽 서가에 있어요. 발밑을 조심하세요. 아, 그 촛불은 들고 가시면 안 돼요. 안쪽은 화기

엄금이니까."

1학년이자 처음으로 이 학원제에 참가하여 손님을 상대하는 것인데도 불구하고 다른 학생들로부터 신뢰받는 것 같았다.

사교성이 좋고 처세술에 뛰어나다고나 할까. 고문서 해독도 그렇지만, 문관으로서 비상하게 우수한 스킬을 보유하고 있는 것 같았다.

'아이리도 잘 자라주었구나……'

그 모습을 멀찍이 떨어져서 보고 있는데, 갑자기 아이리가 룩스를 보더니 그의 곁으로 곧장 다가갔다.

"오빠, 조금 전부터 저를 쳐다보면서 왜 자꾸 히죽대는 거예요? 솔직히 기분 나쁘네요."

"말이 심하잖아……?!"

아이리가 무언가 곤경을 겪고 있는 게 아닐지 걱정돼서 상황을 보러 왔을 뿐인데—.

그러는 김에 동생의 성장을 흐뭇한 마음으로 지켜보고 있었을 뿐인데—.

"오빠는 어디에 있든 눈에 띄니까 용건이 있다면 말을 하세요. 나중에 다른 사람들한테 놀림당하는 건 저란 말이에요."

그렇게 생각하고 있는데 아이리가 살짝 뺨을 부풀리고 도끼눈을 뜨며 투덜거렸다.

아무래도 룩스가 보호자처럼 자신을 지켜보고 있다는 사실을 다른 학생들이 눈치채는 것이 쑥스러운 모양이었다.

"따, 딱히 숨어서 훔쳐보고 있던 건 아니야. 아이리를 방해하고 싶지 않아서 그런 거지.”

“오빠 주제에 괜한 배려 하지 마세요. 저는 오빠가 방해된다고 생각해본 적, 단 한 번도 없으니까…….”

아이리의 마지막 말은 룩스의 귀에 들리지 않을 정도로 작았다.

룩스가 아이리의 태도를 신경 쓰고 있는데 안쪽 복도에서 기척이 움직였다.

“와악?!”

정신없이 뛰어다니던 작은 아이가 위태롭게 넘어지며 서가에 부딪쳤다.

“……위험해?!”

그 반동 때문에 서가가 넘어지려는 낌새를 보인 순간 룩스는 간발의 차이로 아이를 밀쳤다.

그리고 넘어진 서가에 깔리려는 찰나— 룩스의 몸이 누군가에게 안겨 둥실 떠올랐다.

“어……?”

놀란 룩스가 눈을 깜박인 직후, 등 뒤에서 낡은 서가가 바닥에 엎어지는 소리가 들렸다.

“활달한 모습은 보기 좋지만, 그래도 앞은 잘 보고 다녀야죠?”

“미, 미안해, 누나.”

불현듯 그런 목소리가 들린 직후—.

“—그럼, 룩스도 무사한 것 같으니 저는 이만.”

그 말만을 남기고 소녀의 목소리가 멀어져 갔다.

"방금 도와준 사람은, 혹시―?"

"어두워서 잘 보이지 않았지만, 아마도요……."

거리를 두고 있다가 순식간에 접근할 정도로 뛰어난 순발력과 각력.

게다가 룩스의 몸을 가볍게 안아 올리는 완력도 그녀에게서만 볼 수 있는 것이다.

결정적으로 떠날 때 순간적으로 들린 목소리를 통해 그 인물의 정체가 세리스일 거라고 생각했지만―

"하지만 그렇다면 왜 바로 사라지시는 걸까?"

룩스는 고개를 갸웃했지만 이유는 알 수 없었다.

"오빠가 무슨 실수라도 한 거 아닌가요?"

"아니, 이상한 짓을 한 기억은 없는데……."

물론 자기도 모르게 화나게 했을 가능성이 아예 없는 것은 아니다.

하지만 조금 전부터 룩스를 도와주고 있는 것 같으니 화난 것은 아닐 것이다.

"그건 나중에 물어보도록 해요. 그보다 지금 막 오빠한테 부탁할 의뢰가 생겼답니다."

아이리는 가볍게 탄식한 후 룩스를 향해 미소 지었다.

"어, 그 의뢰라는 게 설마……."

"네. 이것들 좀 정리해주세요."

"역시나……."

넘어진 서가에 깔리는 것은 피했지만, 꽂혀 있던 책이 모조리 쏟아져 나와 책이 산처럼 쌓여 있었다.

하지만 아이리나 다른 소녀들은 손님들을 안내해야 하니, 결국 적임자는 룩스이리라.

"어디 그럼―. ……어라?"

작업을 시작하기에 앞서 주위를 둘러본 룩스는 서가 그늘에 숨은 금발을 발견했다.

교복에 감싸인 몸을 안절부절 흔들면서, 작은 목소리로 뭔가를 중얼거리고 있었다.

"룩스를 도와줘야 할까요……? 하지만 얼굴을 똑바로 마주보면 저는 또다시 이상해질 겁니다. 게다가 이런 상황에서 틈을 보아 룩스를 도와주기는 어려울 것 같고―."

"……."

역시 세리스가 분명했다.

'아니, 선배 딴에는 숨으려고 저러시는 것 같은데, 서가가 작아서 다 보이잖아!'

세리스는 날씬하지만, 몸매는 여학생들 사이에서도 빼어난 축에 들었다.

길고 아름다운 벌꿀색 머리카락이나 여자다움을 주장하는 커다란 가슴이 서가 밖으로 살짝살짝 드러나고 있었다.

'……이걸 어쩐다.'

룩스 쪽에서 일부러 말을 건네기도 애매한 상황이었다.

하지만 솔직히 말해서 신경 쓰였다.

세리스가 왜 자신을 피해 다니는 걸까?

그리고— 그러면서도 왜 도와주려고 하는 걸까?

'어제 회의 때 도와주겠다고 나선 게 실수였나……?'

룩스는 그런 생각을 하며 책 정리를 중단하고, 서가에서 조금 떨어지며 몸을 돌렸다.

마치 작업 중인 서가에서 떠나려는 것처럼.

"후우, 잠깐 쉬었다 할까."

일부러 들릴 정도의 크기로 중얼거린 직후, 갑자기 등 뒤의 공기가 흔들렸다.

룩스가 손거울을 들어 몰래 뒤를 확인하니, 거기에는 룩스의 움직임을 신경 쓰며 부지런히 책을 서가로 옮기고 있는 세리스가 있었다.

"저기…… 세리스 선배, 뭐하고 계세요?!"

"—핫?!"

룩스가 슬며시 중얼거린 순간 세리스가 뒤쪽으로 도약했다.

기세가 너무 강한 탓에 등과 서가가 충돌하여 책 몇 권이 떨어져 내렸다.

"아, 아무것도 아닙니다! 그냥 지나가던 길일 뿐이에요! 추궁은 불허하겠습니다!"

"잠깐, 가지 마세요?! 세리스 선—"

역시 매일 단련하는 몸이라 그런지 도망가는 속도가 굉장히 빨랐다.

룩스가 소리친 보람도 없이 순식간에 도서관에서 사라지고 말았다.

"역시 피하는 거야? 하지만……."

미움받는 것인지 아닌지조차 알 수 없었다.

하지만 내일 연무전 일도 있으니 이대로는 안 된다고 생각했다.

어떻게든 한 번이라도 세리스와 대화를 나눌 방법은—.

"아차, 그것도 그거지만 시간이 됐구나. 다른 곳도 돌아봐야……."

회중시계의 덮개를 열어 확인한 다음 룩스는 페이스를 올려 서가 정리를 마쳤다.

그리고 아이리에게 격려의 말을 건네고 손을 흔들면서 헤어진 후, 다음 장소로 이동하기로 했다.

†

"후우……."

요리 도우미, 가게 대기열 정리 등 몇 가지 의뢰를 더 해결한 후 룩스는 안뜰 연석에 앉았다.

시간은 오후 세 시를 지나, 학원제의 첫째 날은 어느덧 끝을 앞두고 있었다.

도서관에서 나온 뒤로는 바쁘긴 해도 문제없이 보냈지만, 결국 세리스와 만나지는 못했다.

그 대신에 시선은 느껴졌다.

그것이 룩스의 불안을 더욱 부채질했다.

"룩스 군, 이번에는 저희 쪽으로 와주세요!"

잠시 쉬어볼까 해서 앉아 있는데, 룩스를 우연히 발견한 듯한 몇 명의 소녀들이 마침 잘됐다는 것처럼 그를 불렀다.

"아, 네."

조금 피곤하긴 하지만 문제는 없을 것이다.

룩스가 의뢰를 수락하려는 순간, 한 소녀가 그 사이에 자연스럽게 끼어들었다.

"어라, 당신은—."

"피⋯⋯이?"

진지한 표정을 짓고 있는 소녀.

연분홍색 풍성한 머리카락과 멍해 보이는 무표정이 특징인 룩스의 소꿉친구— 피르히 아인그람이었다.

축제 기간에는 고급 과자점을 여는지라 검은색을 바탕으로 한 시크한 제복을 입고 있었지만, 다소 수수한 그 차림에서도 여전히 귀여움이 묻어나왔다.

오히려 노출이 심하지 않은 만큼 그 커다란 가슴이 더욱 눈에 띄었다.

"다음은, 분명 내 차례, 라구?"

"응⋯⋯?"

피르히의 갑작스러운 말을 듣고 룩스는 무슨 소리인가 싶어 고개를 갸웃했다.

분명 그런 이야기는 한 적 없을 텐데.

"그렇지? 루우."

"어, 그, 그랬던, 가······?"

"그랬어."

"그, 그렇지!"

자신의 눈을 빤히 들여다보는 그녀의 시선을 이기지 못하고 룩스는 무심코 인정하고 말았다.

"그, 그렇다면 어쩔 수 없네요. 나중에 부탁할게요, 룩스 군."

멍한 겉모습과는 다르게 고집이 센 피르히에게 밀려 다른 소녀들은 포기한 것 같았다.

"그럼, 만들어 올 테니까, 루우는 이쪽으로 와."

"······어, 으앗?!"

피르히가 살짝 손을 잡아끌자 룩스는 자리에서 일어났다.

그대로 학원 건물 내에 있는 한 간이 음식점으로 가 인기척이 없는 별실로 안내받았다.

"─응? 여기는······."

"창고······ 겸, 휴게실. 2층 가게에서 쓰고 있어."

피르히는 대답하면서 의자를 가져와 탁탁 가볍게 두드렸다.

"잠깐, 기다려."

룩스가 의자에 앉자 피르히는 천천히 방에서 나갔다.

마침 어느 가게든 한창 바쁠 타이밍인지 방에 다른 학생은 거의 없었다.

남아 있는 소녀들도 지쳤는지 룩스 쪽으로 다가오려 하지는 않았다.

"다들 정말 의욕적이구나."

룩스가 쓴웃음을 짓자 피르히가 돌아왔다.

두 손으로 들고 있는 쟁반에는 과자가 산처럼 쌓여 있었다.

비유가 아니라 정말로 산이었다.

"아니, 나한테 뭔가 시키려고 부른 거 아니었어?!"

분명『만능 일꾼』의뢰일 거라고 생각했는데.

"루우랑 같이, 크레이프 가게, 못 갔으니까."

"아, 그, 그렇구나."

실제로 눈코 뜰 새 없이 바빠 나갈 틈이 없었으니 이것으로 대신하자, 라는 의도인 것이리라.

"여기서, 같이 먹자."

피르히는 책상을 붙인 다음, 하얀 식탁보를 깐 테이블에 온 갖 과자가 쌓여 있는 쟁반을 내려놓았다.

갓 구운 애플파이, 체리파이, 팬케이크에 도넛, 게다가 휘핑 크림과 과일 잼이 수북하게 곁들여져 있었다.

달콤한 과자는 신왕국 내에서도 고급품인데, 이런 가게를 내는 것을 보면 역시 귀족 아가씨들의 학원이라는 생각이 들 었다.

"루우. 아— 해봐."

룩스가 그 어마어마한 과자의 존재감에 압도당하고 있자 니, 옆에 앉은 피르히가 가만히 몸을 기대며 포크로 과자를 찍어 내밀었다.

"저기, 피이?! 그…… 혼자서 먹을 수 있는데?!"

그 행동 자체도 쑥스러웠지만, 더욱 큰 문제가 있었다.

피르히 본인은 의식하지 않는 것 같았지만, 옆자리에 앉은 그녀가 몸을 돌려 기대자 그— 탱탱하고 풍만한 가슴이 닿았다.

하지만 피르히는 자각하지 못하는 것인지 평소와 다를 바 없는 표정으로 몸을 더욱 밀착시켰다.

"괜찮으니까, 해봐."

"아니 그래도, 쉬고 있는 다른 사람들이 보고 있잖아?!"

지금 휴게실에서 쉬고 있는 학생은 거의 없었지만, 그래도 몇 사람은 되었다.

아무리 그래도 주목받고 있는 상황에서 이건 좀…… 이라고 생각한 룩스는 최후의 저항을 시도해보았다.

"……크레이프 가게. 가고 싶었어."

하지만 피르히가 진지한 표정으로 담담하게 꺼낸 한마디에 패하여, 룩스는 눈 딱 감고 입을 열었다.

"음……."

"루우, 맛있어?"

피르히와 맞닿은 부분에서 느껴지는 부드러운 감촉과 머리에서 풍기는 향기, 그리고 목소리.

어쩐지 혀만이 아니라 오감이나 공기까지 녹아내릴 것 같은 달콤한 기분이 들었다.

파이가 입 안에서 부드럽게 무너지고, 구운 사과의 맛과 시나몬 향기가 코를 은은하게 자극했다.

그리고 몽글몽글한 크림의 부드러운 맛이 룩스의 혀를 매끄럽게 감쌌다.

"맛있어…… 무척 달고. 하지만 그뿐만이 아니라……."

그저 달기만 한 것이 아니라 신기할 정도로 잘 어우러지는 풍미를 느끼며, 룩스는 몸에서 힘을 뺐다.

단 음식을 싫어하는 건 아니지만, 아무리 그래도 이렇게나 맛있다니—.

"다행이다."

피르히는 기쁜 것처럼 희미하게 미소 지으며 계속해서 크레이프도 내밀었다.

시럽으로 조린 서양 배와 크림으로 속을 채운 그것도 역시 맛있었지만 단맛이 과하지는 않았다.

크림에는 단맛을 첨가하지 않는 대신에 달콤한 반죽이나 내용물로 밸런스를 맞춘 것 같았다.

"크레이프 가게에서 배웠으니까. 언제든 루우랑 같이 먹을 수 있, 어."

"……."

그 말을 듣고서 룩스는 저도 모르게 말문이 막혔다.

일부러 가게까지 찾아가 만드는 법을 배운 다음, 성장한 룩스의 취향까지 고려해서 만들어준 것이리라.

그런 그녀의 정성스러운 마음을 알게 된 룩스의 가슴에서 온기가 피어올랐다.

어쩐지 반가운 기분이 들었다.

오래전에 그녀가 자신을 위해, 눈이 휘둥그레질 정도로 달고 커다란 팬케이크를 구워주었던 기억이 마치 며칠 전의 일처럼 생생하게 떠올랐다.

그때는 피르히 혼자 반 이상을 먹었지만 말이다.

"고마워, 피이. 자, ……이건 답례."

룩스도 앞에 있는 팬케이크를 나이프로 잘라 메이플 시럽을 듬뿍 묻힌 다음 피르히에게 내밀었다.

"……."

룩스가 쑥스러워하지 않고 호응해 준 것이 뜻밖이었는지 피르히는 아주 약간 당황한 모습을 보였다.

하지만 이윽고 그 자그마한 입을 열어 그것을 받아먹었다.

"응, 맛있어."

처음에는 주위에 있는 학생들이 쳐다보는 게 창피했지만, 그녀의 순수한 마음을 느끼자 남의 이목을 신경 쓴 것이 바보처럼 느껴졌다.

룩스는 잠시 과자의 달콤함을 만끽하며 피르히와 휴식을 취했다.

"그러고 보니 용케도 내가 짬이 났을 때 찾아왔구나. 피이도 꽤 바빴을 텐데—."

홍차를 한 잔 더 마시며 룩스가 말하자—.

"나도 몰랐어. 나중에 만나러 가려고 했는데, 가면 쓴 사람이 알려줬어. 루우의 일이, 곧 있으면 끝날 것 같다고."

"뭐……?"

집중하고 있느라 깨닫지 못했지만, 룩스는 점심 먹을 때를 제외하고는 잠시도 쉬지 않았다.

그런 룩스를 배려해준 사람이 어딘가에 있었다는 이야기일 것이다.

짐작 가는 사람이 한 명 있었다.

"그 사람— 설마."

"가슴이랑 키가 크고, 금발이었어. 『룩스에게 밝히는 건 허가하지 않겠습니다』라면서 입단속을 시켰지만."

"피이, 전부 밝혔는데?! 아무것도 숨기지 않았잖아?!"

휴게실 안에 있다는 것조차 깜빡하고 큰 소리로 딴죽을 걸고 말았다.

어떻게 보면 예상한 대로의 결과라고 할까, 몰래 룩스를 도와주던 사람은 역시 세리스였던 모양이다.

'역시, 나를 도와주고 계신가? 하지만—.'

얼굴을 마주치면 갑자기 안절부절 못하면서 어디론가 사라져버리니 속내를 알 수 없었다.

어떻게든 세리스와 직접 만날 수 있는 장소로 가고 싶었지만…….

룩스가 골똘히 생각하고 있는데 갑자기 등 뒤의 문이 활짝 열렸다.

깜짝 놀라 그쪽을 돌아보자 친한 친구인 트라이어드 멤버들이 전부 서 있었다.

"안농— 루크찌, 잘 지냈지? 아, 피르히도 농땡이 피우고 있네! 그럼 안 되지~!"

먼저 티르파가 놀리는 투로 말하며 룩스 곁으로 다가갔다.

그러자 리더인 샤리스가 즉시 쓴웃음을 지으며 팔짱을 끼고 그 모습을 바라보았다.

"이거 참, 순찰하느라 지쳤으니까 쉬자고 한 사람이 누구였더라?"

"Yes. 아무리 룩스 씨와 놀고 싶어도 그렇지, 이런 꼼수를 부리다니요."

샤리스가 지적하자 녹트도 도끼눈을 뜨며 동의했다.

동료에게 뒤통수를 얻어맞은 티르파는 바로 얼굴을 빨갛게 물들이며 허둥댔다.

"잠깐?! 구, 굳이 본인 앞에서 말할 것까진 없잖아?! 둘 다 내 생각에 동의한 주제에 비겁하게?!"

이 세 사람은 여전히 사이가 좋구나—, 룩스가 그렇게 생각하며 흐뭇하게 바라보자 티르파는 크흠, 헛기침을 한 다음 룩스를 보았다.

"……그게, 이제 슬슬 행사를 마칠 시간이 됐잖아—. 지금부터 우리랑 같이 이벤트에 참가하지 않을래? 루크찌도 학원 학생이니까, 너무 일만 할 게 아니라 가끔은 노는 것도 괜찮지 않을까?"

샤리스와 녹트의 딴죽에 페이스가 무너졌는지 티르파는 슬그머니 시선을 피하며 중얼거렸다.

평소에는 까불대는 분위기 메이커지만, 그녀의 근본은 의외로 진지하다.

한 명의 친구로서 꼼꼼하게 룩스를 배려하고 있었다.

"알았어. 내가 껴도 괜찮다면 참가해볼까. 아, 하지만……."

그런 생각을 하며 룩스는 그녀의 제안을 흔쾌히 받아들이려고 했지만, 문득 한 가지 문제가 떠올라 말꼬리를 흐렸다.

세리스의 태도가 마음에 걸려서 어떻게든 만나볼 수 없을까 하는 문제가—.

"훗. 걱정할 것 없어, 룩스 군. 네 소망은 이루어질 테니까."

갑자기 샤리스가 룩스의 어깨를 탁 치며 의기양양한 미소를 지었다.

룩스가 고개를 갸우뚱하며 그녀를 올려다보자, 녹트가 슬쩍 가까이 다가와 속삭였다.

"Yes. 이 이벤트에는 세리스 선배도 참가시킬 예정이에요. 그때 잘만 하면 대화도 나눠볼 수 있을 겁니다."

"아……."

세 사람은 아무래도 세리스의 동향을 파악하고 있었던 모양이다.

"정말이지, 내 친구라지만 골치 아픈 녀석이라니까. 뭐, 그런 점이 세리스답다면 답긴 하지만."

"뭔가 짐작 가는 바가 있나요?"

룩스가 질문했지만 샤리스는 의미심장하게 시선을 내리깔 뿐이었다.

"그건 네 눈으로 직접 확인해 봐. 대충 예상은 되지만, 이런 이야기는 다른 사람이 마음대로 해도 되는 게 아니거든."

"……?"

"자, 가자, 루크찌. 올해의 이 이벤트는 분명 후끈 달아오를 거라구!"

티르파는 이 상황을 얼버무리려는 것처럼 룩스의 손을 붙잡아 끌어당겼다.

일이 어떻게 흘러가는지도 모르는 채, 룩스는 피르히와 함께 건물 밖으로 나갔다.

"성채 도시의 시민 여러분! 그리고 우리 왕립 사관 학원 여러분, 다들 즐겁게 보내고 계신가요—?! 지금부터 이 학원제의 특별 이벤트인 가장 대회를 시작하겠습니다—!"

안뜰 중앙에 설치된 목조 특설 스테이지.

낮에는 연극이나 연주회 등에 이용된 그 장소에, 룩스 및 그와 친한 멤버들이 모여 있었다.

사회자를 맡은 여학생이 소리 높여 선언하자 열기를 띤 환호성이 터져 나왔다.

학생들이나 학원 관계자들도 그렇지만, 성채 도시에 사는 시민들만이 아니라 다른 지역에서도 많은 손님들이 찾아온 것 같았다.

"이 이벤트에서는 우리 학원의 기룡사, 강하며 고결한 『기사단』의 미소녀들이 평소와는 달리 곱게 차려입은 모습을 선보일 예정입니다! 그 모습에 마음을 빼앗겼다면 뜨거운 박수를 보내주세요! 그럼 먼저— 참가자를 소개하겠습니다!"

"—아니, 소녀들……이라니, 저는 남자거든요?!"

단상 위에 있는 룩스가 반사적으로 던진 딴죽은 자연스럽게 무시당했다.

"게·다·가, 여러분의 투표를 거쳐 우승한 참가자에게는 특별한 선물이 수여됩니다. 여러분, 부디 열광적인 응원을 부탁할게요!"

"와아아아아—!"

다시 우렁찬 함성과 함께 갈채가 주위를 뒤덮었다.

자세한 것까지는 몰라도 사회를 보는 소녀는 좌중의 분위기를 확 돋우는 재주가 있는 것 같았다.

이어서 단상 위에 모인 『기사단』 멤버 전원이 진행에 따라 자기소개를 시작했다.

"……그러니까, 우선 나부터군. 그, 신왕국 왕녀인 리즈샤르테 아티스마타다. 뭐랄까, 이런 가장 행사에는 처음 참가해보지만…… 열심히 하겠다."

먼저 리샤가 수줍은 태도로 인사하자 응원하는 목소리가 터져 나왔다.

리샤에 이어 크루루시퍼, 피르히.

그리고— 최후의 한 사람이 드디어 단상 위에 나타났다.

"저기, 기사단장인 세리스티아 라르그리스라고, 합니다. 개, 개인적으로는 너무 놀아서는 안 된다고 생각합니다만……"

세리스가 당혹스러운 모습으로 룩스 쪽을 향해 슬쩍 눈길을 주었다.

아무래도 샤리스가 준비한 『미끼』에 보기 좋게 낚인 것 같았다.

『아까 세리스랑 만났을 때 몇 마디 해줬거든. 다음 이벤트 우승자에게는 룩스 군에게 명령을 강제할 수 있는 권한이 주어진다는 것 같다. 그를 지키기 위해, 세리스도 참가해보는 게 어떨까— 하고.』

그렇게 빙빙 돌려서 전달한 결과, 지금까지 룩스를 음지에서 지켜보던 세리스가 이렇게 바깥으로 나오게 된 모양이었다.

'세리스 선배…… 괜찮으실까?'

하지만 눈이 마주치려 할 때마다 세리스는 시선을 휙 피해버렸다.

그녀의 반응에 조바심을 느끼는 사이에 이벤트가 시작됐다.

"자, 이제 자기소개도 끝났으니 옷을 갈아입을 시간입니다. 그 사이에 투표용지를 나눠 드리겠습니다! 한 사람당 한 장인 점 잊지 마세요—! 복수 투표는 무효입니다!"

룩스를 비롯한 참가자들이 스테이지 뒤로 돌아가자, 거기에는 낮에 상연된 연극에서 사용한 것으로 보이는 다양한 의상이 준비되어 있었다.

수많은 의상 앞에서 참가자들이 눈알을 데굴데굴 굴리고 있으니 티르파가 앞으로 나섰다.

"그런고로— 우리가 옷 갈아입는 걸 도와줄 테니까, 다들 원하는 복장을 말해봐. 참고로 의상은 먼저 고르는 사람이 임자니까 빨리 고르는 게 좋을 걸?"

그렇게 트라이어드와 아이리가 도우미 역할을 자처했다.

당연하지만 아무리 날품팔이 왕자라 불리는 룩스라 해도 가장을 해본 경험은 없었다.

어떻게 해야 할지 몰라 우왕좌왕하고 있는데 아이리와 녹트가 함께 다가왔다.

어째선지 두 사람은 원형 틀에 까만 커튼을 고정한 1인용 간이 탈의실을 들고 있었다.

"잠깐, 뭐야 그게?! 왜 나한테만 그런 걸—."

"하아, 최근 들어 오빠의 해외 활동이 부쩍 늘어나긴 했지만, 그래도 이러면 곤란해요. 여기가 귀족 아가씨들을 위한 학원이라는 사실을 잊어버린 건가요?"

"아……."

그 말을 듣고서야 의상을 들고 있는 소녀들이 멀찍이 서서 이쪽을 빤히 바라보고 있음을 깨달았다.

당연히 유일한 남자인 룩스의 시선을 신경 쓰는 것이다.

"Yes. —그러니 룩스 씨는 이 간이 탈의실 안에서 옷을 갈아입으세요. 제가 거들어 드리겠습니다."

아이리가 두 팔을 들고 탈의실을 지탱하는 사이에 시녀 집안 출신인 녹트가 그렇게 말했다.

그것 자체는 무척 고마웠지만…….

"저기 녹트. 너무 어두워서 내가 어떤 옷으로 갈아입고 있는 건지 모르겠는데, 이거 혹시—."

룩스는 교복을 벗은 후, 건네받은 의상의 형태에 약간 불안을 느꼈다.

자신이 착각한 게 아니라면, 녹트가 입혀준 옷에는 스커트가 섞여 있는 것 같았다.

　"Yes. 이쪽 후크는 이렇게 채우면 되니— 다 됐습니다."

　냉정하고 침착한 녹트의 말과 함께 아이리가 들고 있던 탈의실을 내렸다.

　그 순간, 이미 옷을 다 갈아입은 다른 소녀들의 눈이 일제히 휘둥그레졌다.

　"지금부터 가장을 마친 참가자들이 입장하겠습니다. 먼저 우리 신왕국의 왕녀, 리즈샤르테 아티스마타 전하십니다!"

　"오오오오오오옷!"

　단상에 리샤가 나타나자 우렁찬 환호성이 터져 나왔다.

　"잠깐, 이 망측한 차림은 대체 뭐냐?! 나는 신왕국의 왕녀란 말이다?!"

　리샤가 입고 있는 옷은 노출이 심한 댄서 스타일 의상이었다.

　가슴과 허리, 그리고 다리 일부만을 가리는 옷과 그것을 치장해주는 반투명한 천.

　남국풍의 화려한 그 의상은, 어딘가 앳되면서도 육감적인 리샤의 귀여움을 멋지게 이끌어 내고 있었다.

　"어— 하지만 리샤 님. 평소에 입는 장의랑 크게 다를 것도 없잖아요. 그리고 잘 어울리지 않나요? 여러분~!"

　사회자 소녀가 싱글벙글 웃으면서 관객을 부추겼다.

　"하, 하지만 말이다. 아무리 그래도 이런 차림은 좀……."

허리춤에 꼼꼼하게 천을 둘러 가리기는 했지만, 하복부에 새겨진 낙인이 보이는 게 아닐지 마음에 걸렸다.

비단 노출로 인한 부끄러움만이 아니라 그 문제까지 함께 걱정하며 리샤가 허둥대자—.

"난감한 분이로군요—. 하지만 룩스 군도 분명 귀엽다고 생각해줄 걸요—."

"저, 정말이냐?!"

단상에 선 리샤가 사회자 소녀에게 확인했다.

그 말을 들은 룩스가 난색을 보이면서도 고개를 끄덕이자, 무대 뒤에서 나온 티르파가 그 뜻을 몰래 전달해주었다.

"조, 좋아, 알았다. 그— 춤 같은 건 서툴러서 출 수 없다만, 나는 이 복장으로 도전하겠다! 다들 내게 투표해다오!"

굳게 마음먹은 리샤가 팔짱을 끼자 관객들은 더욱 뜨거운 반응으로 호응해주었다.

동시에 스테이지 뒤쪽에서는 두 번째 참가자인 크루루시퍼가 일어났다.

"생각보다 제법인걸. —그럼, 다음은 내 차례구나."

검은색 예복을 갖춰 입은 크루루시퍼가 단상에 올라섰다.

연미복을 입은 그녀는 남장미인이 되어 있었다.

"오옷, 이 모습도 참 멋지군요!"

머리카락은 평소처럼 장발이었지만, 쿨한 미소와 잘 어우러져서 전혀 흠이 되지 않았다.

이번에는 주로 여학생 관객들이 황홀한 표정으로 바라보며 침을 꼴딱꼴딱 삼켰다.

그 모습을 본 리샤는 큭…… 하고 신음하며 씁쓸한 표정을 지었다.

"그러면 계속해서, 그 유명한 아인그람 재벌의 영애! 피르히 아인그람 양입니다—!"

뒤이어서 세 번째 참가자인 피르히의 차례가 찾아왔다.

리샤도 크루루시퍼도 자신들의 복장에 나름 자신을 품고 있었지만—.

"……오오."

"……."

무표정한 피르히가 무대 위로 올라오자 관객석에서는 열기가 섞인 한숨이 흘러나왔다.

얇은 천과 끈으로 구성된 관능적인 의상.

동물의 귀를 모방한 머리띠와 하얀 허벅지를 감싸는 타이츠와 검은 구두, 그리고 리본.

어쩐지 낯설고— 노출이 심한 복장이었지만, 그것은 그녀 특유의 멍한 분위기와 어울려 몹시 매력적으로 보였다.

룩스는 그 모습이 유적에서 만난 자동인형의 스타일과 비슷한 것 같다고 생각했다.

"그러니까— 이건 유적 등지에서 발굴된 그림에 그려져 있던 천사님의 의상입니다. 여러분의 솔직한 평가를 부탁드립니다!"

사회자 여학생이 해설하자 관객들은 숨을 쉬는 것마저 잊고 하염없이 피르히를 바라보았다.

앞서 나온 두 사람에 비하면 관객들의 반응은 심심했지만, 그것은 이 의상을 차려입은 피르히의 사랑스러운 분위기에 넋을 잃었기 때문이리라.

"으음……. 저건 위험할 것 같다, 크루루시퍼!"

"그러게. 설마 저렇게 대담한 의상으로 도전할 줄이야……."

옆에서는 리샤와 크루루시퍼가 속닥속닥 이야기를 나누었다.

이대로라면 피르히의 우승이 확정되고 말 것이다.

두 사람이 그렇게 고민하는 사이에 사회자가 네 번째 멤버를 소개했다.

"—다음으로 구제국의 전 왕자님이자 우리 왕립 사관 학원의 유일한 남학생, 룩스 아카디아 군입니다. 자, 무대로 나오…… 어라?"

네 번째 소녀— 아니, 소년이 무대 위로 올라오자 회장 전체가 약하게 술렁거렸다.

시녀처럼 차려입은 소년이, 말도 못하게 어색하고 난처한 표정으로 무대에 서 있었다.

검은색을 기조로 한 드레스와 청초한 앞치마, 그리고 새하얀 프릴 머리띠.

스커트 길이가 짧은 이유는 이전에 티르파가 입었던 어레인지 복장이기 때문이다.

그리고 무엇보다도 룩스의 특징을 숨기는 가발은 쓰지 않은 상태였다.

"다들 너무해?! 왜 나만 이렇게, 어중간한 차림을……."

룩스의 외모는 이목구비가 가지런한 소년 그 자체였기 때문에 한눈에 여장이라는 사실을 알 수 있었다.

그러나 메이드복을 입은 예쁘장한 소년을 관객들은 그저 멍하니, 정신없이 바라보았다.

처음에는 그저 당황하는 분위기였지만, 서서히 반응이 바뀌기 시작했다.

"이, 이봐, 크루루시퍼. 이건 설마……."

"그래…… 아마도 완벽하게 여장시키면 쉽게 우승해버릴 거라고 생각해서, 트라이어드 멤버들도 가발을 씌우지 않은 걸 거야. 하지만 잘 보면—"

그 순간 리샤와 크루루시퍼, 그리고 이곳에 모인 관객들의 마음이 일치했다.

이것도 이것대로 괜찮은 것 같다고—

오히려 완벽한 여장이 아닌 만큼 어린 소년의 느낌이 강조되어, 싫어하는 사람에게 억지로 입힌 것만 같은 배덕감마저 들었다.

그런 좌중의 속마음을 알 리 없는 룩스가 비탄에 잠겨 있으니, 피르히가 희미하게 뺨을 붉히며 룩스의 손을 잡았다.

"……루우, 귀여워."

"피이?!"

동물 정령 모습으로 꾸민 사랑스러운 소녀와, 메이드로 분장한 소년이 마주 보았다.

마치 이야기 속에서 튀어나온 것만 같은 환상적— 혹은 페

티시즘을 자극하는 광경에 관객들은 감격하였고, 학생 시민할 것 없이 한마음으로 박수를 보냈다.

"둘 다 정말 잘 어울려—!"

"아주 좋아, 아가씨랑 도련님!"

"어, 어쩐지 보면 안 되는 광경을 보는 듯한 기분이야……. 하지만 왠지 모르게— 눈을 뗄 수가 없어."

학생들과 외부에서 온 손님들이 환호성을 지르며 온갖 찬사를 보냈다.

단숨에 우승 후보가 룩스와 피르히로 좁혀진 것만 같은 분위기였지만, 그 직후 최후의 한 사람이 무대 위로 올라오는 발소리가 들려왔다.

"자, 후끈 달아오른 지금 이 순간, 마지막 참가자가 입장하겠습니다! 우리 신왕국의 거물, 학원 최강의 기룡사, 세리스티아 라르그리스 기사단장입니다!"

사회자 소녀는 목청껏 소리치면서 세리스티아의 등장을 선언했다.

그와 동시에 소녀가 천천히 무대의 계단을 밟으며 올라오자, 모든 사람들이 자기도 모르게 헛숨을 삼켰다.

왜냐하면 세리스의 복장은, 여름용 수영복을 입고 그 위에 상의를 걸친 것이 전부였기 때문이다.

심지어 룩스가 지난번 강화 합숙 때 본 것보다 파격적인 노출을 자랑하여, 뒤에서 보면 천보다 엉덩이의 면적이 더 많아 보였다.

게다가 등까지 훤히 드러나 있어서, 룩스는 자신이 단상에 서 있다는 것을 알면서도 자꾸만 시선이 그쪽으로 가는 것을 막을 수 없었다.

"아앗?! 이, 이게 어떻게 된 건가요—?! 이야기가 다르잖습니까?! 저, 저는 다들 수영복을 입을 거라고 들었는데……! 그리고 룩스를 지키기 위해 어쩔 수 없이……?!"

항상 늠름하고 기품이 넘치는 세리스가 얼굴을 새빨갛게 물들인 채 풍만한 보디라인을 과시하고 있다.

기품 있는 공작 가문의 영애이자 남성을 혐오하는 고지식한 사람.

그런 인상을 품고 있던 일반 손님들은 눈앞에 펼쳐진 광경과의 갭에 흥분하여 기쁨의 비명을 질렀다.

"……결국 남자 따위는, 다들 야한 것밖에 모르는 짐승이로구나."

"그러게 말이야. 조금 전까지의 분위기가 순식간에 날아가 버리다니."

기막혀하는 리샤와, 뭐라고 표현할 수 없는 표정으로 동의하는 크루루시퍼.

솔직히 말해서 룩스는 두 사람의 이야기를 듣고 뜨끔했지만, 그럼에도 바라보지 않을 수 없을 정도로 세리스는 매력적이었다.

"여, 역시 안 되겠어요! 시, 실례하겠습니다!"

예상 외로 큰 반향에 당황한 세리스는 일단 무대에서 내려갔다.

그리고 잠시 후, 노출도가 약간 떨어지는 장의로 갈아입은 세리스가 무대 위로 돌아왔다.

"다, 다른 의상을 준비할 여유가 없었으니, 이걸로……. 이 거라면 평소에도 입고 다니니까요ㅡ."

마음을 가다듬으며 진지한 표정으로 선 세리스.

이번에는 평소처럼 멋진 모습이라 그녀를 동경하는 여학생들은 넋을 잃고 바라보았다.

외부에서 온 남자 손님들은 약간 아쉬워하는 것 같았지만, 장의도 그럭저럭 노출된 부분이 많은 데다 몸에 딱 달라붙는 복장이라서 고유의 매력이 있었다.

게다가 조금 전에 보여준 귀여운 모습과 현재의 늠름한 모습 사이의 갭은 세리스를 더욱 매력적으로 보이게 했다.

"그러면 모든 참가자가 무대에 올라왔으니 투표를 시작해볼 까요! 자, 다섯 명의 참가자 중에서 가장 마음에 든다고 생각하는 학생에게 여러분의 소중한 한 표를 던지세요!"

사회자 소녀가 목청껏 소리치자 관객들이 상자에 투표용지를 넣었다.

옷을 갈아입으려고 단상에서 내려온 룩스는 때마침 장의 차림의 세리스와 눈이 마주쳤다.

"……윽?!"

룩스는 세리스에게 어째서 오늘 내내 자신을 피해 다닌 것 인지 물어보려 했다. 하지만 자신이 메이드 차림이라는 것을 떠올리자 창피한 마음이 들었고, 두 사람은 반사적으로 고개를 돌리고 말았다.

"이거야 원, 기껏 세리스랑 붙여줬더니. 하여간 둘 다 답답하다니까."

트라이어드는 거리를 두고 두 사람을 바라보며 한숨을 쉬었다.

룩스가 이 가장 대회에서 지면 어떤 저속한 명령을 받게 될지 모른다ー. 그렇게 협박하여 세리스를 데려오는 것까지는 성공했지만⋯⋯.

"그나저나 설마 그 수영복까지 입을 줄이야ー. 세리스 선배, 역시 루크찌랑 관계된 일이면 사람이 달라진다니까."

"Yes. 솔직히 처음에 꺼낸 수영복 이야기는 거절할 것을 전제로 한 농담이었습니다만, 지금은 죄송할 따름이군요."

티르파와 녹트가 다소 미안함이 느껴지는 말투로 중얼거리자, 옆에 있던 아이리가 도끼눈으로 째려보았다.

"방금 그 말이 세리스 선배의 귀에 들어간다면 호되게 혼날걸요⋯⋯?"

"⋯⋯."

그렇게 등 뒤에서 작은 소리로 오가는 대화를 들으며 룩스는 다시 교복으로 갈아입었다.

'내가 이상한 명령을 받지 않도록, 세리스 선배가 그렇게까지⋯⋯.'

만약 그렇다면 세리스는 자신을 싫어하는 게 아니다.

하지만 그렇게 되면 더욱 이해할 수 없었다.

지금까지 들은 이야기가 확실하다면, 어째서 자신과 직접 대화하려 하지 않는 걸까?

"투표 결과가 나왔습니다! 참가자 여러분은 다시 무대 위로 나와주세요!"

사회자 여학생이 재촉하자 룩스를 비롯한 다섯 참가자가 무대 위로 돌아왔다.

그 직후 학원 내에 있는 종루에서 종소리가 울리더니 종이 꽃가루가 흩날렸다.

"축하합니다! 이번 가장 대회의 최다 득표자는, 사대 귀족 세리스티아 양입니다!"

"네……?"

세리스가 눈을 동그랗게 뜬 순간, 무대 앞에서는 천지를 뒤흔드는 우렁찬 환호성이 터져 나왔다.

예상대로의 결과라고 해야 할까. 처음에 선보인 관능적인 수영복 차림과 늠름한 장의 차림.

두 가지 의상이 남녀의 투표를 한데 그러모은 것이리라.

심지어 2위는 룩스와 피르히가 공동으로 차지하였다. 솔직히 좋아해야 하나 말아야 하나 갈피를 잡을 수 없는 결과였다.

세리스에게는 우승 상품으로 트로피와, 밀봉된 봉투 두 장이 수여되었다.

"후후후, 아무 봉투나 하나 열어보세요. 한쪽에는 당첨—학원제 기간 동안 원하는 명령을 누구에게든 내릴 수 있는 권리서가 들어 있고요. 다른 하나에는 이성을 유혹해야만 하는 벌칙이 들어 있어요. 아직 눈을 떼기에는 이르답니다~."

"무슨 이야기인지 잘 모르겠습니다만, 그럼 이것을—."

세리스는 동요하면서도 봉투 하나를 뜯어 그 안의 종이를 꺼냈다.

그리고 거기에 적힌 내용을 확인하고서 자기도 모르게 눈을 여러 번 깜빡였다.

"오오~ 이건 벌칙 쪽이로군요. 벌칙 내용은— 이성에게 입 맞춤하기! 장소는 어디든 상관없습니다!"

사회자 소녀가 종이에 적힌 내용을 읽자 회장 내에서 한바탕 소란이 일어났다.

일반 남자 손님들은 시끄럽게 떠들어댔고, 여학생들은 왠지 모르게 샘나는 듯한 표정을 지으며 세리스와 룩스를 바라보았다.

"저기…… 이성에게, 라는 이야기는—."

"네. 세리스 선배라면 남자에게— 해야겠죠? 뭣하면 지금 바로 가까이에 있는 남자한테 하셔도……."

"뭐, 뭐뭐뭐라고욧?! 받아들일 수 없습니다?! 사람들이 보는 앞에서 그런 행동을—."

"엑—? 하지만 이건 학원의 이벤트인걸요. 제대로 따라주셔야죠~."

사회자 여학생은 어쩐지 짓궂게 느껴지는 말투로 세리스를 재촉했다.

학원의一, 라는 말이 효과가 있었는지, 세리스는 뺨을 새빨갛게 물들인 채 룩스의 얼굴을 슬며시 응시했다.

"세리스, 선배……."

세리스가 애타는 듯한 표정으로 자신을 바라보자 룩스의 심장이 쿵쾅쿵쾅 격렬하게 뛰어 댔다.

세리스는 룩스 쪽으로 한 걸음 다가가 난처해 보이는 얼굴로 입술을 내밀었다.

'이, 이걸 어쩌지?! 아무리 그래도, 사람들 앞에서 이런 걸一.'

그렇게 당황하는 와중에도 뺨에 하면 아슬아슬하게 세이프일지도 모르겠다는 생각이 들었다.

룩스는 그렇게 각오를 다진 다음 심호흡을 하고서 눈을 감았지만一.

"여, 역시 못 하겠습니다?! 저는一."

얼굴이 잘 익은 사과처럼 빨갛게 변한 세리스가 단상에서 내려가 어디론가 달려가 버렸다.

"어라라, 룩스 군은 차여버린 걸까요. 그럼 벌칙은 나중에 시키도록 합시다! 그럼 여러분, 끝까지 봐주셔서 감사합니다~!"

사회자는 돌발적인 상황에도 유연하게 대응하여 깔끔하게 마무리 지었다.

"아하하……."

졸지에 이야깃거리가 되어버린 룩스는 복잡 미묘한 기분으로 쓴웃음을 지었지만, 그의 등 뒤와 스테이지 뒤쪽에서는 소녀들이 가슴을 쓸어내리고 있었다.

"후우…… 세리스가 고지식한 성격이라 살았군. 솔직히 간담이 다 서늘했다. 나, 나도 키스는 아직 못 해봤거늘—."

"그러게. 하지만 아직 방심할 수는 없어. 저 사람도 은근히 강적이니까."

"그래……. 아니, 잠깐만. 넌 멋대로 한 주제에 어디서 잘난 척이야?! 내게 허락도 받지 않고 몇 번이나—!"

무대에서 내려온 룩스는 옥신각신하는 리샤와 크루루시퍼 옆에 멍하니 서 있었다.

결국 세리스가 오늘 내내 자신을 피해 다닌 이유에 대해서는 물어보지 못했다.

"세리스 선배의 키스를 받지 못한 걸 오빠가 얼마나 아쉬워하는지는 잘 알았으니까, 이제 그만 기운 좀 내는 게 어때요?"

그런 오빠를 더는 보고 있을 수 없었는지 동생 아이리가 따끔하게 쏘아붙였다.

"그, 그런 거 아니거든?! 나는 그냥, 세리스 선배의 태도가 마음에 걸려서……. 사실은 내가 보기 싫은 게 아닐까, 그런 생각이 들어서……."

룩스가 자신 없이 중얼거리자 트라이어드의 샤리스가 쓴웃음을 지었다.

"……뭐어, 어쩔 수 없나. 이 이상 우리가 참견할 수도 없는 노릇이니까."

"온 힘을 다해 세리스 선배에게 간섭해서 이 이벤트에 참가시킨 것 같은 기분이 드는데요……."

룩스의 딴죽을 흘려들으며 샤리스는 미소 지었다.

그리고 안뜰 스테이지를 떠나 룩스가 다시 『만능 일꾼』 기획으로 돌아가려고 한 바로 그때―.

"죄송합니다―! 기다려주세요!"

휴식 중이었는지 집사복이 아니라 반하임 공국의 제복을 입고 있는 코랄이 룩스 앞을 지나쳐 달려갔다.

"코랄, 무슨 일이야?"

"아, 룩스 군?"

룩스는 그 즉시 달리는 코랄의 뒤를 좇으며 물어보았다.

그러자 중성적인 외모의 소년은 난감하다는 웃음을 떠올렸다.

"그게, 조금 전에 나간 손님이 물건을 놓고 갔거든. 지갑이 들어 있었는데, 교문 밖으로 나가버린 모양이라―."

"그럼 나도 도와줄게. 이곳 지리는 내가 더 잘 아니까."

바로 그렇게 대답하고서 룩스는 코랄과 나란히 달렸다.

문지기에게 자초지종을 설명하고 외출 허가를 받아 밖으로 나오자, 코랄이 알려준 회색 외투를 걸친 남자의 뒷모습이 눈에 들어왔다.

"아무래도 늦지는 않은 것 같네. 고마워, 이제 나 혼자서도 괜찮으니까 여기서 기다려."

코랄은 생긋 웃은 후 남자가 들어간 골목 쪽으로 달려갔다.

하지만 룩스가 고개를 끄덕이고 손을 흔든 직후, 위화감이 그의 온몸을 관통했다.

'잠깐, 저 골목 끝은 분명…….'

성채 도시 주민이 아닌 코랄은 잘 모를 테지만, 그 골목은 현재 공사 중이라 길이 차단되어 있을 것이다.

그 사실을 깨달은 순간 룩스는 즉시 허리에 찬 기공각검을 뽑고 달려갔다.

그리고 강력한 사념을 담아 《와이번》을 소환하여 신속하게 장갑을 두르고 날아올랐다.

"룩스 군?!"

벽을 넘고 골목을 지나쳐서 날아가자 짙은 회색 장갑기룡에 구속당한 맨몸의 코랄이 보였다.

불길한 예감은 적중하였다.

코랄은 도둑으로 보이는 남자의 지갑을 이용한 꾀에 넘어가 붙잡힌 상황이었다.

"─네놈은?!"

반대로 《엑스 드레이크》를 장착한 검은 수염의 우락부락한 사내는 룩스의 등장을 예상치 못했는지 눈을 부릅뜨며 놀랐다.

"그를 놔라!"

그 빈틈을 포착한 룩스는 재빨리 블레이드를 휘둘러 일격을 가했다.

코랄을 붙잡고 있던 적의 장갑 팔에 흠집이 생기며 구속이 느슨해졌다.

그 기회를 놓치지 않고 《와이번》을 조작하여 코랄을 되찾은 다음, 룩스는 상공으로 날아올라 적과 거리를 벌렸다.

욕심 같아서는 이 자리에서 눈앞의 기룡사를 쓰러트리고 싶었지만, 그럴 수는 없었다.

맨몸의 코랄을 감싼 상황에서는 움직임이 제한되었으며, 강화형 범용기룡을 장착한 적의 실력이나 다른 복병의 존재 여부도 미지수였다.

섣부른 추격은 도리어 룩스 자신과 코랄을 위험에 빠뜨릴 뿐이었다.

그래서 상황을 지켜보자 적 남자는 침착함을 되찾고 조롱하는 것처럼 웃었다.

"······아깝군. 설마 이렇게 빼앗길 줄이야. 깜빡한 지갑을 돌려주겠다는 선행에 취한 세상 물정 모르는 바보가 모처럼 걸려들었는데 말이지. —그럼 잘 있어라!"

남자가 소리치는 동시에 《엑스 드레이크》의 어깨에서 기묘한 원형 칼날 무장이 발사되었다.

"—?!"

룩스가 재빨리 블레이드를 휘둘러 그것을 튕겨 냈지만 어느새 적의 모습은 이미 사라지고 없었다.

"······."

룩스는 몇 초 정도 경계심을 유지하며 주위를 둘러본 다음, 일단 착지하며 바닥에 떨어진 장갑 파편을 회수했다.

그리고 학원으로 돌아가 위병에게 사정을 설명하고, 코랄에게 다친 곳이 없는지 확인했다.

"고마워, 룩스 군. 그리고 미안해····· 폐를 끼쳐버렸네."

"아냐. 나야말로 미안해. 좀 더 빨리 적의 의도를 눈치챘다면……."

면목 없다는 듯 고개를 푹 숙인 코랄에게 그렇게 말하자, 중성적인 외모의 소년은 룩스의 얼굴을 물끄러미 바라보았다.

그리고 안도한 것처럼 웃어 보였다.

"역시 룩스 군은 착한 사람이구나. 아까 같은 사람도 있지만, 전부 다 그런 건 아니지……. 역시, 그래. 다음에 네가 곤경에 처하면, 나도 반드시 도와줄 테니까—."

"응. 그때는 부탁할게, 코랄."

아직 당혹스러움이 남아 있는 코랄의 말에 룩스는 미소로 응했다.

학원제의 떠들썩한 분위기에 섞여 기습적으로 공격한 적의 불온한 그림자.

그 사실에 일말의 불안을 느끼며 학원으로 돌아가기로 했다.

†

그 뒤로 몇 개의 의뢰를 끝마치자 눈 깜짝할 사이에 날이 저물었다.

학원제의 전반— 축제 첫날의 막이 내려갔다.

룩스는 세계 회의의 개최와 『칠용기성』의 체류라는 요소 때문에 파란을 예감했지만, 오늘 하루는 그렇게 긴장했다는 것마저 잊어버릴 정도로 평화롭게 시간이 흘러갔다.

축제 도중에 타지에서 여행 온 사람이 일으킨 엿보기 소동이나 좀도둑 사건 등이 대여섯 건 정도 일어나긴 했으나, 큰 피해가 일어나기 전에 해결한 모양이었다.

그리고 듣기로는 성채 도시 시민들과의 교류를 겸한 이 기획도 대단히 호평받고 있다는 것 같았지만—.

"하아……."

모든 작업과 뒷정리를 도와준 뒤에 맞이하는 심야. 룩스는 홀로 여자 기숙사에 있는 자신의 방에서 몸을 씻고 있었다.

평소에는 운이 좋으면 학원 소녀들이 목욕을 마친 후에 대욕탕을 쓸 수 있었지만, 오늘만큼은 다들 늦게 들어갔기 때문에 그 기회는 찾아오지 않았다.

커다란 욕탕에 들어가지 못하는 건 조금 아쉬웠지만—.

"사치스러운 생활에 너무 익숙해졌는걸."

룩스는 반라 상태로 씻으며 쓴웃음을 지었다.

지난 5년간 날품팔이 생활을 할 때는 목욕을 하지 못하는 게 당연했는데, 지금은 학원 생활에도 꽤 적응했다.

하지만 룩스의 고민은 그때와 같았다.

자신의 의도대로 혁명을 완수하지 못한 것에 대한 속죄.

그리고 다른 하나—.

자신은 사실 다른 사람의 마음을 전혀 이해하지 못하는 것이 아닐까?

그때 자신은 후길이 배신할 거라는 조짐을 파악하지 못했다.

그리고 지금도, 무엇 때문에 배신한 것인지 전혀 짐작조차 할 수 없었다.

그것이 자신이 지닌 황족으로서의— 아니, 인간으로서의 결함이 아닐까.

"나는, 역시……."

"오늘은 꽤 지치신 것 같군요. 온몸의 근육이 딱딱하게 뭉쳤사와요."

"……아, 응. 오랜만에 돌아온 학원이 즐거워서 좀 무리하긴 했지."

더운물에 적신 수건으로 등을 닦아주는 감촉을 느끼며 룩스는 반사적으로 그렇게 대답했다.

"즐거우셨다니 다행이어요. 하지만 피로가 남으면 내일 있을 연무전에 지장을 줄 테니, 제가 꼼꼼히 주물러서 풀어드리지요."

"고마워, 요루카. ……그보다 내 방에서 뭐하는 거야?!"

한발 늦게 깨달은 룩스가 뒤를 돌아보며 소리쳤다.

이상하다.

확실히 노크는 들리지 않았지만, 발소리는 고사하고 숨소리조차 안 들렸는데.

마치 그림자에서 기어 나오기라도 한 것처럼 어느새 키리히메 요루카가 서 있었다.

"어라, 오면 안 되는 거였나요? 주인님."

하지만 문제의 소녀는 미안한 기색도 없이 태연하게 웃고 있었다.

"아, 아니, 만나러 오는 건 좋지만 지금은 안 되지! 여자 기숙사에서 이러는 모습이 남들 눈에 띄면, 아무리 그래도 오해 받을 테고—."

룩스가 급하게 설명하자, 이국의 까만 옷을 입은 소녀는 고개를 갸웃하더니 그 직후 면목 없다는 미소를 지었다.

"그것도 그렇겠네요. 그럼 저도 옷을 벗겠사와요. 이것으로 어딜 어떻게 보나 주인님께 봉사하는 충실한 종자의 모습이니 오해받을 일도 없겠지요."

"완전 헛짚었거든?! 난 지금 주종 관계로 안 보일까 봐 걱정하는 게 아니라니까?!"

룩스는 반사적으로 돌아보려다가 요루카가 이미 알몸이라는 것을 깨닫고 황급히 앞을 보았다.

그 직후에 요루카는 룩스의 등에 자신의 몸을 바짝 밀착시켰다.

"흡……?!"

부드럽고 매끄러운 피부의 감촉.

그리고 달콤한 탄력과 함께 느껴지는 짓눌린 가슴의 감촉에 룩스의 온몸에 소름이 돋았다.

의지와는 관계없이 머리가 끓어오르려는 찰나, 요루카의 속삭임이 들려왔다.

"부디 조용히 제 말씀을 들어주시어요, 주인님. 모처럼의 『보고』를 누군가가 엿들을 지도 모르니까요."

"—."

요루카의 그 한마디에 룩스는 퍼뜩 제정신을 되찾았다.

그리고 요루카는 룩스의 몸을 닦으며 천천히 말하기 시작했다.

"『푸른 폭군』 싱글렌 경, 『강철의 마녀』 로자 그랑하이드. 그리고 후길 아카디아를 비롯한 『창조주』 세 사람은 신왕국의 호위— 감시인의 눈에서 벗어나는 일 없이 얌전히 이 축제를 지켜보고 있었사와요."

요루카가 학원제의 첫째 날인 오늘 거의 모습을 보이지 않은 이유는 룩스의 의뢰를 수행 중이었기 때문이다.

그녀가 맡은 『이국의 기사』라는 기획은 『그 차림으로 회장을 순찰한다』는 것 외에는 제한이 없었기에 그것을 부탁할 수 있었다.

현재 이 학원에서 룩스가 경계 중인 세 개의 진영.

기룡사가 주축이 되는 신체제를 구축하려 하는 싱글렌 쉘 불릿.

신왕국에 호전적인 태도를 보이고 있는 헤이부르그의 『칠용기성』 로자 그랑하이드.

교섭을 제안한 『창조주』 일행 세 사람.

그들이 이 학원제에서 모종의 방해나 계략을 펼칠지도 모른다고 생각하여 경계했지만 아무 일도 없었던 모양이다.

"내 생각이 지나친 걸까……."

룩스가 냉정한 눈으로 바닥을 보며 중얼거렸다.

각국의 요인이 한자리에 모인 데다 감시까지 강화된 이 상황에서는, 제아무리 그들이라 해도 불온한 움직임을 보일 수는 없다는 이야기이리라.

그러나 세 진영 가운데 로자에게서 느껴지는 불길한 예감만큼은 떨쳐 낼 수가 없었다.

5년도 더 전, 룩스가 구제국에서 지내던 시절에 연마한 직감.

그녀는 타인을 향해 가혹하다는 생각이 들 정도의 악의를 발산하고 있었다.

단순히 대담하고 오만하기만 한 것이 아니었다. 대책을 세우지 않으면 위험할 것이다.

"주인님의 판단은 틀리지 않았사와요. 저도 그 여자에게서는— 명확한 적의를 느끼거든요. 이 보고를 마친 뒤에는 다시 그 여자를 감시하러 가겠사옵니다."

"아냐, 괜찮아."

룩스는 요루카의 제안을 거절했다.

그리고 수건을 다시 더운물에 적시는 요루카에게 등을 돌린 채 문득 미소 지었다.

"오늘은 고마웠어. 그리고 무리한 부탁을 해서 미안해. 내일은 나랑 세리스 선배의 연무전이 시작하기 전까지 자유롭게 학원제를 즐겨봐."

"……"

웬일로 반응이 돌아오지 않아 룩스가 살짝 뒤를 돌아보자, 요루카는 드물게도 어안이 벙벙한 표정으로 룩스를 바라보고 있었다.

"어라? 요루카, 왜 그래?"

"아뇨, 주인님께서는 신기한 말씀을 하시는군요. 제게 그런 것은 필요 없사와요."

여느 때처럼 요염한 미소를 지으며, 요루카는 조용히 대답했다.

"저는 주인님의 도구. 주인님의 야망을 이룩하는 데 이 한 몸이 도움이 된다면 그것이야말로 제가 바라는 바랍니다. 게다가 조금 곤란하여요. 축제는 저희 고도국에도 존재했습니다만, 제게는 애초에 그것을 즐길 수 있는 감정이 없는지라……."

과거에 요루카는 동방 섬나라의 왕족이었지만, 그녀의 인간미 없는 모습을 두려워한 아버지와 주변 사람들에게 버림받은 경험이 있다.

"게다가 주인님께서 몸담고 계시는 이 학원의 안전을 고려한다면, 저를 사용하는 편이 효율적이어요."

"……그렇긴, 해."

룩스는 요루카의 의견에 긍정했다.

실리를 따진다면 확실히 그 방법이 가장 좋을 것이다.

그러나…….

"하지만— 그래도 나는 요루카가 학원제를 평범하게 즐겼으면 좋겠어. 내 이기적인 고집일지도 모르지만, 잠깐이라면 같이 둘러볼 수도 있을 테고."

"……주인님, 리즈샤르테 씨와 같은 말씀을 하시는군요."

"리샤 님?"

룩스는 뜻밖의 조합이라고 생각하며 고개를 갸웃했다.

듣자하니 룩스를 좇아 유미르 교국에서 활동하는 동안에 리샤는 요루카와 이런저런 이야기를 나누었고, 그 후로도 이따금 말을 건다고 했다.

한순간 신기하다고 생각했지만, 조금 더 생각해보니 왠지 모르게 그 이유를 상상할 수 있었다.

"그건 분명 리샤 님이 요루카랑 닮았기 때문이 아닐까?"

룩스는 살짝 웃으면서 자신의 예상을 이야기했다.

리샤에게는 구제국에 인질로 잡혀가 암살자로 영락한 과거가 있었다.

쿠데타를 일으킨 아버지와 교섭하기 위한 도구로서, 그리고 그 후에는 신왕국의 혁명의 상징으로서 자신의 의사와는 관계없는 역할을 연기하게 되었다.

그런 자세한 사정까지는 밝히지 않았지만, 비슷한 처지였다는 이야기를.

분명 공감할 수 있는 부분이 있을 거라는 이야기를 룩스는 간접적으로 전해주었다.

"그러니까 요루카가 계속 자신을 『도구』 취급하는 걸, 그냥 보고만 있을 수 없으셨던 게 아닐까?"

"그런, 가요? ―하지만 아쉽게도 저로서는 이해할 수 없는 이야기네요."

"그렇구나."

요루카의 한결같은 미소를 보며 룩스는 쓴웃음을 지었다.

"하지만 주인님의 말씀을 따르겠사옵니다. 내일은 축제가 열리는 학원 부지 내를 둘러보겠사와요. 리즈샤르테 씨가 있는 곳에도, 일단은 찾아가보지요."

"리샤 님도 분명 기뻐하실 거야. 그렇게 해서 이 학원 내에 요루카가 있을 곳이 더욱 늘어난다면─ 그게 좋을 거라고 생각해."

"그럼, 주인님. 모쪼록 조심하시기를."

요루카와의 밀담을 마친 직후 쿵쿵, 방문을 두드리는 소리가 울렸다.

호랑이도 제 말 하면 온다더니, 문 너머에서 리샤의 목소리가 들려왔다.

"여봐라, 룩스. 내일 연무전 때문에 왔다만, 네 동생이 수집한 정보도 합쳐서 장갑기룡의 세부 조정을 좀─."

"잠시만요, 지금은 곤란한⋯⋯?!"

룩스는 급하게 소리쳤지만 간발의 차이로 문이 열리고 말았다.

반라의 룩스와 전라의 요루카가 실내에 함께 있는 모습을 목격한 리샤는 그대로 돌덩이가 되어버렸다.

"루, 룩스에게 무슨 수작을 부리는 거냐?! 이 음란녀가─!"

리샤가 눈물을 글썽거리며 소리를 빽 지르자 다른 방 여학생들까지 우르르 몰려들었다.

그 후로 리샤가 이야기를 할 수 있을 정도로 냉정함을 되찾을 때까지는 상당한 시간이 걸리고 말았다.

†

왕립 사관 학원 밖.

지도자 대리인들이 체류 중인 관청 근처에서 한 사내가 홀로 시간을 보내고 있었다.

『창조주』의 대표인 황족 리스테르카의 호위로 이곳에 온 후 길은 부지 내에 있는 정원에서 조용히 바람을 맞고 있었다.

학원의 떠들썩함이 멀리 들리는 이 장소에서, 작은 바위에 걸터앉아 하늘을 올려다보고 있었다.

신왕국의 감시나 호위들이 잠시 눈을 돌린 공백의 시간—.

느릿하게 흘러가는 그 시간 속에 한 이단자가 끼어들었다.

허무한 미소가 얼굴에 달라붙어 있는 은발 청년.

그 몇 메르 앞에는 몇 초 전까지만 해도 존재하지 않았던 사람의 형상이 나타나 있었다.

"있잖아요, 후길. 당신은 어째서 그 개와 고양이들을 도와 주죠? 붙잡힐 거라는 사실을 알면서도, 생면부지의 동물 따위를 도와주다니."

"……."

기묘한 사람의 형상.

—아니, 순백색 드레스 차림의 은발 벽안 소녀가 고개를 갸웃하며 그렇게 물어보았다.

이 세계의 그 누구도 모르는 풍모의, 체구가 작고 단아한 인상의 소녀.

오직 한 사람, 후길만은 그 소녀의 이름을 알고 있었다.

　"아카디아 일족. 욕심 많은 배신자들의 피붙이. 그렇게 불리며 멸시당해 온 당신이, 어이하여 그늘에 숨어서 아무런 인연도 없는 존재를 도와주려고 했나요?"

　"……."

　후길은 그 질문에 대답하지 않았다.

　안색에는 어떤 변화도 없었으며, 눈조차 깜박이지 않았다.

　그저 몇백 번이나 반복된 연극을 보는 것처럼, 모든 것을 아는 듯한 시선으로 소녀를 바라보았다.

　"당신은 자신의 손익이나 욕망에 저항하고, 자기 자신을 바치면서까지 약자를 구해주었습니다. 저는 당신이 실제로는 모두가 말하는 것처럼 잔혹한 인간이 아니라, 곤경에 처한 이를 그냥 지나치지 못하는 자상한 사람이라고. 누군가를 위해 싸울 용기가 있는 사람이라고 생각합니다."

　"……."

　사랑스러운 표정을 정신없이 바꾸는 눈앞의 소녀.

　이해할 수 없는 그 존재에게 후길은 그 어떤 반응도 보이지 않았다.

　"저는 하고 싶지 않았습니다. 왕녀로서 당신들을 악하다고 단정 짓고 모조리 죽여버리라는 명령을 내리고 싶지 않은 한편, 책임을 져야 하는 자리에 있는 자로서 어떻게 해야 할지 줄곧 망설여 왔어요. 당신 덕분에 저는 실수를 저지르지 않을 수 있었습니다. 죄를 지을까 봐 두려워하는 제 마음을 구해주었습니다. 당신은— 저의 영웅이에요."

"……."

그 말이 끝난 직후, 소녀의 모습이 순식간에 변화했다.

미래를 향해 시간을 빨리 돌린 것처럼 소녀의 키가 조금 커지고 외모도 어른스럽게 바뀌었다.

"후길, 저는 이『대성역』의 힘을 이용하여 어떤 일을 이룩하려고 합니다. 『성식』이라는, **사람을 구제하기 위한 기구**를 만들고 싶어요. 약자, 부당한 차별에 괴로워하는 자, 그 누구의 손길도 받아보지 못한 사람들을 한 명이라도 많이 구하고 싶습니다. 평화를 안겨주고 싶어요. 당신이 눈을 뜨는 날을, 저는 계속 기다리고 있을 테니까……."

조금 전보다 어른스러워진 소녀의 얼굴에 미소가 번졌다.

하지만 그 직후, 소녀를 모방한 그 이형의 육체에 소름 끼치는 변화가 일어났다.

"커헉……!"

소녀의 이마가 깨지며 선혈이 얼굴과 머리카락을 물들였다.

순백색 드레스가 갈기갈기 찢기고, 살갗에는 채찍에 얻어맞은 상처가 셀 수 없을 정도로 떠올랐다.

악취를 풍기며 온몸이 화상으로 문드러지고, 손톱이 뜯겨나가는 것처럼 뒤집혔으며, 부드러운 피부에는 무수한 구멍이 뚫렸다.

모든 손가락과 발가락이 후두둑 땅으로 떨어졌다.

안구가 도려내진 것처럼 흘러내리고 이도 모조리 뽑혀 나갔다.

혀가 뽑힌 것처럼 사라지고 피부는 탄화되었다.

두 팔이 절단되어 바닥으로 떨어지고 형태가 바뀌어 갔다.

사람에서 물건으로—.

사람이었던 것의 잔해로 소녀는 모습을 바꾸어 갔다.

"—있잖아요, 후길. 당신 덕분이에요."

원형을 알아볼 수 없게 된 그 존재는, 여전히 온화하고 우아한 목소리로 말했다.

"당신이 모두를 버리지 않고 구해준 덕분에, 저는— 이렇게."

"……"

소녀였던 것의 입이 초승달처럼 호를 그렸다.

그리고 텅 빈 눈구멍에서는 마치 눈물 같은, 피 같은 액체가 흐르기 시작했다.

『엘릭시르』— 일곱 빛깔로 찬란하게 빛나는, 사람을 진화로 이끄는 유적의 비약이……

"—너는 또 모든 것을 잊어버린 거냐? 공교롭게도 그건 이제 내게는 필요 없어, 『성식』이여."

그것을 본 후길은 그제야 살짝 반응을 보였다.

"내게는 너의 구원이 필요 없어. 그러니 떠나라. 네가 원하는 약속을 위해. 너 자신이 바란 미래를 위해. 나는 조금도 방해할 생각 없으니까."

"……"

『성식』이라고 불린 그것은 몇 초 정도 그 자리에서 서성인 후 연기처럼 홀연히 자취를 감추었다.

그 불가사의한 현상과의 접촉은 후길을 제외한 어느 누구에게도 목격되지 않은 채 끝을 고했다.

정적이 돌아왔다.

부드러운 바람만이 시간을 새기는 가운데 후길은 허공을 응시하며 중얼거렸다.

"……몇 번을 다시 시도해보았지만, 수많은 나라를 세보지도 못할 정도로 돌아다녀 보았지만—"

어쩐지 체념과 비슷한 표정을 지으며 남자는 길게 탄식했다.

"네가 동경하던 『영웅』 따위는 어디에도 없었어, 아샤리아……."

공허하고 일그러진—

그저 한없이 무미건조한 목소리로 그 남자는 계속 중얼거렸다.

"영웅 따위는……. 영웅 따위는— 이 세상 어디에도, 없어."

저주와도 같은 증오.

분노와도 비슷한 감정이 앙다문 이 사이로 흘러나왔다.

†

학원제 둘째 날.

첫째 날에 이어 화창한 하늘의 축복을 받으며 시작된 축제 후반도 무척 평화롭게 흘러갔다.

룩스의 『만능 일꾼』 기획은 여전히 성황이었지만, 축제 말미에 열릴 연무전을 고려하여 어제보다 의뢰를 적게 받았으며, 오전 중에 그것도 마무리되었다.

오늘은 주로 스테이지 위에서 열리는 이벤트가 충실하게 준비되었으며, 연습장에서는 학생들이 주도하는 무예 지도 등 재미있는 프로그램을 진행하고 있었다.

리샤는 몇 안 되는 장갑기룡 해설 전문가로서 단상에 올라와 굉장히 마니악한 지식을 선보였고, 크루루시퍼는 동맹국인 유미르 교국 대표로서 이런저런 이야기를 해주었다.

체술 지도 프로그램에서는 피르히와 요루카가 지도 교관 역할을 맡아 텐트 앞에 긴 대기열이 생겼다.

"……헷, 저렇게 멍하고 가슴이 큰 아가씨가 맨손으로 남자한테 이기시겠다? 정신없는 틈을 타 온몸을 마구 주물러주마!"

"크크큭, 나는 저 흑발 쪽이 마음에 드는군. 평범한 교복 차림인데 이상하게 선정적이고 자극적이란 말이지. 검 실력 따위는 알 바 아냐. 확 자빠뜨려서 냄새를 실컷 맡아주겠어."

덩치가 크고 우락부락하게 생긴 두 사내가 천박한 성품을 적나라하게 드러내며 함께 웃었다.

이미 번호표를 나눠 줘야 할 정도로 대성황을 이루고 있었지만, 줄 서 있는 사람들이 전원 남자 일반 손님인 것을 보니 인간의 업보가 절로 느껴졌다.

"이야~ 올해도 대박 났구나. 뭐랄까, 다들 1년이 지나면 잊어버리나 봐. ─매년 호되게 깨지는 기억을."

티르파가 천진난만하게 웃는 모습을 보며 룩스는 쓴웃음을 지었다.

잠시 후, 그녀들에게 가볍게 제압당한 남자들의 비명이 들려왔다.

"하지만 이거, 좀 지나친 거 아냐……?"

피르히와 요루카가 지도교관 역할을 맡고 있었으니 그런 생각이 드는 것도 당연하다 할 수 있었다.

환신수로 인해 강화된 신체 능력과 뛰어난 무술 실력을 보유한 피르히는 맨손으로, 요루카는 가검을 쥐고 검술로 상대했다.

겉모습만 보고 이길 수 있을 거라고 지레짐작하며 야릇한 기대를 품고 있는 남자들이 불쌍했다.

"상관없어. 어차피 줄 서는 사람들은 전부 불순한 생각을 하는 남자들뿐이니까. 그리고 이렇게 정기적으로 실력을 선보이지 않으면 엿보기꾼이랑 치한이 늘어나거든."

샤리스는 학원 자경단 대장답게 정리해주었다.

"Yes. 혹시 룩스 씨도 흥미가 동하신다면 다시 한 번 저희 세 사람과 싸워보지 않으시겠습니까? 최근에는 단련하고 있으니 이번에는 지지 않을 겁니다."

녹트의 담담한 제안에 룩스는 어색하게 웃었다.

처음으로 이 학원에 왔을 때도, 엿보기꾼으로 의심받아 세 사람에게 쫓긴 전적이 있다.

아니, 그때 소녀들의 알몸을 본 건 사실이지만…….

"그나저나 요루카 양이 도와줘서 살았다니까. 원래 검술 지도를 담당하기로 했던 세리스가, 느닷없이 사퇴하고 싶다고 제안했거든."

샤리스는 문득 화제를 바꿔서 이렇게 된 경위를 설명해주었다.

"세리스 선배가요? 어째서―."

역시 어제 가장 대회 때 있었던 일을 마음에 두고 있는 걸까?

"글쎄―. 루크찌는 세리스 선배에게 키스받지 못한 게 아쉬웠을지도 모르지만."

"Yes. 다들 벌칙에 관해서는 확실하게 기억하고 있사오니 안심하십시오."

"오, 오해하지 마?! 그 일은 딱히 신경 안 쓰지만, 그냥― 세리스 선배가 걱정돼서……."

오늘 저녁, 헤이부르그 공화국의 기룡사와 연무전을 치러야 하니까.

아니― 그뿐만이 아니었다.

얼마 전부터 세리스의 태도가 이상한 데다 자신을 피해 다니고 있다는 점도 있었다.

어째서 그녀가 그런 태도를 취하게 된 것일까? 룩스는 그것을 파악하지 못하는 자기 자신이 답답했다.

'나는 결국― 다른 사람의 마음을…….'

그때 누군가가 갑자기 룩스의 머리 위에 살짝 손을 올렸다.

연상의 여유가 느껴지는 샤리스가 룩스를 따뜻하게 바라보고 있었다.

"좋아. 날 따라와 봐, 왕자님. 고민하는 소년에게 딱 맞는 가게를 알고 있거든."

"네……?"

멀뚱한 표정으로 고개를 갸우뚱하는 룩스의 손을 잡아끌며 샤리스는 걸음을 뗐다.

룩스는 그대로 트라이어드와 함께 인파 속으로 들어갔다.

†

"다짜고짜 미안하지만 점 좀 쳐주겠나. 이 아이가 오늘의 손님이다."

대기열에 서서 잠시 기다린 후 『점술관』이라는 간판이 걸린 교실 안으로 들어갔다.

검은 커튼으로 가려진, 신기한 냄새가 나는 향을 피워 둔 방이었다.

룩스는 수정 구슬이 놓인 테이블 앞에 앉아 있는 소녀의 모습이 낯익었다.

입가를 천으로 가리고, 노출도가 높은 기묘한 이국의 의상을 입은 소녀.

갈색 피부와 문신이 특징적인 그 모습은 역시 몰라볼 수 없었다.

"어라, 당신은 어디선가 본 적 있는 사람인 것 같군YO. 그래서 누구시더라— 아얏?!"

그 소녀 옆에 서 있던 모자 쓴 소녀가 중얼거리자 뒤쪽에서 주먹이 날아왔다.

모자 쓴 소녀는 허둥지둥 등을 쭉 펴고 본격적으로 『통역』 일을 개시했다.

"노, 농담입니DA?! 기억하고 있다GOYO! 안녕하세요, 룩스 아카디아 님. 토르키메스 연방의 대표인 『칠용기성』— 낯가림이 심하고 과묵한 소피스와 보좌관인 우르크라고 합니DAYO."

독특한 말투로 이야기하는 소녀에게 룩스도 어색하게 맞인사를 했다.

"……."

기본적으로 두 사람은 세계 회의 때처럼, 일절 입을 열지 않는 언니 소피스를 동생 우르크가 대변해주는 스타일인 것 같았다.

"근데 여긴 어쩐 일이시죠? 학원제 기획에 갑자기 참가하시다니—"

원래는 손님으로 찾아왔을 터인 이 두 사람이 학원제에서 가게를 내다니 어떻게 된 걸까?

룩스가 고개를 갸웃거리자 샤리스가 가르쳐주었다.

"여기는 원래 다른 학생이 점을 치던 장소야. 그런데 다른 곳에서 일손이 부족해서 가게를 유지할 수 없게 되었나 보더군. 그래서 그때 마침 손님으로 찾아온 그녀들에게 맡겼나 봐."

"아무리 그래도 너무 주먹구구식으로 하는 거 아닙니까……?"

룩스는 반쯤 어이없어하는 표정으로 중얼거렸지만, 눈앞의 소피스가 고개를 힘차게 가로저었다.

"천만의 말씀이십니DA, 룩스 님. 소피스는 애초에 점술이 특기인지라, 자신의 의사로 가게를 맡았다고— 그렇게 말하고 있습니DAYO."

동생 우르크의 자신만만한 해설에 소피스도 고개를 끄덕였다.

"그렇지, 그럼 이것도 인연이니 기념으로 소피스가 자랑하는 점술 중 하나인 비기 『알몸 점』을 선보여서 말이JYO— 크헤엑?!"

뺨을 붉게 물들인 소피스가 화난 표정으로 우르크의 머리를 세게 때렸다.

점술 도구로 보이는 커다란 수정 구슬로—.

"시, 실례했습니다. 너무 나대지 마라…… 라고, 소피스가 말하고 있습니DAYO."

"아, 그건 어쩐지 알 것 같아……."

룩스는 소피스 대신 이야기하는 우르크에게 딴죽을 걸었다. 그리고 분위기가 얼추 정리된 후, 소피스는 점을 치기 시작했다.

룩스가 그녀 앞에 앉자 소피스는 생소한 카드 다발을 꺼내며 몇 가지 질문을 했다.

물론 소피스는 입을 열지 않으니 질문하는 사람은 동생인 우르크였다.

룩스의 손을 잡고 찰싹찰싹 때린 다음 소피스는 똑바로 그를 바라보았다.

"무엇이 궁금하십니까? 싸움이든 연애든 무엇이든 물어보세YO."

룩스는 심호흡을 한 번 하고 잠시 생각한 다음 속내를 털어놓았다.

자신으로서는 파악할 수 없는, 어떤 소녀에 대한 마음을—.

"그게, 제가 소중하게 생각하는 어떤 선배에게 미움을 산 것 같아요. 가능하다면 다시 친해지고 싶은데—."

그 직후에 뒤쪽— 교실 밖에서 기척이 살짝 움직였다.

하지만 눈앞의 점에 집중한 룩스는 그것을 눈치채지 못했다.

"그렇군요. 그럼 그것에 대해 점을 쳐보지요. 당신의 소망이 과연 이루어질 것인지—."

카드를 섞은 소피스는 주술적인 동작과 함께 룩스에게 그중에서 몇 장을 고르게 한 다음 뒤집었다.

그 카드를 몇 개 나열하자 바로 결과가 나왔다.

†

"저는, 대체 무엇을 하고 있는 걸까요……?"

룩스가 점을 보기 위해 털어놓은 이야기를, 세리스는 교실 밖에서 듣고 있었다.

우연이 아니었다. 세리스는 학원제 둘째 날인 오늘도 그늘에 숨어서 룩스를 도와주기 위해 계속 지켜보고 있었다.

룩스와 얼굴을 마주하면 그녀 자신조차 알 수 없는 이유로 눈을 돌리고 말았다.

게다가 룩스에게 키스를 해야만 한다는 약속 탓에, 그 질병과도 같은 이해할 수 없는 증상이 더욱 악화되었다.

가슴은 공연히 빨리 뛰어 댔으며, 진정되지 않아 힘이 빠져나갔다.

도저히 이제까지 해 온 것처럼 자신을 다스릴 수가 없었다.

그런 상태가 되었음에도 불구하고 룩스로부터 달아나고 싶지는 않았다.

그를 보호하고 옆에서 지탱해준다는 사명을 내던지고 싶지는 않았다.

그래서 룩스 앞에 모습을 보이지 않고, 하다못해 음지에서라도 그의 힘이 되어줄 수 있도록 행동하려고 했는데—.

"……이런 건, 처음입니다."

얼마 전까지만 해도 가까운 곳에서 룩스의 얼굴을 마주 봐도 아무렇지 않았다.

하지만 오늘에 이르러서는 숨어서 룩스를 보고만 있어도, 다른 소녀들이 그와 사이좋게 떠드는 모습을 보기만 해도 마음이 진정되지 않았다.

"웨이드 선생님, 도대체 제게 무슨 일이 일어난 걸까요……?"

일찍이 어린 자신을 지도하여 반석 같은 기초를 쌓아 올려준 가정 교사.

룩스의 할아버지이기도 한 그 남자의 이름을 세리스는 중 얼거렸다.

그의 지도서에는 육체만이 아니라 마음을 단련하는 방법도 기록되어 있었지만, 그것으로도 가슴의 고동을 억누르는 것 은 불가능했다.

"저는 선배로서, 신뢰할 수 있는 그의 힘이 되어주기 위하 여 이곳에 있습니다. 그런데, 이대로라면…… 음?!"

어딘지 모르게 열병에 시달리는 것 같은 세리스의 표정이 순식간에 진지하게 바뀌었다.

학원 건물 뒤쪽 가까운 곳에 있는 숲. 인기척이 없는 외벽 근처에서 어쩐지 시선 같은 것이 느껴졌다.

"……."

기공각검 자루에 손을 얹고 호흡을 고르며 상황을 살펴보 았다.

멀리 거리를 두고 학생들을 관찰하고 있던 사람은 초로의 나이로 보이는 키가 크고 마른 체형의 남자였다.

요 근래 만나본 적 있는 인물은 아니었지만, 어딘지 모르게 그리움이 묻어나는 뒷모습.

하지만 그가 보이는 거동은 평범한 손님들과는 명백하게 달 랐다.

'……사람을 부를 틈은 없습니다.'

세리스는 일거수일투족을 놓치지 않겠다는 마음가짐으로

남자를 응시했다.

하지만 어째서일까—.

보면 볼수록 자꾸만 그리움에 가까운 기묘한 감각에 사로잡혔다.

그리고 불현듯 그 남자가 뒤로 돌아선 순간, 세리스의 시간이 멈추었다.

"……오랜만이구나, 세리스. 또 내 말을 안 듣고…… 아니, 너무 귀담아듣고서 무모한 짓을 하는 건 아니겠지?"

중후하고 우아한 목소리와 회색이 섞인 머리카락.

"당신은, 설마……."

눈을 부릅뜬 채, 말을 채 잇지 못하고 입을 다물고 말았다.

오래전 세리스를 지도해준 은사. 그리고 그녀가 꺼낸 이야기를 계기로 구제국 황실에 바른말을 했다가 투옥되었고, 끝내 옥중에서 세상을 떠난 룩스의 할아버지— 웨이드 로드벨트가 서 있었다.

†

"세리스 선배를 찾아봐야겠어요."

룩스는 지금까지 세리스가 다가오기를 기다리고 있었지만, 그녀가 숨어서 자신을 지켜주고 있다는 이야기를 샤리스에게서 듣고 가만히 있을 수가 없었다.

"응원할게, 룩스 군. 세리스를 잘 부탁한다."

"―네."

샤리스에게 대답한 후 룩스는 서둘러『점술관』에서 나왔다.

그리고 티르파와 녹트에게 세리스가 향했을 거라고 짐작되는 방향을 물어본 다음 곧바로 달려 나갔다.

"쳇…… 뭔가 손해 본 기분이야―. 그거겠지? 세리스 선배가 루크찌를 피해 다니는 이유는 결국 그런 거겠지?"

"Yes. 아직은 추측일 뿐입니다만―."

룩스가 떠난 후 티르파가 투덜거리자 녹트가 작게 맞장구를 쳤다.

"그런 말 하면 쓰나. 제삼자의 눈에는 훤히 보이더라도, 당사자들에게는 절실한 문제라고."

샤리스가 그렇게 정리했지만 티르파는 불만스럽게 볼을 부풀릴 뿐이었다.

"Yes. 티르파도 남 말 할 처지는 아니지 않나요?"

"뭐어?! 갑자기 무슨 소리야?! 나는 딱히 루크찌한테 그런 마음을―."

"룩스 군의 이름을 꺼낸 사람은 아무도 없는데."

샤리스는 허둥대는 티르파에게 딴죽을 걸며 테이블 위를 보았다.

점술의 결과는 태양과 달 카드의 조합.

우르크가 해설하길, 지금 이 상태로는 맺어질 수 없는 가까운 관계를 암시하는 것이라고 했다.

한편, 세리스를 찾아 학원 부지를 바쁘게 뛰어다니던 룩스는 드디어 그녀의 모습을 발견했다.

하지만 그녀의 태도는 어딘가 이상했다.

눈앞에 있는 키가 큰 남자를 보며 바짝 긴장한 채 우두커니 서 있었다.

"웨이드, 선생님…… 살아계셨던 겁니까?! 하, 하지만 여긴 어떻게—."

"왜 그러느냐? 무언가 물어보고 싶은 것이 있는 게 아니었느냐? 너처럼 열성적으로 공부하는 노력가라면 머지않아 큰 성취를 이룰 것이야."

두 사람은 그런 대화를 나누고 있었다.

'웨이드……? 돌아가신 할아버지의 성함이, 어째서—.'

그 이름을 듣고 위화감에 사로잡힌 룩스는 아주 잠깐 의식을 빼앗겼다.

하지만 그 직후, 세리스를 노리는 살기를 감지한 룩스는 즉시 행동에 나섰다.

"—위험해요!"

소리치는 동시에 룩스는 힘차게 지면을 박찼다.

한편 룩스의 외침을 들은 세리스도 깜짝 놀라 숨을 들이켰다.

"룩스?! 어째서 여기에—?!"

『광학 위장』 기능으로 숨어 있던 《엑스 드레이크》.

공격 태세에 들어간 그 포구는 이미 아연실색하여 서 있는 세리스를 조준하고 있었다.

어렴풋이 기억나는 기룡사의 정체를 생각할 틈도 없이, 룩스는 세리스를 감싸기 위해 달렸다.

그 직후, 캐논에서 방출된 충격파의 격류가 지면 일부를 날려버렸다.

"—큭?!"

몸이 붕 떠오르고 체중이 사라지는 감각.

아뿔싸! 하고 후회할 틈도 없이 의식이 멀어졌다.

마지막으로 눈에 들어온 것은 웨이드와는 다른 남자.

만면에 추악한 웃음을 담고 있는 왜소한 암살자였다.

학원 변두리에서 발생한 소규모 파괴.

룩스와 세리스는 쥐도 새도 모르게 그 자리에서 납치되었다.

Episode 4 『강철의 마녀』

둔탁하고 묵직한 타격음이 멀리서 들려왔다.

몸을 동여맨 밧줄의 감촉과 차가운 돌에 살갗이 닿는 느낌.

한차례 의식이 멀어졌다가— 시간이 지나면서 차츰 떠올랐다.

"우, 으으……."

어스레한— 아니, 빛이 거의 없는 시야 속에서 룩스는 가까스로 정신을 차렸다.

빛이 보이지 않는 이유는 자신의 두 눈을 가린 눈가리개 탓이라는 사실을 알아차렸다. 그래도 위아래로 약간의 틈이 있어 어찌어찌 주위를 살펴볼 수 있었다.

격자로 된 듯한 채광창으로 들어오는 햇빛을 받아 밝혀진 공간.

돌로 지어진 낡은 방에 룩스와 세리스는 갇혀 있었다.

두 사람 다 눈가리개를 하고 있었고, 양손 양다리는 밧줄로 단단히 묶여 있었다.

아예 움직이지 못할 정도까지는 아니었지만 꽤 갑갑한 상태였다.

"세리스 선배, 무사하세요?!"

"······괜찮습니다. 그보다 룩스 쪽은요?"

의식을 되찾은 두 사람은 우선 안부를 확인했다.

피차 긴급한 사태에 처한 상황이라 그런지 여느 때처럼 자연스럽게 이야기를 나누었다.

캐논 포격의 여파를 뒤집어쓴 탓에 몸이 저릿저릿 아팠지만, 그래 봐야 가벼운 타박상 정도일 뿐 뼈는 멀쩡할 것이다.

세리스도 상처나 출혈 등은 없는 것 같다고 말했다.

아무튼 최소한 무사한 것 같기는 했다.

"그나저나 여기가 어디일까요? 학원 밖······은 아닌 것 같은데."

귀를 기울이자 희미하게— 아주 작기는 했지만 학원제의 떠들썩한 소리가 멀리서 들려왔다.

그러자 눈가리개를 차고 있는 세리스는 잠시 생각한 다음 중얼거렸다.

"이건 가정이지만······ 학원 부지 내에 있는 오래된 지하 감옥이 아닐까 싶군요."

난처한 상황 속에서도 침착한 말투로 세리스는 말했다.

"구제국 시절 이 학원은 분명 군의 시설이었으니까, 당연히 지하 감옥 종류도 많이 있었을 겁니다. 물론 이곳을 학원으로 재건축할 때 거의 다 철거한 모양입니다만."

"제가 이 학원에 처음 왔을 때 투옥되었던 감옥은 그 흔적이었던 거군요······."

복잡한 표정을 지으며 룩스가 중얼거렸다.

철거하고 입구를 봉쇄한 지하 감옥의 흔적.

케케묵은 냄새가 나는 것을 보면 그 가능성은 높았다.

하지만 그렇다면, 두 사람을 이곳에 집어넣은 인물에 대한 선택지를 좁힐 수 있었다.

"적은 학원 관계자……일까요?"

"그건 알 수 없지만, 그 밖에도 짐작 가는 바가 있습니다. 예전에 우리 『기사단』 소속이었던 헤이부르그의 스파이— 사니아가 남긴 수기를 보면 『그랑 포스』라는 크리스털의 소재를 조사하다가 이 감옥이 존재하는 지도를 발견했다는 내용도 적혀 있었으니까요."

"그렇다면, 설마—."

신왕국을 염탐해 온 사니아가 알고 있던 정보.

그녀가 그것을 보고했다면, 지하 감옥의 존재를 알고 있던 헤이부르그 공화국이 꾸민 일이라는 생각도 해볼 법했다.

학원제의 막이 내려갈 무렵, 몇 시간 후에 개최될 연무전에 대한 방해 공작이라고 생각하면 너무나도 간단하게 모든 것이 이어졌다.

"부전승을 올리기 위해서……. 헤이부르그 『칠용기성』인 로자 그랑하이드의 소행일까요?"

"가능성을 생각한다면 후보로 들 수 있겠군요. 우리에게 치명상을 입히지 않고, 기공각검을 빼앗지 않은 이유는 나중에 덜미가 잡힐 테니 그냥 내버려 둔 것이라 볼 수도 있겠고요. 하지만……."

지금으로서는 단순한 억측에 불과한 이야기였으니, 우선은 이곳에서 탈출할 방법을 찾는 것이 중요했다.

　눈가리개 틈으로 천장을 올려다보니 꽤 멀리 떨어져 있었다.

　몇 차례 도움을 요청해보았지만, 이곳은 인적이 뜸한 장소인 만큼 들어줄 사람이 있을 것 같지는 않았다.

　"그런데 세리스 선배는 왜 그런 곳에 계셨나요? 게다가 어쩐지 멍하니 서 계시던 것 같던데요."

　룩스가 마음에 걸리던 것을 물어보자 뜻밖의 대답이 돌아왔다.

　"……웨이드 선생님이 계셨습니다. 오래전 제 한마디 때문에 세상을 떠나셨을 저의 스승이자 당신의 할아버지가……. 하지만 제가 손을 뻗은 순간 사라지고 말았어요. 그저 제 나약한 마음이 보여준 환영이었던 걸까요……?"

　세리스는 슬픈 모습으로 나지막하게 중얼거렸다.

　확실히 룩스도 남자를 목격하긴 했지만 그 정체가 명확하게 판명된 것은 아니다.

　그래서 지금은 그 이야기 대신 확실한 것만을 말하기로 했다.

　"《엑스 드레이크》는 세리스 선배의 집중력이 흐트러지는 순간을 노렸습니다. 그리고 어제 학원에 출입했을 거라고 여겨지는 남자의 얼굴도― 제가 확실하게 확인한 건 여기까지예요. 그보다 우선 이곳에서 나가 연무전에 참가해야 합니다."

　"그렇, 지요. 의기소침해 있을 틈이 없군요."

　스승인 웨이드의 환영을 본 것―.

그리고 그 틈을 찔려 누군가의 습격을 받아 사로잡히고 만 것을 비관하고 있을지도 모르겠다고 걱정했지만, 세리스는 마음을 추스른 것 같았다.

룩스가 안도의 한숨을 내뱉은 그 순간—.

"그런데 룩스. 당신은 조금이라도 움직일 수 있나요?"

—세리스가 진지한 목소리로 물어보았다.

"어디 보자…… 네. 밧줄은 풀 수 없지만, 조금이라면—."

비좁은 감옥 안, 룩스의 눈앞 겨우 몇십 cl 정도 떨어진 자리에 손이 뒤로 묶인 세리스가 있었다.

지금까지는 긴장한 탓에 눈치챌 겨를이 없었지만, 어쩐지 묶인 방식이 조금 기이했다.

구체적으로 묘사하자면 그녀의 손은 허리 뒤쪽으로 묶여 있었고, 눈이 가려진 것 외에 몸도 단단히 결박되어 있었다.

어째선지 그 볼록 튀어나온 풍만한 가슴의 위아래를 밧줄로 조이는 듯한 방식으로—.

그 부분이 묶기 편했던 것일지도 모르지만, 우연하게도 커다란 세리스의 가슴의 볼륨감이 더욱 강조되어 상당히 자극적으로 다가왔다.

사로잡힌 이 상황에 어울리지 않는 불성실한 태도라고 할 수 있었지만, 슬프게도 룩스 역시 남자였다.

그런 광경을 살짝 헐거워진 눈가리개 틈으로 엿보고 있는데, 세리스가 상반신을 앞으로 굽히더니 룩스에게 자신의 가슴을 밀어붙이는 듯한 자세를 취했다.

"저, 저기 말이죠. 제 몸에 감긴 밧줄이 뒤로 묶인 손과 연결되어 있는데, 조금만 당겨줄 수 없을까요? 손의 구속이 조금이라도 느슨해지면 기공각검을 뽑을 수 있을지도 모르니까……."

기공각검 자루에 손이 닿으면 밧줄을 끊고 장갑기룡을 소환하여 감옥에서 탈출할 수 있다.

그런 세리스의 의도는 이해했지만—.

"그, 그런데 저도 양손이 묶여 있어서 입 정도밖에 움직일 수가 없는데요……."

룩스는 당황한 말투로 대답하며 자연스럽게 세리스에게 귀띔하였다.

"네, 네에……. 그러니까 그, 부탁할게요. 저, 저기…… 룩스라면, 저는 괜찮으니까—."

"윽……?!"

하지만 뜻밖에도 OK라는 대답이 돌아와 룩스의 얼굴이 빨갛게 달아올랐다.

세리스의 가슴 위아래에 감긴 밧줄을 룩스가 입으로 당긴다는 건, 다시 말해— 그 탐스럽게 튀어나온 가슴에 얼굴이 닿을 가능성이 있다는 이야기다.

어쩐지 엄청나게 몹쓸 짓을 하는 것만 같은 기분이 드는데, 정말로 괜찮은 걸까?

하지만 자유롭게 움직일 수 없는 이 상황에서 할 수 있는 일은 그다지 많지 않았다.

룩스는 심호흡을 한 번 한 다음 간신히 각오를 굳혔다.

"아, 알겠습니다. 시, 실례하겠습니다─!"

룩스는 기합을 넣고 눈가리개를 한 채 상반신을 숙여, 묶여 있는 세리스의 가슴 근처로 얼굴을 내밀었다.

눈가리개의 틈이 좁은 탓에 목표를 제대로 포착할 수 없었다.

심지어 가까워질수록 커다란 가슴에 시선을 빼앗겨 아무것도 보이지 않게 되었다.

그래서 마지막에는 가슴 위아래를 사이에 끼우는 것처럼 묶인 두 개의 밧줄을 과감하게 물었다.

'─좋아!'

코끝과 뺨에서 부드러운 감촉이 느껴졌지만, 애써 무시하고 입에 문 밧줄을 힘차게 잡아당겼다.

"루, 룩스⋯⋯?! 그, 그곳은?!"

세리스가 동요하더니 난처한 듯 몸을 부르르 떨었다.

야단났다, 라는 생각에 조바심을 느꼈다.

향수의 희미한 향기와 매끄러운 살갗의 달콤한 감촉.

계속 이렇게 있고 싶은, 좀 더 진득하게 맛보고 싶은 충동이 일었다.

이대로 있다간 돌이킬 수 없을 거라고 판단한 룩스는 최대한 빨리 끝내기 위해 단숨에 얼굴을 밀어붙였다.

"앗⋯⋯?!"

투둑, 무언가가 뜯어지는 소리와 함께 룩스의 얼굴이 뒤로 빠졌다.

'됐다. 가슴을 묶은 밧줄은 풀어낸 것 같아.'

룩스는 내심 안도하며 한숨을 토해 냈다.

그와 동시에 힘차게 머리를 잡아당긴 탓인지, 눈을 덮고 있던 까만 눈가리개가 더욱 헐거워지며 아직 햇빛이 들어오고 있는 지하 감옥 내부의 모습이 눈에 들어왔지만ㅡ.

"ㅡ어, 어어어억?!"

그 광경을 본 순간 룩스는 아연실색하며 입을 떡 벌렸다.

온기가 느껴지는 부드러운 천 조각이 그의 입에서 스르르 떨어졌다. 가슴을 묶은 밧줄은 여전히 건재한 상태였다.

'그, 그렇다면 내가 지금 세리스 선배의 가슴에서 잡아당긴 건ㅡ.'

깊이 생각하지 않아도 보면 알 수 있었다.

세리스의 가슴 위아래로 사이에 끼우는 듯한 위치에 묶여 있는 밧줄.

룩스는 그 한가운데ㅡ 가슴 골짜기 사이를 비집고 나온 브래지어의 이음매를 물고 힘껏 잡아당긴 것이다.

이곳으로 끌려오는 와중에 등 뒤의 후크가 헐거워지기라도 했는지, 룩스가 잡아당기는 힘을 이기지 못하고 풀려버린 모양이었다.

결과적으로 이번 시도는 구속당한 세리스의 가슴에서 브래지어를 벗겨 내는 것에 그치고 말았다.

"죄, 죄송합니다 세리스 선배! 이럴 생각이 아니었는데ㅡ?!"

실패했다는 사실과 그것이 초래한 결과에 당황한 룩스는

허둥지둥 변명했다.

"괘, 괜찮습니다. 눈가리개 때문에 볼 수 없는 상황이었으니 어쩔 수 없지요. 그, 그보다 지금이라면 이 이상 실수할 일도 없을 테니, 다시 한 번—."

한편, 수치심에 얼굴을 빨갛게 물들이면서도 세리스는 의연한 태도로 룩스를 재촉했다.

"……어, 하지만—."

룩스는 난처한 마음에 잠시 머뭇거렸다.

확실히 세리스의 말마따나 더는 실수할 걱정이 없긴 했지만, 눈앞에 펼쳐진 광경은 과도하다 싶을 정도로 자극적이었다.

교복 블라우스의 앞섶이 벌어져 있었고, 그렇지 않아도 남자들의 시선을 끌어모으는 풍만한 가슴은 밧줄에 꽉 묶여 강조되어 있었다.

게다가 룩스가 브래지어를 벗겨버리는 바람에 가슴 꼭대기 부분까지 존재감을 드러냈다.

고결하고 아름다운 세리스가 굵은 밧줄에 구속당한 채 수치심에 빨갛게 달아오른 얼굴을 푹 숙이고 있었다.

그리고 밧줄에 묶여 강조된, 부드럽게 부푼 그녀의 맨가슴이 눈앞에서 출렁출렁 흔들리고 있었다.

이런 상황에서는 이성을 유지할 수 있는 사람 쪽이 비정상이었다.

게다가 세리스는 자신의 가슴을 묶은 밧줄을 다시 한 번 입으로 당겨달라고 부탁했다.

요컨대 지금부터 브래지어를 하지 않은 세리스의 가슴 골짜기에, 얼굴을 파묻는 것에 가까운 행동을 해야 한다는—.

"사, 사양은, 허락하지 않겠습니……다."

룩스가 머뭇거리자 세리스는 긴장, 혹은 번민이 섞인 한숨을 내뱉으며 쐐기를 박았다.

"제 부주의 때문에 이런 일이 벌어진 데다, 어서 이곳에서 나가야만 하잖, 아요……."

세리스는 말끝을 흐렸다.

'—뭘까. 세리스 선배가, 평소보다 더욱 귀엽게 느껴져…….'

선배를 그렇게 평가하는 건 무례한 행동일지도 모르지만, 그런 생각이 들었다.

자신을 계속 피해 다니던 이유는 여전히 알 수 없지만, 적어도 지금은 자신을 믿어주고 있었다. 그렇다면—.

"죄, 죄송합니다, 세리스 선배. 조금만 참아주세요!"

결심한 룩스는 재차 세리스의 가슴 쪽으로 상반신을 기울였다.

그나저나 역시 무척 아름답고 탐스러운 가슴이었다.

눈앞에서 출렁이는 유혹을 참으며, 밧줄을 물려고 입을 벌린 순간—.

"룩스 군, 세리스 씨! 무사하세요—?!"

콰드득! 단단한 돌이 부서지는 소리가 들리더니 지하 감옥이 흔들렸다.

"─앗?!"

깜짝 놀란 두 사람의 몸이 경직된 순간, 한 기룡사가 천장을 부수고 내려왔다.

머리카락을 세 갈래로 꼬아서 땋은, 중성적인 분위기가 물씬 풍기는 소년─.

오늘도 찻집에서 일하고 있었는지, 집사 복장 위에 《엑스 와이번》을 장착한 그는 룩스와 세리스 앞으로 내려왔다.

"코랄?! 네가 여긴 어떻게─."

"트라이어드 여러분이 룩스 군을 찾고 있다는 이야기를 들었거든. 두 사람 다 다친 데는 없어?"

지하 감옥 바닥에 착지한 코랄은 진지한 눈빛으로 안부를 물어보았다.

하지만 룩스와 세리스의 현재 모습을 확인한 순간 그의 얼굴에는 홍조가 떠올랐다.

"─아아앗?! 대대대대체 둘이서 뭘 하고 있던 거야?! 아, 아무리 그래도 이런 상황에, 묶인 상태에서 그런……."

귀여운 소년이 민망해하며 고개를 돌리자 룩스와 세리스는 동시에 당황했다.

"오, 오해입니다, 코랄 경! 이것은 그, 이곳에서 탈출하기 위해 부득이하게 선택한 방법이라고요!"

"그, 그렇다니까! 우린 딱히 수상한 짓은─."

"……."

코랄은 의심스러운 도끼눈으로 두 사람을 쏘아보며 자신의 기공각검으로 재빨리 밧줄을 끊었다.

다시 브래지어를 차고 흐트러진 옷매무새를 정리한 세리스는 룩스와 함께 기공각검을 뽑아 도신을 확인했다.

"하, 하지만 이상하군요. 우리의 검에는 전혀 손대지 않았나 봅니다."

"저도 두 자루 모두 멀쩡하네요."

애초에 환옥철강이라는 특수한 금속으로 제작된 기공각검은 일반적인 공구로는 가공할 수 없을 정도의 강도를 자랑하지만, 그래도 장갑기룡의 힘이라면 파괴할 수 있다.

그렇다면 납치범이 신장기룡의 기공각검을 파괴하는 것을 아까워했다고 보는 것이 타당할까?

학원 부지 내에서 룩스와 세리스를 습격한다는 위험을 무릅쓴 주제에, 덜미를 잡힐 위험을 피하기 위해 도둑질까지는 하지 않았다.

그렇다면 『용비적』의 소행이 아니라, 역시— 공적인 자리에 있는 누군가가 꾸민 짓일까?

룩스가 그런 생각을 하고 있으니—

"다친 데나 아픈 곳은 없지? 싸울 수 있을 것 같으면 얼른 가자! 연무전 개시 시각은 이미 지났다고!"

코랄이 다급하게 말하며 회중시계를 보여주었다.

부전패— 한순간 어두운 절망이 머리를 스치고 지나갔지만, 아직 확정된 것은 아니었다.

"가죠, 룩스. 저는 싸울 수 있어요."

세리스의 듬직한 말에 룩스는 고개를 끄덕였다.

급하게 준비를 마친 두 사람은 서둘러서 연습장으로 이동했다.

†

학원 부지 내에 있는 장갑기룡 연습장.

학원제 전반인 어제는 일반 손님을 받아 간단한 연습을 하는 모습을 견학하게 해준 모양이지만, 지금은 『칠용기성』과 『창조주』 대표, 그리고 지도자 대리인 외에는 아무도 없었다.

모든 일반 손님과 『기사단』이 아닌 학생들은 그 자리에서 견학하는 것조차 금지당했다.

그 싸움의 무대인 원형의 대지에는 네 명의 기룡사가 대치하고 있었다.

헤이부르그 공화국의 『칠용기성』 로자와 그녀의 보좌관인 카렌시아.

신왕국에서는 마찬가지로 『칠용기성』 룩스와 그의 보좌관인 세리스티아.

"왜 이렇게 늦어—? 원래대로라면 그 불경한 태도를 명분으로 내세워서 내가 부전승해도 되는 상황이었는데, 그 정도는 알겠지?"

먼저 로자가 불쾌한 조롱이 섞인 웃음을 보이며 끈적하게 도발했다.

하지만 그 뒤에 서 있는 카렌시아는 냉정한 태도를 유지하며, 그녀의 특징인 안경을 살짝 들어 올려 위치를 조정했다.

"하지만 그랬다간 『창조주』의 황족인 리스테르카 님께서 요청하신, 실력을 보여 달라는 의뢰를 완수할 수 없습니다. 따라서―."

"우리에게 살짝 유리한 조건을 준비해 두었지―. 2대 2 페어 대결. 한 명이라도 먼저 전투가 불가능해지는 시점에서 그 페어는 패배. 그리고 제한 시간이 다 된 경우에는 무승부가 아니라 우리 헤이부르그 대표의 승리― 어때, 받아들일 수 있겠어―?"

룩스와 세리스의 지각을 봐주는 대신에 준비해 둔 특수 조건.

부전패로 끝날 가능성이 있었다는 것을 생각하면, 시간제한만으로 눈감아주겠다는 제안은 솔직히 고마울 따름이었다.

로자 자신이 룩스 일행을 함정에 빠뜨린 장본인이 아니라면 말이지만…….

"그럼― 슬슬 시작해주시겠어요? 곧 해가 지겠어요."

『창조주』의 황녀 리스테르카가 재촉하자 네 사람은 자신의 허리춤에 손을 뻗었다.

그리고 천천히 기공각검을 뽑았다.

"―오라, 힘을 상징하는 문장의 익룡. 나의 검을 따라 비상하라, 《와이번》."

"―강림하라, 위정자의 피를 이은 왕족의 용. 일백 줄기 번개를 두르고 하늘을 누비거라, 《린드부름》."

자루의 스위치를 누르며 패스 코드를 외운 직후— 빛의 입자가 모이며 형태를 이루었다.

룩스가 《와이번》을 사용하는 것은 조금 전에 협의한 바였다.

룩스는 『검은 영웅』의 소문이 떠도는 신왕국 내에서는 가급적 《바하무트》의 사용을 피하고 싶었다. 그래도 이 상황, 그리고 한정된 관객들 앞에서라면 일단 선택지에 넣을 수는 있었다.

신왕국의 위기를 물리치기 위한 이 전투에서는 그것을 사용할 각오도 해 두어야 했다.

그러나 《바하무트》의 신장, 《폭식》을 이용한 즉격은 상대방의 공격 예비 동작을 파악해야 제대로 활용할 수 있는 기술 리로드 온 파이어이었다.

그 위력을 온전히 발휘하려면 처음에는 역시 방어에 전념하는 것이 유리했다.

그래서 부담이 적은 《와이번》과, 리샤가 직접 개발한 스케일 블레이드장벽아검을 이용하여 카운터 기술인 극격을 위주로 싸우는 것이 좋겠다고 판단했다.

한편, 헤이부르그의 대표인 카렌시아는 《엑스 와이엄》을 소환했다.

그리고 마지막으로 로자 그랑하이드가 기괴한 문양이 새겨진 기공각검을 뽑았다.

"간악한 술책의 그을음이여, 은밀하게 스며들어 적을 치거라. 회개하지 않을 숙세(宿世)의 용이여, 《고리니시체》."

신장기룡의 소환에 회장 전체의 분위기가 긴박하게 변했다.

로자 뒤쪽에서 돌풍이 일어나더니 칼날이 돋아난 기묘한 장갑기룡이 모습을 드러냈다.

"이것이 소문으로 들은 『강철의 마녀』의—."

옆에 있는 세리스가 살짝 감탄한 목소리를 냈다.

광택이 흐르는 짙은 회색. 검은색과 회색이 뒤섞인 쇳빛 장갑은 장갑기룡의 근원인 환옥철강의 원색이 연상될 정도로 살풍경했다.

그러나 곳곳에 튀어나와 있는 예리한 가시, 그리고 완강함의 결정체인 육전형의 육중한 장갑은 그 공격적인 위용을 유감없이 과시했다.

"—접속·개시."

로자는 오만하게 웃으며 전개된 기룡의 장갑을 신속하게 온몸에 장착했다.

'……크다.'

소환된 시점에서 이미 거대한 기룡이었지만, 몸에 장착하자 그 면적이 더욱 늘어났다.

평범한 《와이엄》보다 한층 더 거대한 장갑이 퍼붓는 공격에 얻어맞는다면, 자칫 잘못하다간 일격에 치명상을 입게 될지도 모른다.

마찬가지로 장갑기룡에 접속, 장착하면서 룩스와 세리스는 순식간에 그렇게 판단하고 머릿속으로 로자를 상대하기 위한 전략을 짰다.

"제한 시간은 10분. 전투가 불가능해진 사람이 먼저 나오는 페어의 패배. 제한 시간이 다 된 경우에는 헤이부르그 공화국의 승리라는 특수 조건 외에는 일반적인 모의전 규칙을 기준으로 한다. 이의는 없겠지."

심판을 맡은 라이글리 교관이 규칙을 설명하자 참가자 네 사람은 저마다 고개를 끄덕였다.

세리스와 로자가 불꽃 튀는 시선으로 서로를 노려보는 가운데 시합 개시가 선언되었다.

"—모의전, 개시!"

시작을 알리는 신호가 떨어지는 동시에 네 기룡사는 번개처럼 움직였다.

먼저 룩스의 《와이번》과 세리스의 《린드부름》이 미리 짜기라도 한 것처럼 뒤로 날아갔고, 헤이부르그의 두 사람은 바퀴를 이용한 활주로 그들을 추격했다.

룩스와 세리스의 상황 판단 능력은 거의 비슷한 수준이었다.

육전형 기룡사를 상대할 경우, 우선 비상형의 특성을 활용하여 제공권을 확보해야 한다.

지상에서 날아오는 공격에 요격당할 위험이 있긴 하지만, 상대방의 공격을 사격과 포격으로 제한할 수 있으므로 공중을 장악하면 확실하게 우위를 점할 수 있었다.

그것이 《와이번》을 비롯한 비상형 기룡으로 육전형 기룡사를 상대할 경우의 철칙.

공중으로 이동하는 것을 막기 위해 상대가 개막과 동시에 돌격해 오는 것도 어떤 면에서는 예상대로였다.

따라서 로자 페어는 동시에 상대가 선택한 정석적인 행동을 노렸다.

"―홋!"

"하앗!"

로자가 자루가 긴 낫 모양 무장― 용각곡인(龍角曲刃)을 휘둘러 《린드부름》을, 카렌시아는 중형 기룡아검으로 룩스의 《와이번》을 노렸다.

룩스와 세리스가 일단 거리를 벌리며 공중으로 날아오를 거라고 예측한 두 사람의 선제공격.

"―윽?!"

하지만 순간적으로 기묘한 위화감이 로자와 카렌시아의 뇌리를 꿰뚫었다.

상공으로 날아오르려는 것처럼 보이던 룩스 페어는 도중에 상승을 멈추었다.

두 사람은 이미 로자 페어의 선제공격을 역이용한 필살의 일격을 준비해 둔 상태였다.

까아앙!

요란한 금속음과 함께 장갑과 무장의 파편이 하늘을 수놓았다.

룩스의 《와이번》이 휘두른 장벽아검이 카렌시아가 다루는

《엑스 와이엄》의 블레이드를 부쉈고. 세리스의 《린드부름》은 특수 무장 《뇌광천창》(라이트닝 랜스)을 이용한 찌르기를 《고리니시체》의 환창기핵(포스 코어)을 내장한 어깨와 장벽에 명중시켰다.

"끝입니다. —뇌섬."

파지지지직—!

명중한 즉시 랜스 끝에서 솟구친 뇌격이 로자의 《고리니시체》를 덮쳤다.

"쯧……?!"

로자가 표정을 일그러뜨린 그 순간, 옆에 있던 소녀도 경악했다.

"이것은 무장을 파괴하기 위한 무장?! 정석을 따른 후퇴와 비행은, 함정……이었습니까?!"

룩스의 즉격에 파괴당한 블레이드의 파편을 보며 카렌시아는 감탄을 흘렸다.

스케일 블레이드를 이용한 카운터 기술인 극격은 상대방의 공격을 간파하지 못하면 성공시킬 수 없다.

하지만 피차 선택한 것은 뻔하디뻔한 최선의 행동.

크게 궁리하지 않고 우선적으로 선택하는 움직임이라면 쉽게 읽어 낼 수 있다.

상대보다 두 수를 앞서나가는 필살의 공방을, 룩스와 세리스는 한마디 상의도 없이 선택하였고, 멋지게 성공시켰다.

†

"오빠는 여전히 무모한 짓을 좋아하는군요……."

유적 조사권을 내건 헤이부르그와 신왕국의 연무전.

시작부터 치열하게 펼쳐지는 공방을 바라보며 아이리는 한숨을 푹 내쉬었다.

갑자기 사라진 룩스를 흩어져서 찾아다니던 아이리와 트라이어드는, 특별히 관전을 허락받아 지금은 텅 빈 관객석에 앉아 있었다.

"정말 그렇다니까. 다짜고짜 결판을 내려고 하다니. 뭐어, 확실히 공중으로 도망쳐도 제한 시간이 끝나면 패배하는 상황이니 어쩔 수 없긴 하지만."

티르파가 맞장구를 치자 녹트도 조용히 고개를 끄덕였다.

"Yes. 하지만 내기에는 이겼습니다. 로자 그랑하이드가 보유한 《고리니시체》의 능력은 알아내지 못했지만, 어찌 되었건 이번 공격으로 그녀를 잡았으니까요."

세리스가 보유한 《린드부름》의 《라이트닝 랜스》로 구사하는 전격 찌르기— 뇌섬은 상대 장갑기룡의 움직임을 일시적으로 봉쇄하는 특성을 지녔다.

카렌시아는 블레이드가 파괴되었을 뿐이지만, 로자는 다음 일격으로 거의 쓰러뜨릴 수 있을 것이다.

그러니 사실상 신왕국의 승리로 끝났다고 보아도 좋았다.

"그래. 걱정했지만, 어떻게든 이것으로—"

샤리스가 그렇게 정리하려고 했을 때, 그 곁에서 함께 관전 중이던 리샤가 긴박한 표정으로 중얼거렸다.

"—아냐. 저 장갑기룡은, 뭔가 이상해?!"

그 목소리와 동시에, 우열이 결정된 거나 마찬가지였을 전황이 다른 방향으로 움직였다.

"조심해라, 세리스! 그 녀석은 가짜다!"

리샤가 소리치는 동시에 목격한 것은, 몸을 감싼 황금빛 장갑—《린드부름》과 함께 사이즈에 강타당하는 세리스의 모습이었다.

†

"이건— 큭?!"

눈을 의심하게 하는 광경. 예상을 뛰어넘은 사태에 룩스는 순간적으로 의식을 빼앗겼다.

자신들이 예측한 것처럼 일격으로 승패가 판가름 날 것이 분명한 공방을 펼친 직후— 어째선지 세리스가 적의 필살의 공격에 노출됐다.

보라색으로 빛나는 에너지를 머금은 낫 모양 칼날이 《린드부름》의 몸통을 노리고 쇄도했다.

하지만 살짝 기울인 랜스를 사이에 끼워 넣어 세리스는 직격을 면했다.

"재미있네—. 이 타이밍에 공격을 막아 내다니— 어떻게 반응한 거야? 너 정말 인간 맞아?"

히죽 웃은 로자가 더욱 힘을 담아 사이즈를 억지로 휘둘렀다.

땅에 발을 딛고 있는 중량급 육전형 기룡과, 공중에 떠 있는 경량급 비상형 기룡.

이 순간 두 기체가 정면으로 격돌했을 경우의 우열이 확실하게 드러났다.

"큭?! 분명 명중했을 텐데……. 어떻게 반격을—?!"

사이즈의 날에서 《린드부름》의 장벽을 찢어발기려는 것처럼 무지막지한 에너지가 용솟음쳤다.

장갑의 파괴— 부상보다 더 심한 것을 노리는 그녀의 살의에 룩스는 새파랗게 질렸다.

"세리스 선배!"

그녀를 돕기 위해 룩스는 그 즉시 로자를 향해 스케일 블레이드를 들어 올렸다.

—그러나 카렌시아는 재빨리 반파된 블레이드를 투척하여 그를 방해했다.

"아무리 저라도 무시당하는 건 좋아하지 않습니다. —실수하셨군요."

동시에 카렌시아의 《엑스 와이엄》은 신속하게 무장을 교체했다.

중량급이라는 것이 강점인 육전형 기룡은 그만큼 많은 무장을 탑재할 수 있는 여유가 있었다.

카렌시아가 기룡식총을 꺼내 룩스에게 조준한 순간, 주위에 빛의 영역이 펼쳐졌다.

"《지배자의 신역》."

세리스가 사이즈를 살짝 밀쳐 낸 후 《린드부름》의 신장, 고속 전송 능력을 기동시켰다.

눈 깜짝할 사이에 로자 바로 옆에 나타난 세리스는 그녀의 옆구리를 목표로 창을 매섭게 내뻗었다.

투쾅—! 그 일격은 기룡의 장벽을 관통하고 어깨 장갑을 강타했다.

그와 동시에 세리스를 도와주려는 것처럼 눈속임한 룩스의 스케일 블레이드가 카렌시아의 브레스 건 총구를 막았다.

"두 번째 함정—?! 무슨 짓을?!"

그러나 카렌시아가 반사적으로 방아쇠를 당기는 바람에 브레스 건은 폭발하고 말았다.

두 번째 무장이 파괴되는 반동 때문에 《엑스 와이엄》이 뒤로 밀려났다.

세리스도 이해할 수 없는 반격을 받긴 했지만, 이것으로 확실하게 로자를 처리했다고 생각했다. 그러나…….

"꽤 괜찮은 실력인걸. —처음에 생각했던 것보다는."

쓴웃음을 지은 로자의 모습이 그녀가 장착한 기룡과 함께 통째로 붕괴했다.

"헉……?!"

허를 찔린 세리스의 《린드부름》은 등에 강렬한 충격을 받고 밑으로 추락했다.

조금 전까지만 해도 눈앞에 있던 로자의 《고리니시체》가 어느새 뒤쪽으로 이동해 사이즈를 휘두른 것이다.

"환각?! 아니, 분명 느낌이 있었는데—?!"

아연하게 중얼거리는 세리스의 장갑에서 불꽃이 요란하게 튀어 올랐다.

날개의 비행 장치를 당했는지 《린드부름》은 날아오를 수가 없었다.

"카렌, 너는 이 죽어 가는 녀석을 상대하려무나. 뭐, 그런 애송이한테 두 번이나 당한 시점에서 처벌은 확정이지만—. 이대로 너 때문에 지면 어떻게 될지— 총명한 너라면 잘 알고 있겠지? 네 부모만이 아니라 여동생까지 노예로 만들어 버릴 거다."

"……윽."

로자가 힐끔 노려보자 카렌시아는 새파랗게 질리며 어깨를 덜덜 떨었다.

아무래도 헤이부르그의 치부, 로자의 무도한 행위는 단순한 소문이 아닌 모양이었다.

그 독니는 군부나 민중에게만이 아니라 자신의 파트너에게도 영향을 끼치는 것 같았다.

'……안 돼! 이대로라면 이길 수 없을 거야. 그뿐만이 아니라 세리스 선배가 위험해!'

이미 큰 대미지를 입은 《린드부름》은 더는 만족스럽게 싸울 수 없을 것이다.

동시에 로자 그랑하이드의 실력과 《고리니시체》의 신장도 여전히 파악하지 못한 상태였다.

최소한의 피해로 끝내고 싶다면 항복하는 게 좋을지도 모른다.

그러나 하필이면 적대 중인 헤이부르그가 상대인 것이 문제였다. 이 대결에서 패하면, 신왕국은 1개월 동안 영내의 유적을 유린당하여 상당한 피해를 입고 말리라.

"……훗."

바로 그때, 저 멀리 떨어져 있는 관객석에서 룩스의 갈등을 꿰뚫어 본 것만 같은 웃음소리가 들려왔다.

중얼거리는 소리 같은 게 결코 들릴 리 없는 거리였다.

하지만 룩스는 분명히 들은 듯한 기분이 들었다.

─조소를 머금은 맏형 후길의 얼굴.

자신의 선택과 그 말로를 멸시하는 것만 같은 그 웃음소리에 룩스의 감정이 폭발했다.

"배짱 한번 좋구나─. 아니면 속임수인가? 한눈팔 틈이 없을 텐데─."

로자가 사악한 미소를 띠며 사이즈를 들고 룩스를 향해 달려들었다.

그 찰나. 룩스는 각오를 다지고 순식간에 자신의 장갑을 해제했다.

"《기룡포효^{하울링 로어}》! 그리고─ 《기룡해방^{브레이크 퍼지}》!"

머리 부분에 축적한 에너지를 소용돌이처럼 방출하는 기본 기술. 하지만 그것만으로는 육전형 신장기룡인 《고리니시체》

의 돌격을 막을 수 없다.

따라서 또 다른 기술인 《브레이크 퍼지》로 장갑을 산탄처럼 뿌려서 교란을 시도했다.

무장 일부를 해제하여 자신에게 돌아오는 부담을 경감시키는 기본 조작 기술.

하지만 장벽의 출력이나 기동력도 동시에 줄어드는 까닭에 전투 중에 쓰는 일은 좀처럼 없다.

그런 기술을 굳이 사용한 이유는 허를 찔러서 적의 움직임을 막기 위해—.

그와 동시에 다음 기룡을 소환하기 위한 포석을 깔기 위해서였다.

"장갑을 완전히 해제했어?! 이건……."

"룩스?! 그 기룡은—?!"

세리스는 당황한 목소리로 외쳤지만 룩스는 멈추지 않았다.

또 하나의 기공각검— 까만 칼집에서 두 번째 기공각검을 뽑아 신속하게 패스 코드를 외웠다.

"—현현하라, 신들의 혈육을 삼키는 폭룡. 흑운으로 뒤덮인 하늘을 가르거라, 《바하무트》!"

소리친 직후 칠흑으로 빛나는 대형 기룡이 눈앞에 소환되어, 룩스의 몸을 감싸는 갑옷으로 변화했다.

그 광경을 목도한 관객들 사이에서 무의식적인 감탄이 흘러나왔다.

"—오오."

"저것이 신왕국『칠용기성』의 신장기룡인가."

이 자리에 일반 학생들이나 관객은 없었다.

경기를 관전 중인 사람은『기사단』과 렐리, 그 외에는『칠용기성』멤버와 지도자 대리인 네 사람뿐이었다.

그렇다 해도 자신의 전력을 공공연하게 드러내고 싶진 않았지만, 더는 망설일 여유가 없었다.

아직 상대방의 공격 예비 동작을 완전히 간파하진 못했지만 그래도 할 수밖에 없는 상황이었다.

"⋯⋯남은 시간, 3분."

심판을 맡은 라이글리 교관의 목소리가 주위에 울려 퍼졌다.

대미지를 입은 세리스가 장갑기룡을 유지할 수 있는 시간도 얼마 남지 않았을 것이다.

《바하무트》를 장착한 룩스는 짙은 회색의 거룡《고리니시체》를 향해 비행했다.

"그것이 소문의《바하무트》? 사니아한테 이야기를 들었지—."

로자는 날아오는《바하무트》를 보며 중얼거린 직후 손가락을 딱 튕겼다.

그 순간, 세리스를 상대하는 중이었을 카렌시아가 룩스를 향해 폭발적인 기세로 두 자루째의 블레이드를 그었다.

권모술수— 속임수와 함정, 압도적인 힘을 구사하는 마녀.

세리스를 상대하라는 그 지시는 룩스를 기만하기 위한 포석이었다.

그러나《바하무트》의 장갑 팔을 노린《엑스 와이엄》의 손목이 블레이드를 쥔 채 절단되어 하늘로 솟구쳤다.

신속제어— 육체와 정신의 동조 조작을 이용한 초고속 일격으로 멋지게 반격에 성공했다.

"이럴 수가……?!"

카렌시아가 두 눈을 부릅뜬 직후, 룩스는 재빨리 두 번째 일격을 가했다.

그 공격을 장벽으로 받아 낸 카렌시아의 《엑스 와이엄》은 뒤로 나가떨어졌다.

"헤에? 희한한 기술을 사용하네. 그 《바하무트》의 신장은 아니고……. 싱글렌이 쓰는 기룡 조작 기술이랑 같은 건가—?"

로자는 흥미로워하는 표정으로 질문을 던졌다.

룩스가 공격에 나선 순간의 틈을 노릴 거라고 생각했지만, 그녀는 의외로 가만히 있었다.

"생각한 것보다 뛰어난 남자인걸……. 하지만 나약해—. 카렌을 더욱 추격해서 전투 불능으로 만들었다면 이 싸움도 끝났을 텐데 말이지."

"……."

룩스는 아픈 곳을 찔렸지만 겉으로 드러내지 않았다.

카렌시아 탓에 패배하게 된 로자가 그녀를 혹독하게 징계하고, 가족을 박해하는 광경이 순간적으로 뇌리를 스쳐 지나간 것은 사실이었다.

하지만 자신의 그런 망설임마저 간파한 눈앞의 『강철의 마녀』에게 룩스는 강한 경계심을 품었다.

지금까지 룩스가 쉽지 않은 상대라고 생각한 기룡사는 몇 명이나 있지만, 이 소녀의 『악의』는 그들과는 또 다른 이질적인 힘을 지니고 있었다.

　아군의 희생을 꺼리지 않을 뿐만이 아니라, 상대를 움직이게 할 전략으로 이용하는 그 사고—.

　도리에서 어긋난 힘이라는 것이 피부로 느껴졌다.

　"자국의 손해를 감수하면서까지 타국 여성의 처지를 걱정하다니— 나는 그런 무골호인을 무척 좋아한다 이거야."

　자신의 입술을 핥고 손끝으로 가슴을 쓰다듬으며 로자가 비웃었다.

　"사실 내 파트너인 카렌은 말야— 귀족 중에서는 열등하게 태어났지만, 재능과 노력으로 지위의 벽을 뛰어넘은 끝내주는 애거든—. 하지만 다른 나라 사람한테 동정을 받다니 헤이부르그의 수치야. 그러니까…… 그렇지. 이 벌은 카렌 대신에 가족한테 내려야겠어. 어머니나 여동생을 병사들의 노리개로 줘버릴 거야."

　"—윽?!"

　잔학하고 가혹한 로자의 선고.

　카렌시아가 경악하여 집중력이 흐트러진 찰나 로자 뒤쪽에서 소리가 터져 나왔다.

　"《브레이크 퍼지》— 그리고 《지배자의 신역》."

　로자의 빈틈을 발견한 순간 장갑의 일부를 해제한 세리스가 움직였다.

—눈에 보이지 않을 정도로 쾌속한 속공.

대미지를 입은 장갑의 일부를 해제하여 무게를 줄이는 동시에, 에너지를 한 점에 집중한 랜스로 펼치는 일격.

세리스가 쭉 연습해 온 기본 기술을 응용한 특공 형태.

결사의 각오로 펼친 필살의 묘기가 로자의 배후를 노렸다.

동시에 룩스도 《바하무트》와 함께 날아올라 세리스를 지원하기 위해 검을 휘둘렀다.

이 거리, 이 타이밍에 신속제어의 참격을 펼치면 설령 로자라 해도 피하기 힘들 것이다.

그 판단과 예측은 그대로 적중하여 《고리니시체》는 뒤쪽에서 찔렸고, 그와 동시에 앞에서는 비스듬하게 베었다—.

장갑과 함께 피와 살로 이루어진 그녀의 육체까지, 두 동강났다.

"……앗?!"

눈앞에 펼쳐진 광경에 룩스 페어가 당황한 순간 로자의 몸이 안개처럼 흩어졌다.

환상이 아닌 실체가 존재하는 분신.

그것을 깨달은 직후에 격렬한 충격과 열기의 파도가, 포개진 두 사람의 측면을 강타하는 것처럼 해방되었다.

"《위조 섬영(閃影)》·일제 포격 형태."

콰아아아아아아앙!

연속해서 대기가 폭발하고, 대지가 갈라졌으며, 열풍이 소용돌이쳤다.

의식이 아득해지는 초열지옥 속에서 리샤 일행의 비명 같은 외침이 희미하게 들려왔다.

"룩스—?!"

"하핫!"

로자가 비웃은 후 흙먼지가 걷히며 시야가 다시 트였다.

"완벽한 타이밍에 쐈는데— 도망치는 속도만큼은 끝내주는 걸?"

포격이 쏟아진 자리에는 룩스의 《바하무트》가 장갑이 얼마 남지 않은 세리스를 감싸 안아 보호하고 있었다.

두 사람 모두 한계에 달한 상태였지만 아직은 싸울 수 있었다.

그러나 세리스가 거의 움직이지 못하는 이 상황에서 전투를 속행한다면, 치명상을 입거나 죽게 될지도 몰랐다.

"룩스, 저는 괜찮습니다! 그러니까—!"

"죄송합니다, 세리스 선배."

세리스의 호소에 룩스는 작게 고개를 저으며 대답했다.

그리고 주어진 시간이 끝나 이 연무전의 승패가 결정되었다.

"—제한 시간 종료. 이 시합은…… 무승부로 판정한다!"

라이글리 교관이 선언하는 동시에 종전을 고하는 종소리가 울려 퍼졌다.

무승부는 사실상 헤이부르그 공화국의 승리와 같은 뜻이다.

그리고 작은 분쟁에서 시작한 싸움은 마침내 막을 내렸다.

†

"윽……?! 저 장갑기룡은 대체 뭔가요……! 조금 전과 전혀 다른 형태로 변하다니—."

분진 속에서 나타난 《고리니시체》의 거대한 모습을 주시하며 관객석의 아이리는 숨을 죽였다.

그러자 그 옆에 앉아 있던 마기알카가 확신한 표정으로 미소 지었다.

"—그렇군. 저 신장기룡은 자신의 특수 무장을 이용해서 다양한 형태의 장갑기룡으로 모습을 변화할 수 있는 모양이로구면."

"정확하게 설명하자면 신장과 특수 무장을 조합한 거지만 말이지—."

소용돌이치는 폭염 너머로 십여 개의 포구를 전개한,《고리니시체》를 장착 중인 로자가 마기알카를 향해 대답했다.

"특수 무장 《열두 개의 감옥》— 무인 범용기룡 여러 기를 조작하는 능력과 《위조 섬영》— 기계의 환영으로 만들어 낸 내 가짜를 더해서 유사한 분신을 만들어 낸 거야."

로자는 관객석을 향해 자신의 능력을 해설했다.

"특수 무장 및 장갑을 재조합해 변화시키는 동시에 자신의 분신도 만드는 것— 이것이 내 《고리니시체》가 지닌 신장의 힘, 《연옥기구》의 정체야."

"과연, 그래서 『강철의 마녀』인가. 확실히 재미는 있다만, 여기서 모든 것을 밝히다니 인심이 후하군."

마기알카의 반대편 관객석에 앉아 있던 싱글렌이 오만하게 웃으며 입을 열었다.

하지만 로자는 전혀 동요하는 기색 없이 악랄한 웃음을 지을 뿐이었다.

"상관없어. 어차피 거기 있는 『창조주』들은 알고 있을 테니까. 게다가 신장의 능력이 밝혀진다 한들 어쩔 도리가 있는 것도 아니잖아? 그보다 폭군 나리는 괜찮으신가 몰라? 내게 유적 조사권을 빼앗겼잖아―? 내가 이 기회에 『탑』까지 공략해버리면, 공로 면에서는 당신들도 나보다 못하게 되는 거 아냐?"

"……?!"

로자가 꺼낸 한마디에 주위에서 동요가 일어났다.

『칠용기성』 멤버 중에서도 특출한 실력자.

『푸른 폭군』이라 불리는 오만불손한 남자를 향한 도발에 지도자 대리인들은 헛숨을 삼켰다.

"로, 로자 경?! 농담도 적당히―"

헤이부르그의 중신인 그니우스조차 당황했는지 황급히 로자를 말리려고 했다.

하지만 정작 싱글렌은 바닥이 보이지 않는 늪 같은 칠흑빛 눈동자로 로자를 바라보며 흔들리지 않는 미소를 짓고 있었다.

"비천한 것이 겁도 없이 기어오르는구나."

그 말을 꺼낸 사람은 싱글렌이 아니라, 그의 뒤쪽에 물러나 있던 키가 크고 호리호리한 노병 츠바이베르크였다.

그가 투구 틈으로 핏발 선 눈을 드러내며 자신의 기공각검에 손을 올렸다.

"너의 충의는 고맙다만— 그만해라, 츠바이. 나는 『칠용기성』의 부대장으로서 그녀의 성장을 지켜볼 의무가 있다."

싱글렌이 츠바이를 제지하자 로자는 기분 나쁘게 입가를 비틀었다.

"어라—? 쫄아서 연무전에 참가하지도 않은 겁쟁이 주제에 잘나셨어—. 온몸으로 변명하는 스타일의 무능한 상관— 그런 녀석은 알기 쉬워서 좋아한다고—."

"포, 폭언은 그만하게, 로자 경! 시, 싱글렌 경, 부디 용서해주시오. 그녀는 아직 군에 복귀한 지 얼마 되지 않은 몸이라—."

크게 당황한 그니우스 대신이 서둘러 상황을 정리하려 했지만 싱글렌은 미동도 하지 않았다.

이대로 놔두면 수습하기 힘들어지겠다고 판단했는지 대장인 마기알카가 끼어들었다.

"딱히 틀린 말도 아니니 그냥 내버려 두게. 그보다 겨우 결판이 났군. 상처도 치료해야 하니 일단 이쯤에서 해산하는 게 어떤가? 나도 긴 여행 탓에 피곤하구먼. 그러니 렐리, 이제 그만 쉬게 해주지 않겠는가?"

후아암…… 하고 귀여운— 아니, 본성을 숨기고 꾸며 낸 티가 나는 하품을 하며 마기알카가 그렇게 정리했다.

"응, 그렇게 할까? 당신은 학원제에서 실컷 놀았지만 말야."

"호오. 내가 그랬단 말인가? 요즘 들어 건망증이 심해져서 말이지— 그보다 누가 늙었다는 게야?!"

"……."

그 분위기를 고려하지 않는 썰렁한 대화 직후, 이번 연무전을 제안한 『창조주』의 수장 리스테르카가 자리에서 일어났다.

"두 분 다 진정하세요. 우리는 동포입니다. 서로에게 득 될 것 없는 싸움은 피하도록 해요."

그 말을 받아들인 것인지는 분명하지 않았지만 로자는 장갑을 해제했고, 츠바이베르크도 자리에 앉았다.

그리고 『강철의 마녀』는 유유한 발걸음으로 연무장 밖으로 떠났다.

"죄송합니다. 룩스. 저 때문에……."

"아녜요. 세리스 선배가 무사해서 다행입니다."

룩스는 고개를 푹 숙인 세리스에게 다정하게 미소 지으며 대답했지만, 사실상 앞으로 한 달 동안 『탑』의 공략은 헤이부르그가 독점하게 되었다.

그 조사의 여파로 인한 환신수 피해 및 라그나뢰크가 밖으로 나왔을 경우의 방어 대책은 신왕국의 위협으로써 항상 존재하게 되리라.

이번 일에 대해서는 룩스 일행도 신왕국 측에 어떠한 책임을 져야 할 가능성이 있지만, 지금 고민해 봐야 뾰족한 수가 생기는 것도 아니다.

그렇게 생각하며 시선을 옮긴 룩스는 세리스의 두 팔에 희미한 멍이 남아 있는 것을 보았다.

시합 직전까지는 장의 위에 하얀 외투를 걸치고 있었기 때문에, 룩스는 지금까지 알아차리지 못했다.

"—머, 먼저 실례하겠습니다!"

그것을 들킨 세리스는 그 자리에서 달아나다시피 떠나버렸다. 그리고 관객석에 있던 『창조주』들, 『칠용기성』 멤버들, 지도자 대리인들도 하나둘 떠나기 시작했다.

"……."

마지막 순간에 공격을 선택하는 대신 세리스를 보호한 자신의 판단은 틀리지 않았다고 생각하고 싶었다.

그대로 도박하는 셈치고 로자를 공격하는 건 너무나도 위험했다.

반대로 약해진 카렌시아를 가차 없이 공격해서 쓰러트렸다면 그것으로 승리를 거두었을지도 모른다.

설령 그 결과 카렌시아와 그녀의 가족이 로자에게 끔찍한 짓을 당한다 해도, 다른 나라의 무관에게까지 동정을 베풀 필요는 없었을지도 모른다.

하지만—.

『자신과 가까운 사람을 단 하나도 희생시키지 못하고, 잘라버리지 못하는 정의를. 악조차 구하고자 하는 너의 덧없는 이상을, 나는 진심으로 응원하마.』

그 연민과 실망을 내포한 후길의 미소가 룩스의 심장을 옥죄었다.

결국 자신은 그때와 아무것도 달라진 게 없었다.

나는 그저 혼자만의 이상을 내건 채 잘못된 길을 달리고 있는 것이 아닐까?

5년 동안 날품팔이 생활을 해 왔음에도, 결국 타인의 마음을 이해하지 못하는 것이 아닐까?

"나는…… 나는, 대체 어떻게─."

"오빠, 괜찮으세요?!"

아이리와 함께 리샤와 크루루시퍼, 피르히, 트라이어드 멤버들이 룩스 곁으로 달려왔다.

"응, 걱정 끼쳐서 미안해."

그러나 룩스는 자신이 지금 마음에서 우러나오는 것이 아니라 꾸며 낸 웃음을 짓고 있음을 자각했다.

그것은 어린 시절 구제국의 황자로 살던 자신.

본심을 숨긴 채 살던 그 시절의 자신이 짓던 거짓된 미소였다.

일반 손님이나 다른 학생들에게 결과를 알리지 않은 채 연무전은 조용히 막을 내렸다.

의무실에서 기초적인 치료를 받은 후 아무 일도 없었던 것처럼 학원제로 돌아갔고, 어느덧 날이 저물었다.

†

오후 일곱 시─ 식사 시간이 끝난 한가을의 밤.

밤이 깊어지기 시작한 시각, 한 소녀의 그림자가 학원장실 앞에 도착했다.

"실례합니다."

노크를 한 다음 안으로 들어가자 책상 앞에 앉아 있던 렐리가 웃으면서 반겨주었다.

"어머? 오늘은 수고 많았어요. 뒷정리는 휴일을 끼고 하루 걸리니까 아직 그렇게 서두르지 않아도 되는데."

"학원장님은 여전하시군요."

세리스는 그녀의 익살맞은 반응에 쓴웃음을 지었다.

생각해보면 뿌리부터 고지식한 자신은 렐리를 보며 이따금 『불성실하다』라고 생각한 적도 있지만, 지금은 그 소탈한 태도가 고마웠다.

"제가 방문한 목적은 알고 계실 거라고 생각합니다. 이번 일의 책임을 지고 『칠용기성』 보좌관 자리에서 사임하려고 합니다."

어딘가 가라앉은 분위기로 세리스가 말하자 렐리는 살짝 고소를 머금었다.

"요즘 젊은이들은 너무 진지하군요. 저만 해도 그만한 사고를 친 주제에 지금도 태연하게 학원장 일을 하고 있건만. 당신이 한 행동은 신왕국 그 자체를 구하기 위해 누군가는 해야만 했던 일이에요. 게다가 승패는 그때의 운에 달려 있답니다. 실제로 여러분은 무승부로 끝나지 않았나요—"

"제가 쓸데없는 것에 정신을 빼앗겨 누군가에게 붙잡히지만 않았더라면, 불리한 조건으로 싸우게 될 일도 없었을 겁니다. 역시 원인은 제 미숙한 마음에 있다고 판단합니다."

"그 수상한 『적』에 대해서도 지금 조사 중입니다. 결과가 나온 뒤에 판단해도 늦지 않아요."

렐리는 사각사각 서류 위로 펜을 움직이며 담담하게 말했다.

그러나 세리스는 심호흡을 한 번 하고서 보좌관 사직서를 렐리 앞에 내밀었다.

"배려해주셔서 감사합니다. 하지만— 지금 이 상태로는, 이 이상 룩스의 보좌관을 계속해 나갈 자신이 없습니다."

룩스 곁에 있으면 어째선지 평정심을 유지할 수가 없었다.

그 원인을 파악하지 못한 채 웨이드의 환영을 보았고, 그러면서 생긴 빈틈을 찔리고 말았다.

이런 상태로 『보좌관』을 계속할 수는 없었다.

"……알겠습니다. 이건 제가 맡아 두겠어요."

"부탁드리겠습니다. 그럼—."

그 한마디를 끝으로 세리스는 발길을 돌려 안뜰로 향했다.

밤바람을 쐬며 자신의 마음을 정리하기로 했다.

†

같은 시각. 학원 부지 내, 제4 기룡 격납고 앞.

그것은 어쩌면 예견된 습격일지도 모른다.

세계 회의 장소가 학원으로 지정된 후 성채 도시 주변에는 많은 증원 병력이 배치되었다.

학원 일대는 《드레이크》를 투입해서 레이더로 상시 경계하였으며, 1번 지구에 있는 관청에서 머무는 각국 요인들의 경호도 완벽했다.

게다가 각국의 기룡사 중에서도 정점에 자리하는『칠용기성』전원이 한자리에 모여 있었다.

이런 상황에서 성채 도시가 공격당할 가능성은 한없이 낮았다.

도적이나 평범한 환신수 정도는 언급할 가치조차 없으며,『용비적』이라 해도 이곳을 습격할 수 있을 리 만무하다.

그곳을 지키는 병사들이 그러한 자만심, 낙관적인 생각을 품지 않았다고 단언할 수는 없었다.

하지만 그렇다 해도 경비병— 신왕국군에 소속된 남성 기룡사들은 명령받은 경계 임무는 게을리하지 않았다.

만약 그들에게 비난받을 만한 구석이 있다고 한다면, 그것은 딱 하나.

예상한 범위 이상의 위협이 찾아올 거라는 생각은 털끝만큼도 하지 않았다는 점이다.

다시 말해 이날 밤에 습격한『용비적』의 본대는, 그들의 어설픈 예측을 가볍게 웃도는 규모였다.

신왕국군《드레이크》가 탐지할 수 있는 범위에서 한참 벗어나 있는 학원의 상공.

그 사내는《와이번》부대를 이끌고 공중에 떠 있었다.

"—아이러니하군. 일기당천의 정예 병력들이 한자리에 모이자 오합지졸로 변하다니. 덕분에 우리에게도 역습의 기회가 찾아왔다만."

장의 아래로 드러난 햇볕에 그을린 까무잡잡한 피부.

기골장대한 덩치와 다부진 인상이 돋보이는 빈틈없는 풍모.

『용비적』삼두목 중 한 사람, 천룡(天龍) 사단장 가투한이 한밤중의 학원을 내려다보고 있었다.

아니, 그의 목표는 학원 그 자체가 아니었다.

강한 의지가 깃든 그 눈동자는 부지 내의 기룡 격납고를 바라보고 있었다.

남자가 두른 대형 신장기룡의 양손과 등에는 특이하게 생긴 『알』이 무수히 있었다.

반투명한 파란색 껍데기로 뒤덮인, 사람 머리보다 두 배 정도 커다란 알.

내용물이 기묘하게 꿈틀거리는 그것을, 등 뒤에 있는 부하들도 안을 수 있는 만큼 안고 있었다.

"응—. 하지만 뭐, 그게 전부는 아니잖아? 이 녀석들이 방심한 덕도 있기는 하지만, 『협력자』가 도와주지 않았다면 무리였을 거야. 그런 자만심은 좋지 않다고 생각하는데? 가투한."

그때 가투한의 기룡의 발에 붙들려 있던 어린 소년이 천진한 얼굴로 올려다보며 입을 열었다.

그 말을 듣고 거한은 쓴웃음을 지었다.

"여전히 귀여운 구석이 없는 녀석이로군. —하지만 그렇게 나오지 않으면 곤란하지. 나나 드라켄과 어깨를 견줄 만한 실력자로서 지룡(地龍) 사단장으로 뽑혔으니까."

다소 에두른 말투로 동지를 칭찬해주었지만, 정작 소년의 반응은 무뚝뚝했다.

"입바른 소리는 됐으니까, 그만 시작하자고. 지상의 감시 병력은 허수아비 수준이지만 누가 언제 눈치챌지 몰라. 곧 달이 구름 속에 숨을 테니 그때 행동에 나서자. 양동은 내가 맡겠어."

"알았다. 순서는 예정대로다— 가자! 바인!"

거한 가투한의 신호와 동시에 상공의 《와이번》 부대가 『알』을 투하했다.

그리고 기룡 격납고 옥상에 잇따라 직격한 알의 껍데기가 깨지며 내용물이 흘러나왔다.

†

"좋아— 뭐, 이 정도면 괜찮을 거다. 당장 움직이는 정도로는 문제없어."

한편, 간단하게 전시품 정리가 끝난 장갑기룡의 공방.

하얀 가운을 두른 리샤가 한숨을 푹 내쉬며 기지개를 켰다.

"축제가 끝난 직후인데 귀찮게 해드려서 죄송해요, 리샤 님."

자신이 섬기는 공주의 노고에 고마움을 표하며 룩스는 식당에서 가져온 홍차를 내렸다.

그것을 한 모금 마신 다음 리샤는 털털한 태도로 룩스의 어깨를 두드렸다.

"뭐, 어쩔 수 없잖느냐. 이 시간에는 정비사들도 퇴근하는데다, 지금 같은 시기에 너희의 기룡을 수리하지 않아 쓸 수 없는 상태로 놔두는 건 피하고 싶다."

학원 부지 내에 있는 제4 기룡 격납고의 문은 잠겨 있었고, 밖에서는 병사들이 엄중하게 경계하고 있었다.

학생도 들어갈 수 없는 그 중요 구획에는 이번에 소집된 『칠용기성』의 신장기룡 대부분이 보관되어 있었다.

리샤가 제4 기룡 격납고에서 외부의 공방으로 운반하여 정비한 것은 룩스의 《바하무트》와 세리스의 《린드부름》이다.

아직 시스템을 조정하지 않았기 때문에 당장 부를 수는 없는 상태였지만.

"그, 그나저나 좀 피곤하구나. 이럴 때는 그……, 마사지를 좀 해줬으면 좋겠다만……."

리샤는 룩스를 슬쩍 바라보며 기대를 담아 말했다.

"아, 네. 저도 괜찮다면―."

룩스가 반사적으로 대답하자 리샤는 「좋았어」라고 생각하며 몰래 주먹을 쥐었다.

'조금 부끄럽지만, 가, 가끔은 이렇게 대담한 행동도 해봐야지. 게다가― 흥미도 좀 있고.'

가운을 벗고 교복 차림이 된 리샤를 가까운 소파에 눕힌 다음, 룩스는 그녀의 어깨와 목, 등을 중심으로 주물렀다.

"음, 크……. 역시 능숙하구나. 그, 몸이 개운해지는 기분이 드는군."

"고맙습니다. 역시 많이 뭉치셨네요."

기분 좋아 보이는 그녀의 반응에 룩스도 기쁘게 대답했다.

서로 살을 맞닿는 방법으로도 남녀의 사이를 깊게 다질 수 있다는 이야기를 들어본 적 있는 리샤는, 아무래도 그 말이 틀리지 않은 것 같다고 생각하며 만족스러워했다.

그녀는 최근 크루루시퍼가 룩스에게 적극적으로 작업을 건다는 이야기를 듣고 라이벌 의식을 불태운 것이지만, 조금 지나쳤나 싶은 생각이 들어 새삼 부끄러웠다.

신경 쓰이는 이성— 아니, 좋아하는 남자가 자신의 몸을 주물러주는 것이 의외로 기분 좋아 예상 이상으로 힘이 빠져나갔다.

'조, 조금 교양 없는 행동이라는 느낌도 들지만, 이 정도는 괜찮겠지? 피곤한 건 진짜고, 게다가 룩스는 내 기사니까—.'

세차게 뛰는 가슴의 고동을 느끼며 리샤가 그런 생각을 하는 동안에 룩스 역시 당혹스러운 감정을 느끼고 있었다.

리샤는 작고 가냘프지만 내면에 강한 열량을 숨기고 있는 소녀다.

그런 룩스의 인상을 뒷받침하는 것처럼, 말랑말랑한 살을 주무르면 따뜻하고 기분 좋은 탄력이 손가락을 밀어냈다.

작은 몸집에 비해 커다란 가슴이 소파에 눌려서 옆으로 삐져나와 등 너머로 자신의 존재감을 주장했다.

적당하게 통통한 하얀 허벅지와 잘록하게 들어간 허리가 한데 어우러지면서 엉덩이의 매끄러운 라인을 강조하였으며, 스커트가 아슬아슬한 위치까지 올라가 속옷이 보일 것만 같았다.

리샤는 전혀 의식하지 못하고 있었지만, 그런 요소들이 우연히 겹치면서 룩스의 정욕을 살살 자극했다.

'아니, 내가 지금 무슨 생각을 하는 거지……?! 세리스 선배 문제도, 빨리 어떻게든 해야 하는데―.'

반성하면서 잡념을 떨쳐 내고 룩스는 신중하게 마사지를 계속했다.

하지만 그 손이 허리 근처까지 내려갔을 때 리샤의 몸이 흠칫 경직됐다.

"저, 저기, 슬슬 그만해도 될까요? 이제 허리 정도밖에 안 남았는데―."

"따, 딱히 계속해도 나는 상관없다만? 그, 단순한 마사지일 뿐이니까……."

리샤의 말투는 뾰족했지만, 그 목소리에는 룩스가 알아차릴 수 있을 정도의 부끄러움이 섞여 있었다.

허리를 주무르다 보면 그대로 엉덩이까지 건드리게 될지도 모르지만―.

'진정해라, 나! 전속 기사면서 리샤 님께 음흉한 생각을 품다니 제정신이야? 이럴 때는 다른 상황을 떠올리며 냉정함을―.'

동요한 룩스는 즉시 자신을 다스리기 위해 머리를 굴렸다.

그러자 비슷한 상황이 번쩍 떠올라 그것을 대신 이미지하기로 했다.

"그러고 보니 세리스 선배하고도 지금이랑 비슷한 상황을 겪어본 적이 있어요. 그때는 훨씬 더 위험했지만……."

"위, 위험했다니―."

"그게, 그때도 이런 식으로 마사지를 해드렸는데, 선배는 알

몸으로— 아니, 말이 잘못 나왔네요! 아무것도 아닙니다?!"

"⋯⋯뭣?!"

룩스가 저도 모르게 실언한 것을 후회한 순간, 리샤는 석화한 것처럼 경직되었다.

그리고 소파에서 벌떡 일어나 검은 아우라를 풀풀 풍기며 뒤를 돌아보았다.

"—넌 대체 내가 모르는 곳에서 무슨 짓을 하고 다니는 거냐?! 이, 음란한 자식!"

리샤는 눈물을 글썽이며 기공각검을 칼집째로 휘둘렀다.

그 후로 과거에 있었던 사건을 설명하여 리샤를 진정시키기까지 약 15분의 시간이 필요했다.

†

그 무렵— 기룡 격납고 앞.

밤의 어둠에 숨어 검은색 점액— 채프 슬라임이라는 이름의 신형 환신수를 담은 『알』이 지붕 위에 떨어져, 그 점액이 격납고 전체를 뒤덮기 시작했을 때—.

학원 부지 내에 착지한 지룡 사단장 바인이 그 육전형 신장기룡을 기동했다.

"헉—?! 웬 놈이냐?!"

"『용비적』인가, 그렇다면— 크헉?!"

갑자기 나타난 침입자에 당황하는 경비 기룡사들을 향해

바인은 아무 말 없이 공격에 나섰다.

공격이라고 해도 필살의 일격을 선보인 것이 아니라, 용미강선을 이용한 가벼운 견제였다.

"우리는 어떤 물건을 가져가러 왔다고. 그러니 좀 찾아봐야 겠어."

바인은 무뚝뚝한 표정으로 말한 후 기룡을 움직여 그 자리에서 이탈했다.

괜히 실력을 과시했다가 바로 『칠용기성』을 불러오면 곤란하므로 이목을 모으는 정도로만 움직였다.

"적은 기껏해야 한 기다! 퇴로를 차단하고 포위해!"

바인은 신왕국군 병사들이 그렇게 소리쳤다는 사실에 만족하며 잠시 그 장소를 빙글빙글 돌았다.

그로부터 10초 후, 『용비적』의 《와이번》 부대도 밑으로 내려왔다.

"하하핫! 누가 귀족 아니랄까봐, 정예라고 해도 별것 아니로구먼!"

혈기왕성한 『용비적』 사내들이 각자의 무장을 꼬나 쥐고 달려들었다.

"……증원인가?! 그렇다면 우리도 온 힘을 다해 상대해주마! 전원 발검하라!"

경비대장이 우렁차게 소리치자 이제 막 도착한 병사들이 일제히 기공각검을 뽑았다.

그러나 패스 코드를 외웠는데도 그들 앞에는 기룡이 나타나지 않았다.

"—큭?! 무슨 일이냐, 왜 장갑기룡이 소환되지 않는 거지?!"

"핫! 멍청한 놈들! 그대로 뒈져버려라!"

『용비적』 부대원들은 동요하는 경비병들을 향해 브레스 건을 발사했다.

전투 개시를 알리는 봉화가 올라간 기룡 격납고 뒤. 우연히 그 자리에 있던 아이리는 전율에 사로잡혔다.

"이 검은색 환신수는…… 오빠가 알려준 채프 슬라임……?!"

기룡을 조작하는 신호를 방해하고, 그와 동시에 달라붙어서 움직임을 구속하는 신형 환신수.

필시 기룡 격납고 지붕 위에 그것을 대량으로 떨어뜨린 다음, 밑으로 흘러내리게 해서 표면을 감쌌을 것이다.

아무리 강력한 장갑기룡이 무사하다 해도, 불러내지 못한다면 아무 의미도 없다.

한시적으로 이곳에 보관하게 된 『칠용기성』의 신장기룡들도 예외는 아니었다.

위험하다— 순식간에 위기임을 파악한 아이리가 서둘러 그곳에서 벗어나려고 했을 때, 그것이 나타났다.

"당신은—?!"

교전을 개시한 『용비적』과 신왕국군의 기룡사.

그 사이에 순백색 드레스를 입은 아름다운 소녀가 서 있었다.

어깨까지 내려오는 찰랑찰랑한 은발과 보석 같은 벽안.

갑자기 나타난 그 장소와 어울리지 않는 존재는, 광탄과 칼날이 울부짖는 전장 속에서도 미동조차 하지 않으며 그저 미소 짓고 있었다.

"……뭐야?! 뭐하는 놈이냐?!"

"이곳은 위험합니다! 어서 대피—."

달아나려는 낌새도, 겁먹는 낌새도 없이 그저 미소를 머금고 서 있는 그녀의 모습을 보며 두 세력의 병력들은 동요했다.

바로 그 순간 소녀의 입이 쩌억 열리면서 어마어마한 절규가 터져 나왔다.

"—이이이이이이이이이이이이이이이아아아아아아아아아아악!"

"……크아악?!"

대기를 뒤흔드는 절규가 고막을 강렬하게 타격했다.

'이 울음소리는, 뿔피리의—?!'

아이리가 머리 한구석에서 그렇게 생각했을 때, 몇 초에 걸쳐 울려 퍼지던 포효가 그쳤다.

하지만 동시에 뿔피리의 음색이 메아리처럼 남아 그 소녀의 몸에서 방출되기 시작했다.

마치 몸 자체를 떨어 연주하는 매미처럼, 그 인간형 마물은 환신수를 불러들이는 악마의 잔향(殘響)을 연주했다.

"이, 이 소녀는 뭐지?! 인간이 아닌가?!"

"에잇, 뭐든 상관없으니 방해한다면 죽여버려!"

신왕국군과『용비적』이 떨리는 목소리로 소리쳤다.

"정체가, 무엇인가요? 당신은—."

건물 그늘에 숨어 있던 아이리는 소녀를 향해 반사적으로 질문했다.

드레스 차림의 소녀가 겁 없는 미소를 보인 순간, 불현듯 어디선가 들은 이야기가 떠올라 전율했다.

"투쟁, 살의, 악의를 확인. 지금부터 이 일대를 섬멸하여 구제(救濟)에 나서겠습니다."

혼잣말 같은 목소리와 동시에 소녀의 눈동자가 요사스러운 빛을 띠었다.

더욱이 온몸에서는 끝부분이 뾰족한 촉수가 튀어나오더니 채찍처럼 꿈틀거렸다.

"이건—?!"

그 징그러운 변모를 목격한 아이리의 온몸에 소름이 돋았다.

뿔피리의 음색과 비슷한 잔향은 잦아들지 않았으며, 소리는 서서히 커지기 시작했다.

"환신수를 부르고 있어? 사람처럼 생겼으면서, 왜—?!"

"위험합니다!"

촉수가 아이리를 노리고 날아든 찰나, 바로 옆에서 뛰어든 누군가가 그녀를 안고 몸을 날렸다.

순간적인 충격에 놀란 아이리는 자신을 구해준 소녀의 얼굴을 보았다.

"세리스— 선배?"

"조심하세요, 아이리. 저것은 정상적인 존재가 아닙니다."

세리스는 긴장한 표정으로 아이리에게 경고했다.

그리고 레이피어 형태의 기공각검을 뽑은 세리스는 경계심

을 품으며 정체불명의 소녀를 향해 돌아섰지만— 그 순간 그
녀의 표정에 그늘이 내려앉았다.

"세리스, 왜 그러느냐? 무언가 끔찍한 것이라도 보았느냐?
내 자랑스러운 제자야."

"웨이드, 선생님……."

정체를 알 수 없는 존재의 외형은 어느새 옛 스승의 모습으
로 바뀌어 있었다.

직후에 그 몸에서 다시 촉수가 튀어나와 주변에 있는 모든
것을 휩쓸었다.

†

"……나 원 참. 요즘은 좀 얌전해졌다 싶었더니, 너의 그 밝
히는 성격은 전혀 바뀌지 않았구나."

룩스와 세리스가 적의 함정에 빠져 그런 일을 겪게 되었다
는 설명을 듣고 난 뒤에야 리샤는 간신히 흥분을 가라앉혔다.

하지만 마사지를 계속할 분위기가 아니었기 때문에 두 사람
은 잡담을 나누기 시작했다.

그리고 룩스가 해명을 마친 후 때마침 세리스 이야기로 넘
어갔을 때, 리샤가 불쑥 질문을 던졌다.

"—그래서 조금 전부터 네 표정이 우울한 이유는 세리스 때
문인 게냐?"

"네……?"

갑작스럽게 정곡을 찔린 룩스의 사고가 한순간 굳어버렸다.

자신과 세리스가 로자 페어와 맞붙었다가 무승부로 끝난 그 일전 후, 어두운 모습은 보여주지 않았을 텐데—.

"나를 너무 만만하게 보지 말거라, 룩스. 나도 오랫동안 거짓말을 하며 살아온 몸이다. 거울을 보면 내가 그때 어떻게 웃었는지 정도는 알 수 있어. 그렇게 무리를 하면서까지 웃어야만 하는 괴로움도 말이다."

"리샤, 님……."

일찍이 구제국에 인질로 잡혀 있었던 리샤는, 아버지인 아티스마타 백작에게 버림받은 후 다시 구출되어— 자랑스러운 영걸의 딸로서 신왕국의 공주 자리에 앉게 되었다.

그럴 자격이 없다고 생각하면서도 그 지위를 연기해야만 했던 소녀.

그렇기에 리샤는 룩스가 무리해서 웃고 있는 모습을 가만히 보고 있을 수 없다고 말했다.

"게다가 너답지 않구나. 여느 때 같았으면 억지로라도 세리스를 위로하러 갔을 테지? 개인적으로는 그런 행동은 하지 않았으면 하는 바람이다만…… 왜 이번에 한해서는 망설이는 게냐?"

어쩐지 안타까움이 묻어나는 모습으로 말하는 리샤를 보며 룩스는 쓴웃음을 지었다.

"저 스스로가, 그것이 옳은 행동인지 판단할 수 없게 되어버렸거든요."

그리고 천천히 자신의 속내를 털어놓았다.

"5년 전 그날 이후로 저는 줄곧 고민해 왔습니다. 왜 후길 형님이 나를 배신했을까? 아니면 처음부터 이용당하고 속고 있었을 뿐인 걸까? 제국 측에 선 수많은 사람들을 죽음으로 내몰고 날품팔이 왕자가 된 뒤에도, 저는 계속 방황하고 있었어요."

그때 리샤와 만나 자신의 새로운 안식처와 목적을 찾아냈다.

이번에야말로 자신이 믿을 수 있는 사람들을 위하여 싸우고자 『칠용기성』의 길을 선택했다.

하지만……

"하지만 형님과…… 후길과 세계 회의 자리에서 재회했을 때 마음이 흔들리고 말았습니다. 나는 결국 과거와 달라진 게 없을지도 모른다고, 결국 타인의 마음 같은 건 전혀 이해하지 못하는 걸지도 모르겠다고……. 그렇게 생각하니…… 오늘 세리스 선배를 도와주지 못한 제가, 무슨 말을 해줘야 할지 판단할 수 없게 되어서……."

"……."

리샤는 자신의 고뇌를 조용히 토로하는 룩스를 잠시 말없이 지켜보다가, 느닷없이 손을 움직였다.

찰싹. 가볍게, 전혀 힘이 실리지 않은 손바닥으로 리샤는 룩스의 뺨을 때렸다.

"아……."

하나도 아프지 않았지만, 정신이 번쩍 든 것 같은 기분이 들었다.

리샤는 화내지 않았고, 슬퍼하지도 않았으며, 경멸하지도 않았다.

그저 똑바로, 자신감과 긍지를 품은 고결한 공주의 모습으로 룩스를 바라보았다.

"네가 잊은 것 같아서 하는 말이다만— 나는 약하다."

"—네?"

리샤가 자신만만한 태도로 그런 말을 하자 룩스는 당황했다.

"나보다 강한 기룡사들이 계속해서 동료로 들어오지, 네게는 자꾸 새로운 여자들이 접근하지, 왕녀로서도 부족한 점이 많지— 아버지께 버림받으면 마음이 꺾여버릴 정도로 약하지. 어떻게든 제 몫을 다해보겠다고 노력하고 있지만, 지금 하는 일이 옳은 건지 솔직히 모르겠다. 하지만 말이다—. 그렇다고 해서 아무것도 하지 않는 건, 그저 도피행일 뿐이다."

서두를 꺼내며 리샤는 똑바로 룩스를 바라보았다.

처음 만났을 때처럼, 강한 자신감이 깃든 붉은 눈동자로—.

"네가 옆에 있기에 나는 달아나지 않고 싸울 수 있다. 네가 무슨 잘못을 했다 해도 상관없어. 네가 구하기 위해 싸웠다는 것만으로, 나는 이렇듯 구원받았잖느냐. 옳고 그름을 몰라 아무것도 할 수 없다니, 멋대로 그런 생각 하지 마라."

"……."

룩스의 가슴 속에 깃들어 있던 응어리가 리샤의 말을 듣는 사이에 사라져 갔다.

이런 곳에서 풀 죽어 있을 상황이 아니었다.

자신에게는 아직 해야 할 일이 있었다.

설령 이 행동으로는 세리스를 구하지 못한다 하더라도, 행동 자체가 잘못되었다 하더라도, 그것을 걱정하여 행동에 나서기를 주저할 필요는 없다는 것을 알게 되었다.

"—리샤 님. 이 장갑 파편을 통해, 기룡의 정체를 알아낼 수 있을까요?"

룩스는 주머니에서 오후에 입수한 습격자의 단서를 꺼내 내밀었다.

학원제 도중에 코랄을 습격한 수상한 남자가 사용하던 장갑기룡의 파편.

그러자 기룡 개발자이기도 한 리샤는 그것을 받으며 즉시 대답했다.

"이건……《엑스 드레이크》의 어깨, 탐사 장치 외부 장갑 파츠 파편이군. 떨어져 나간 것은 쉽게 수복할 수 없으니, 장갑기룡의 본체를 조사해보면 특정할 수 있을 거다."

『강철의 마녀』— 로자 그랑하이드가 조종하던 《고리니시체》와 무인 기룡, 그리고 보좌관 카렌시아가 장착 중이던 《엑스 와이엄》.

연무전을 치르며 몰래 관찰해보았지만 이 두 기체에 상처는 없었다.

따라서 그 습격에 로자가 연루되어 있다는 증거는 되지 못했지만, 아직 한 가지 가능성이 더 남아 있었다.

무슨 목적으로 학원 주위를 경비하던 《드레이크》의 탐지를 돌파하여 세리스를 습격한 것인가.

일반 손님으로 입장하여 경비병의 움직임을 감시한 것.

그리고 광학 위장 기능을 지닌 《엑스 드레이크》라면 『그것』을 할 수 있다.

'녀석들의 목적은 표면적으로는 정식 절차를 밟아 신왕국을 무너뜨리는 것. 그렇다면— 다음에 나설 행동은—'

그렇게 생각했을 때 룩스의 마음속에서 확신이 생겨났다.

"세리스 선배가, 위험해……."

하지만 만일의 사태를 대비하여 일단 손을 써 두기는 했다.

그것이 제때 효과를 보일지가 문제였지만—.

룩스가 그렇게 생각한 찰나, 공방 문이 열리더니 티르파가 헐레벌떡 뛰어 들어왔다.

"루크찌! 리샤 님?! 여기 있었어?!"

씨근씨근 숨을 몰아쉬는 소녀의 등장에 리샤가 깜짝 놀라며 대답했다.

"오, 마침 좋을 때 왔구나. 지금부터 이 파편을 떨어뜨린 기룡의 주인을—."

리샤가 득의양양하게 꺼낸 말을 티르파의 절규가 지워버렸다.

"성채 도시가 위험해! 갑자기 환신수 100마리 정도가 주위에 모여들었어! 게다가 지금 기룡을 장착 중인 우리 외에는 아무도 장갑기룡을 불러내지 못하는 상황이라구?!"

"―뭣?!"

티르파의 다급한 목소리에 룩스와 리샤는 표정을 바꾸었다.

그 직후― 어마어마한 굉음과 진동이 학원 중심부에서 들려왔다.

Episode 5 성식(聖飾) —Ark—

　몸만이 아니라 마음도 단련했다고 생각했다.

　늘 냉정함을 유지하며, 어떤 상황에서든 최선의 행동을 취하기 위한 전제 조건.

　하지만 그것을 가르쳐준 스승이 괴물로 변했을 때, 모골이 송연해지는 기분으로 그것을 올려다보며 파르르 떨었다.

　"무엇, 인가……요, 저건—?!"

　학원 부지 안.

　강습한 『용비적』 부대와 경비병들이 교전한 직후, 다시 나타난 스승 웨이드의 환영이 그 형태를 변화시켰다.

　두 손에서 흐물흐물한 촉수 같은 것이 돋아난, 기괴한 환신수의 모습으로—.

　그 수십 메르나 뻗어 나온 끝부분은 바늘처럼 뾰족했고, 순식간에 『용비적』 지룡 사단—《와이엄》 사용자 몇 사람의 가슴을 꿰뚫었다.

　"이, 이 괴물 자식이이이이이이잇!"

　"—주, 죽어라아아아아아아앗!"

　나머지 『용비적』 기룡사 몇 명이 브레스 건과 캐논으로 집중

포화를 퍼부었다.

포화에 노출된 촉수 괴물의 온몸은 무참한 벌집으로 변했지만, 그 직후 눈 깜짝할 사이에 육체를 재생하여 반격에 나섰다.

부우욱! 다시 뻗어 나간 촉수가 《와이엄》의 장벽을 관통하고 몸을 잡아 찢었다.

차례차례 피어오르는 선혈의 꽃과 함께 주위에 절규가 울려 퍼졌다.

"웃……?!"

아이리가 짤막하게 비명을 지르자 세리스가 그녀의 눈을 팔로 가렸다.

『용비적』들이 하나둘씩 쓰러지는 가운데, 격납고가 봉쇄되기 전에 장갑기룡을 착용한 위병들이 세리스를 향해 소리쳤다.

"저희에게 맡기고 어서 대피하십시오!"

"학원 건물 안이라면 안전할 겁니다. 어서—"

유례없는 위협에 덜덜 떨면서도 병사들은 용맹하게 소리쳤다.

《린드부름》은 시스템 조정이 완료되지 않았는지 아직 소환할 수 없었다.

그렇다면 아이리를 지키면서 이 장소에서 이탈하여 태세를 정비하는 것이 최선이다.

그렇게 판단한 세리스는 학원 건물을 향해 달렸다.

"도망칠 셈이냐? 너는 네 간언 탓에 내가 죽었다는 사실을, 바로 얼마 전까지 숨기고 있었지? 숨긴 채 달아날 수 있을 거라고 생각했느냐?"

"—?!"

진흙처럼 탁한 목소리가 세리스의 뒤를 쫓아왔다.

고개만 살짝 돌려 뒤를 확인하자— 군 소속 기룡사들은 이미 거의 다 쓰러져 있었다.

"어떻게……?"

이상했다.

적이 아무리 강력한 환신수라 해도, 전투 준비를 마친 기룡사가 이리도 간단히 당하다니—.

게다가 이 적의 전투 방식은 어디선가 본 적이 있었다.

순식간에 육체를 재생하는 회복력과 촉수가 발휘하는 압도적인 파괴력.

과거에 상대했던 라그나뢰크, 포세이돈을 연상케 하는 능력이었다.

아이리의 손을 잡아끌며 달리기 시작했을 때 악마가 갑자기 멈춰 섰다.

세리스가 당황하여 뒤를 돌아보자 소리가 들려왔다.

"뿔피리 소리— 설마 이 환신수는, 다른 환신수까지 불러들일 수 있는 겁니까?!"

예감이 적중하여 지금까지 어디에 숨어 있었는지 거품처럼 환신수가 나타났다.

그것의 정체는 바다 괴물, 크라켄이라는 이름의 환신수 무리였다.

악마의 몸에서는 뿔피리 소리가 그칠 줄 모르고 계속해서 울려 퍼졌다.

끝나지 않는 피날레를 연주하는 것처럼 그 소리는 점점 커져 갔다.

마치 저 머나먼 땅, 다른 유적에 도사리고 있는 라그나뢰크까지 불러들이려는 것처럼.

"이것이 너의 약점이냐? 나의 제자, 세리스여."

"인간의 형태를 취하는 악마…… 설마, 이건—."

그 끔찍한 광경을 목격한 아이리가 떨리는 목소리로 중얼거렸다.

"평범한 환신수가 아니에요. 환마인을 뛰어넘는 천재지변과도 같은 상위종. 『창조주』들이 언급한—."

세계를 파멸로 인도하는 섬멸 병기— 인간형 종언신수 『성식라그나뢰크』.

그 정체에 전율하는 동시에 몇 명의 증원 병력이 달려왔고, 다시 지옥도가 펼쳐졌다.

†

그 무렵 전투가 벌어진 틈을 타 학원 건물 뒤쪽으로 침입하는 『용비적』이 있었다.

"뭐야, 왜 이리 늦었어? 덕분에 꽤 험한 꼴을 당했다구."

자물쇠와 사슬로 두 손을 구속당한 묘령의 여성이 감옥 안에서 미소 지었다.

반년 전에는 룩스가 감금되었던 학원 부지 내의 그 장소에서 『용비적』 삼두목 중 한 명, 인룡 사단장 드라켄이 신문을 받고 있었다.

그 정보를 입수한 다른 『용비적』 사단장 두 사람은 그녀를 구출하기 위해 이곳에 찾아왔다.

"네 《애스프》는 혼란을 틈타 이미 회수했어. 어서 이곳에서 빠져나가자고, 드라켄."

그 목소리의 주인은 길이가 짧은 상하의를 입은 소년이었다. 《와이엄》 부대가 기반을 이루는 지룡 사단 단장, 바인.

얼굴에는 아직 소년다운 천진난만한 모습이 남아 있었지만, 역전의 병사에게서 느낄 수 있는 연륜을 풍기고 있었다.

그리고 장년이라고 불러도 될 정도의 연장자이자, 큰 덩치와 까무잡잡한 피부가 특징인 남자, 가투한.

《와이번》 부대를 주축으로 삼는 천룡 사단장이자 실질적인 『용비적』의 리더라고 할 수 있는 이 남자는 바인의 뒤를 이어 대담한 미소를 지었다.

"『성식』이 이곳에 나타났다. 우리도 예상하지 못한 우연이다만, 기룡 격납고를 채프 슬라임으로 뒤덮은 직후에 말이지."

"……뭐라고?"

그때까지 여유를 보이던 드라켄은 『성식』이라는 말에 반응하여 험악한 표정을 지었다.

"아직 움직일 수 있는 기룡사를 상대하는 것만 해도 귀찮아서 바로 철수하려고 했는데— 이 기회를 이용하면 『칠용기성』

의 주력까지 짓뭉갤 수 있을지도 모르겠어."

"……."

가투한이 호언장담하자 드라켄은 드물게도 난처한 표정을 드러냈다.

"농담이다. 그 『성식』이 나타난 이상, 여기에 있으면 우리 목숨도 위험해. 너를 구하기 위해 편성한 부하들은 이미 잡아먹혔다. 이 이상 전력을 잃으면 이후의 계획에 차질이 생겨."

"그럼 됐네. 이래 봬도 지난번에 부하들을 죽게 만든 건 반성하고 있어. ―그래서 우리의 고용주는 뭐래?"

"이대로 목적을 달성하라더군. 놈들에 대한 방해 공작과 유적의 공략. 먼저 『대성역』에 도착하면 그 시점에서 이 세계 자체를 손에 넣을 수 있다. 무뢰한이라며 핍박받아 온 우리가 천하를 쥘 날도 그리 멀지는 않아."

"덜미를 잡히지 않는다면 좋을 텐데. 여하간 상대가 상대니까 말이지."

자신을 구속하던 족쇄에서 벗어난 드라켄은 가투한의 진취적인 말을 들으며 쓴웃음을 지었다.

"위험하다는 건 알고 시작한 거잖아. 문제는 일을 성공으로 이끌어 가기 위한 순서를 관리하는 거지. 안 그래?"

소년 사단장 바인의 질문에 "그건 그래."라며 드라켄도 순순히 수긍했다.

그리고 가투한은 자신의 신장기룡의 장갑 팔로 드라켄을 안고, 주위를 경계하며 어둠을 틈타 부지 밖으로 날아갔다.

"열심히 해보라고, 『칠용기성』 제군들. 운이 나쁘면 내가 당신들에게 역습을 가할 기회조차 오지 않을 테니까."

그것은 단순히 비아냥거리는 것이 아닌 드라켄의 본심이었다.

약간의 기대를 담은 드라켄의 혼잣말을 끝으로 그들은 전선에서 이탈했다.

†

『성식』의 공격 앞에서 아이리를 지키며 도주 중인 세리스를 건물 그늘에 숨어 지켜보고 있는 사내가 있었다.

자신은 사냥꾼이다. 사기꾼도, 도둑도 아니다.

마음속으로 그런 말을 자기 자신에게 들려주며, 조용히 기회를 기다리고 있었다.

생각해보면 지금까지 자신은 변변치 못한 인생길만을 걸어왔다.

기룡사로서 그럭저럭 재능은 있는 편이었다.

그러나 초일류가 될 수 있는 실력은 손에 넣지 못했으며, 왕후 귀족들에게는 이유 없이 미움받아 왔다.

상관이 저지른 부정을 알면서도 묵인한 죄로 겔다프는 벌을 받아 투옥되었다.

"—부조리한 이야기지."

어차피 사람은 누가 되었건 음지에서는 태연하게 악행을 저지른다.

더 강한 자가, 당연한 행동을 하는 것일 뿐.

그런데 어째서— 그것을 묵인한 것이 죄가 된단 말인가?

하지만 자신은 발탁되어 죄인에서 기룡사로 복귀했다.

죄인이지만 그 행동을 인정받는 강자로서—.

《엑스 드레이크》에 장착된 희소 무장, 《원월용린(圓月龍鱗)》의 조준을 고정하며 젤다프는 재차 싱긋 미소 지었다.

서클러 에지

"아아—."

한숨과 함께 녹아내리는 듯한 쾌락이 뇌수에서 솟구쳐 올랐다.

자신의 눈앞에서 그 유명한 사대 귀족인 세리스티아가 싸우고 있었다.

동료 학생을 구하기 위해, 맨몸이면서도 절망하지 않고 저항하고 있었다.

젤다프는 그런 아름답고 고결한 무언가를 땅으로 떨어뜨리는 순간에 쾌락을 느꼈다.

결국은 악하게 행동하는 자의 승리—.

바른 길을 걷는 인간에게 그 현실을 들이대는 순간의 쾌감을 참을 수 없었다.

이번에는 자해를 가장해서 그녀를 처치하라는 명령을 받았다.

흔하지 않은 기회이니 그 이상한 환신수에게 먹힌 것처럼 보이게 해서, 원형을 알아보지 못할 정도로 해체하자.

그런 어두운 욕망을 불러일으키며 수중의 방아쇠를 당겼다.

그 순간 양 어깨에 장착된 희소 무장의 사출구가 희미하게 빛났다.

"……받아라!"

보라색으로 빛나는 고리 모양 칼날이 목표물을 향해 연달아 사출되었다.

세리스는 짐작조차 하지 못하고 있었다. 확실하게 명중할 터였다.

"—《기룡포효》!"
<small>하울링 로어</small>

그렇게 확신한 직후— 그 예상은 보기 좋게 빗나가 여덟 개의 칼날은 튕겨 나갔다.

"아니?!"

경악한 남자는 눈을 부릅뜬 직후 자신의 시야에 거대한 칠흑빛 기룡을 포착했다.

폭룡《바하무트》로 몸을 감싼 룩스가 그의 앞을 가로막고 있었다.

"네가 세리스 선배를 노린 범인이냐?"

"……무슨 말씀이십니까? 저는 신왕국의 위병입니다. 저 괴물을 해치우기 위해 공격할 기회를 노려서—."

분명 남자는 신왕국 군복을 걸치고 있었다.

하지만 룩스는 한없이 냉엄한 태도로 그를 향해 칼끝을 내밀었다.

"오늘 낮, 신원 불명의 기룡사와 교전했을 때 잘라 낸 장갑의 파편은 그《엑스 드레이크》에 난 흠집과 일치한다. 결백을 주장하고 싶다면 장갑을 해제해라."

남자는 세리스를 습격했을 때도 경비병의 옷을 빼앗아 변장하고 있었다.

그 전에 코랄을 유인한 이유는, 그 외의 다른 꿍꿍이를 꾸미기 위해서였을 것이다.

"……."

룩스의 지적에 겔다프는 작게 탄식을 흘렸다.

겔다프는 몇 초 정도 뜸을 들인 후 자신의 태도를 싹 바꾸었다.

"놀랍군. 내가 다시 습격할 것을 예상하고 저 여자의 뒤를 밟고 있었던 거냐?"

룩스가 겔다프를 발견한 것은 우연이 아니었다.

세리스를 함정에 빠뜨린 적이 그녀의 심신이 모두 약해졌을 때를 노릴 가능성이 있었기에, 트라이어드의 녹트에게 거리를 두고 세리스의 주위를 경계해주길 바란다고 부탁해둔 덕분이었다.

"보이지 않는 곳에 숨어서 음모를 꾸미는 인간의 생각쯤이야 대충 예상할 수 있거든."

"……호오. 하지만 좀 뜻밖이로군. 저 여자 탓에 신왕국은 궁지에 몰렸다. 그런 실패자의 신변을 그렇게까지 걱정하다니—."

"누군가를 위해 싸워본 적이 단 한 번도 없는 넌 모를 테지."

일찍이 구제국에서 혁명을 완수하려고 했던 룩스의 냉철한 안광.

그 눈빛이 자신을 향하자 겔다프는 입술을 질끈 깨물고 룩스와 대치했다.

"흥, 구제국의 죄인이 성직자 행세라. 좋다, 똑똑히 깨닫게 해주지! 비천한 핏줄로 태어난 내가 네놈의 정의를 모조리 더럽히고 절망을 때려 박아주마!"

부웅—! 《엑스 드레이크》가 후방으로 도약하며 다시 《서큘러 에지》를 사출했다.

종횡무진— 여덟 방향으로 날아간 고리 모양 칼날은 각기 다른 궤도를 그리면서 동시에 룩스에게 쏟아졌다.

몇 개는 검을 휘둘러 튕겨 냈지만 나머지 칼날이 《바하무트》의 장갑을 난자했다.

"나는 헤이부르그의 암살 부대 『육형사(六刑士)』의 일원, 『엽형(獵形)』의 젤다프 베일. 네놈을 사지를 찢고, 그 공작 영애의 긍지를 밑바닥에 처박아주겠다!"

거리를 벌리는 젤다프에게 이끌리는 것처럼 칼날은 그에게로 돌아갔다.

다시 사출하기 전에 룩스는 《바하무트》와 함께 날아올랐고, 전투가 시작되었다.

†

학원 부지 중심부.

뿔피리 소리를 떠올리게 하는 선율을 퍼뜨려 환신수의 대군을 소환한 『성식』 본체.

그것을 목표로 학원의 위병— 남자 기룡사 몇 사람이 온 힘을 다해 집중 공격을 퍼부었다.

광탄이 육체를 후비고, 참격이 팔다리를 절단했다.

그것으로 웨이드의 모습을 한 인간형 라그나뢰크—『성식』의 사지는 떨어져 나가, 원형을 알아볼 수 없을 정도의 무수한 고깃덩이로 변했다.

—하지만 바로 자잘하게 조각난 그 파편 하나하나가 동시에 재생을 시작했다.

그 광경을 본 세리스는 무슨 일이 일어날지 직감했다.

"도망치세요! 이곳은 제가—?!"

아이리에게 소리치는 도중에 그것이 불가능하다는 사실을 깨달았다.

현재 신장기룡《린드부름》은 사용할 수 없었다.

세리스가 말끝을 흐린 그 순간, 다시 부활한 무수한 숫자의 웨이드들의 손발에서 촉수가 뻗어 나와 위병들의 장갑을 꿰뚫었다.

"으아아아아아악!"

남아 있던 병사들의 비명이 들려오는 가운데 세리스는 필사적으로 대책을 궁리했다.

그때 불현듯 자신의 등 뒤에서 목소리가 들려왔다.

"세리스 선배, 리샤 님께서 보내신 전언입니다.『급하게 수리와 조정을 마쳤다. 지금이라면《린드부름》을 부를 수 있다—』."

제4 기룡 격납고가 봉쇄되기 전, 리샤는《린드부름》을 공방으로 옮겨 두었다.

따라서 수리만 끝내면 소환할 수 있는 상황이었다.

"녹트?! 어떻게 당신이……?"

『광학 위장』 기능을 작동한 채 뒤에서 다가온 인물은 《드레이크》를 장착 중인 녹트였다.

"이야기는 나중에 하지요. 지금은 적부터 섬멸해야 합니다."

크라켄 무리를 브레스 건으로 요격하며 녹트는 어디까지나 냉정하게 대답했다.

연무전을 마친 후 수리와 조정 중이던 《바하무트》나 《린드부름》처럼, 학원을 순찰하기 위해 기룡 격납고 바깥으로 꺼내 둔 덕분에 트라이어드 세 사람은 이 사태에 대응할 수 있었다.

룩스에게 부탁받아 녹트는 조금 전부터 숨어서 세리스를 호위하였으며, 샤리스와 티르파는 현재 리샤의 지휘를 따라 움직이는 중이었다.

"아이리는 제가 안전한 장소까지 경호하겠습니다. 그때까지 시간을 벌어주실 수 있겠습니까?"

"─네. 이 적은, 제 손으로 직접 결판내겠습니다."

나직하게 대답하는 동시에 세리스는 검을 뽑으며 자신을 추격하던 『성식』을 노려보았다.

순식간에 《린드부름》의 장갑을 장착한 그녀는 폭발적으로 가속하여 전방을 향해 돌진했다.

자아낸 뇌섬의 일격이 즉시 분신 한 마리를 숯덩이로 만들었다.

하지만 분열한 나머지 수십 마리의 『성식』이 웨이드의 모습으로 떠들어 댔다.

"크크크…… 여전히 무모하군. 자신이 의지할 수 있는 누군가를 찾아냈다는 말조차 허세였던 모양이구나."

세리스의 망설임을 내다본 것처럼 속삭였지만 동요할 틈은 없었다.

"결국 네 한계는 그 정도라는 게지. 싸움은 이만 끝내야겠군. ─편하게 만들어주마!"

수십 마리까지 분열한 『성식』이 어마어마한 숫자의 촉수를 사방으로 해방했다.

하지만 세리스는 《린드부름》의 신장 《지배자의 신역》을 사용해서 회피, 한 마리의 뒤쪽으로 돌아가 특대형 랜스를 내찔렀다.

"설령 그렇다 해도 저는 제 사명을 다할 겁니다. 국민을 위해 각오를 품고 구제국 황실에 충언을 올린, 진짜 당신처럼!"

허세라 하더라도 자신은 지금껏 단련해 왔기에 싸울 수 있었다.

아니─ 믿고 있기에 싸울 수 있었다.

분열한 수십 마리의 『성식』을 한 마리씩 처치하며 세리스는 투지를 불태웠다.

그러자 아이리를 데리고 후퇴한 녹트의 《드레이크》로부터 통신이 들어왔다.

『들리십니까, 세리스 선배. 아이리를 무사히 대피시켰습니다. 상황이 바뀌는 대로 샤리스와 티르파를 지원 보내고 싶은 마음이 굴뚝같습니다만―. 그 전에 룩스 씨의 부탁을 실행하겠습니다. 저는 그의 곁으로 가, 그의 말을 통신으로 당신에게 전달하겠습니다.』

지금의 세리스에게 대답할 여유는 없었다.

그래서 녹트의 말대로 이대로 용성 통신을 받아들이기로 했다.

『들어주세요, 세리스 선배. 당신의 오명을 씻기 위하여 싸우고 있는, 그의 말을―.』

†

헤이부르그의 부대 『육형사』의 일원인 젤다프는 자신의 본성을 드러내며 룩스를 향해 육박했다.

세리스의 긍지를 더럽히고, 밑바닥으로 떨어뜨린 후 자해로 위장하여 살해하려 하는 적의 흉계.

그 잔학한 행동을 막기 위해 룩스는 《바하무트》와 함께 학원 부지 내를 누볐다.

젤다프가 장착한 장갑기룡은 특장형 《엑스 드레이크》.

사족 보행 장갑기룡은 도약을 반복해서 공중에서 궤도를 바꾸며 추격을 회피했다.

원래는 《바하무트》의 기동력이 우위에 있었지만, 그 절묘한 도주 기술 때문에 룩스는 적을 붙잡지 못하고 있었다.

"언제까지 술래잡기를 할 생각이냐, 영웅 나으리! 저쪽에는 환신수의 대군이 나타났다고. 이 나를 쓰러트리기 위해, 학원의 아가씨들을 죽게 내버려 두기라도 할 셈이냐?!"

낄낄 웃으며 젤다프는 거리를 유지한 채 《서큘러 에지》로 견제했다.

학원제가 끝나 화톳불도 거의 들어와 있지 않은 부지 내는 어두워서, 룩스는 최대 속도를 내지 못하고 있었다.

반면에 젤다프는 아직 정리되지 않은 간이 음식점이나 특설 스테이지 등의 장애물을 레이더로 감지해서 지형을 파악하여 날렵하게 그 사이를 누볐다.

채프 슬라임으로 구성된 얇은 막이 기룡 격납고를 봉쇄한 탓에, 리샤를 비롯한 『기사단』 및 『칠용기성』의 장갑기룡은 거의 다 움직일 수 없는 상황이라 대기를 명령받았다.

신왕국을 신뢰하지 않아 다른 장소에 신장기룡을 보관해 두었던 부대장 싱글렌만은 움직일 수 있었던 모양이지만, 바깥에서 몰려오는 환신수를 토벌하기 위해 학원 밖으로 향한 모양이었다.

그의 목적은 1번 지구 관청에 머물고 있는 각국 요인들의 보호 및 자신의 실적을 쌓는 것.

기룡사의 정점에 서려고 하는 싱글렌은 세계 등급 순위를 올리면서 공적을 쌓아 각국 권력자들의 지지를 얻으려 하고 있다.

기룡사에 의한 지배 계급 제정을 꾀하는 싱글렌을 막으려면 룩스도 그쪽으로 가야만 할지도 모른다.

하지만…….

"나는 더 이상 망설이지 않을 거야. 설령 다른 누군가가 나를 인정해주지 않는다 해도, 나를 믿어주는 모두를 위해 싸우겠어!"

자신을 옭아매는 후길의 환영—.

그것을 뿌리치려는 것처럼 룩스는 《바하무트》를 가속했다.

쯧, 혀를 찬 젤다프는 궤도를 틀어 환신수 여러 마리가 들끓고 있는 안뜰 쪽으로 진로를 변경했다.

자기 손으로 퇴로를 끊은 것은 아니었다.

룩스와 환신수를 일직선으로 잇는 궤도에 들어갔을 때 《엑스 드레이크》의 위장 기능으로 모습을 감추었다.

"내분을 노리는 건가— 아니."

코앞으로 육박한 환신수, 크라켄 두 마리를 룩스는 즉시 베어버렸다.

그러나 공격하는 순간에 생긴 약간의 틈을 노리고 젤다프는 《서큘러 에지》를 사출했다.

보라색 빛줄기를 뿌리며 회전하는 원형 칼날.

룩스를 목표로 발사된 그것은 다시 여러 방향에서 그를 추격했다.

"큭……!"

방어할 방법이 마땅하지 않았다. 아무리 대검으로 막는다 해도, 한 번에 튕겨 낼 수 있는 것은 절반 정도였다.

장갑 팔 관절 부위에 명중하여 룩스의 몸에도 강한 충격이 전달됐다.

회전하는 칼날은 일정 시간 동안 장갑을 갈아 내며 확실하게 룩스를 약화시켰다.

"아아— 최고야. 나보다 월등히 뛰어난 강자를 농락하는 이 감각. 이래서 이 일을 그만둘 수 없다니까."

입맛을 다시는 소리와 웃음소리가 어둠 속에서 들려왔다.

하지만 룩스는 온몸에서 느껴지는 고통을 무시하며 겔다프의 모습을 포착하고자 다시 비상했다.

마침내 검이 닿는 간격까지 접근한 순간, 겔다프가 재차 발사한 《서큘러 에지》는 룩스를 노리는 대신 좌우로 산개했다.

"……큭?!"

순간적으로 허를 찔린 룩스는 금세 그의 목적을 눈치챘다.

적을 쫓던 룩스는 방향을 전환하여 원형 칼날이 사출된 쪽으로 재빨리 날아갔다.

그 방향에는 이곳에서 대피하기 위해 달리는 두 여학생이 있었다.

"꺄아악!"

《기룡포효》!"
하울링 로어

반사적으로 충격파의 소용돌이를 방출하여 원형 칼날의 궤도를 살짝 비틀었다.

그러나 원형 칼날이 방사하는 충격의 여파에 노출된 학생들은 그 자리에서 몇 메르를 나가떨어졌다.

그 찰나 《바하무트》는 소녀들 앞으로 이동해서 방패가 되어 감싸주었다.

하지만 그 반응을 예측하고 있던 젤다프는 다시 룩스와 거리를 벌리며 여자 기숙사 쪽으로 도약했다.

"캬하하핫! 아주 멋있는데? 그래야 정의의 왕자님이라고 할 수 있지—!"

젤다프의 조소가 어둠 속에서 메아리쳤다.

침착하자— 룩스는 속으로 자기 자신에게 충고했다.

젤다프의 노골적인 도발은 포석.

어디까지나 룩스의 동요를 유발해서 무리한 행동을 이끌어내기 위한 전략이다.

『성식』과 교전 중인 세리스를 지원하러 가야 하지만, 이 젤다프를 처리하기 전에는 도와주러 갈 수 없었다.

그러나 희소 무장인 《원월용린》이 문제였다.

지금의 룩스에게는 그 흉악한 성능을 보이는 동시 공격에서 헤어날 기술이 없었다.

이 궁지에서 벗어나게 해줄 가능성을 보유한 단 하나의 기술은— 아직 미완성이었다.

"핫, 멀쩡한 척하지 말란 말이다. 너도 그 공작가 아가씨랑 똑같구나. 눈에 잘 띄지 않는 부위를 구타해서 팔다리에 몇 군데나 멍을 남겨줬는데 말이다! 자신의 실수를 숨기려고 아무한테도 말하지 않더구면!"

『가죠, 룩스. 저는 싸울 수 있어요.』

"─."

하지만 그 찰나. 아무렇지도 않은 것처럼 대답하던 세리스의 모습을 떠올린 룩스의 감정이 뜨겁게 떨렸다.

연무전에서 함께 싸웠으면서도 룩스는 전혀 눈치채지 못했다.

세리스는 룩스의 걸림돌이 되고 싶지 않다며, 아무것도 아니라며 허세를 부렸다.

그러나 그것은 룩스를 믿지 않아서 그런 것도, 자신의 실태를 드러내고 싶지 않아서 그런 것도 아니었다.

"너 따위가, 그녀의 각오에 대해 뭘 안다는 거냐!"

분노를 드러내며 대검을 힘차게 들어 올린 룩스는 몸을 앞으로 밀어내듯 날았다.

"으음?!"

그 무지막지한 가속이 실린 참격에 젤다프는 전율하며 뒤로 물러났다.

『성식』이 불러들인 환신수와 룩스를 부딪치게 한다는 전략을 세웠지만, 그는 예상을 뛰어넘는 움직임을 보였다.

크라켄 몇 마리가 룩스의 모습에 반응해서 촉수를 꿈틀대며 달려들었다.

룩스는 《하울링 로어》로 공격을 튕겨 내서 만든 빈틈을 억지로 비틀어 열며 돌진했다.

같은 환신수와 연속으로 싸우며 특성을 파악, 겨우 십여 초만에 상대의 움직임을 간파해서 《폭식》을 사용할 수 있는 상황을 만들었다.

"세리스 선배는 상처를 입었음에도 평소처럼 싸우셨다. 나나 다른 사람들이 봐도 전혀 알아차리지 못할 정도로 자연스럽게. 그리고 무승부로 끝나 실패한 뒤에도 변명은 단 한마디도 하지 않으셨어!"

그것은 사대 귀족으로서의 긍지에 집착했기 때문도, 질책을 두려워했기 때문도 아니다.

학원제가 열린 이틀 동안―.

어째서 세리스는 줄곧 숨어서 룩스를 도와주려고 한 것인가?

얼굴을 마주하고 싶지 않았기 때문도, 켕기는 점이 있었기 때문도 아니다.

"내게 괜한 걱정을 끼치고 싶지 않으셨던 거야. 전부 나를 위한 싸움이었단 말이다."

억측 같은 것이 아니라, 룩스는 세리스의 마음을 이해하려 하지 않았다.

구제국 시절의 궁정 생활.

황위 계승권에서 가장 먼 『남자』로서 얕보이던 자신을 정당하게 평가해준 사람은 아무도 없었다.

백성의 증오 앞에 소외당하고, 사고로 어머니를 잃은 뒤에도 바뀌는 것은 없었다.

소꿉친구인 피르히와 헤어지고, 내심 든든하게 생각했던 맏형 후길에게 배신당한 뒤로 룩스의 마음은 어딘가 부서져 있었다.

아이리나 피르히처럼 그전부터 친했던 사람들과는 다르게 마음 깊은 곳에서 멀리하고 있었다.

전설적인 기룡사『검은 영웅』— 혹은 구제국의 몰락 왕자.

혹은 세리스의 스승인 웨이드의 손자.

그런 요소와는 관계없이 룩스 자신을 진심으로 걱정하고, 배려해주는 마음을 향해 무의식중에 자기 손으로 벽을 만들고 있었다.

그래서 룩스가 세리스의 마음을 이해할 수 없었던 것이다.

"나는— 구제 불능의 바보야. 혁명에 실패한 그날 이후로 전혀 변하지 않았어. 형님이 한 말대로야. 아무것도 아는 게 없지."

"핫……! 뭐라고 주절대는 거냐! 결국 머리가 돌아버리기라도 한 거냐?"

겔다프는 고속으로 자신의 뒤를 추격하는 룩스를 경계하며 더욱 거리를 벌렸다.

《바하무트》를 장착하고 한참을 싸웠으니 어느 정도 지쳤을 터.

슬슬 상대를 처리하지 않으면 실패의 책임을 물어 자신의 주인에게 살해당할 것이다.

따라서 겔다프가 결정적인 공세에 나서려고 했을 때 그 일이 일어났다.

—퍼엉!

겔다프가 노려본 그 찰나, 갑자기 상공에서 떨어진 한 줄기 섬광— 라이플에 의한 저격이 자신의 몸을 감싼《엑스 드레이크》의 어깨를 꿰뚫었다.

"—뭐야?!"

예상 밖의 방향에서 날아온 일격에 겔다프는 소스라치게 놀라 하늘을 올려다보았다.

룩스가 구해준 학생 기룡사의 소행은 아니었다.

달을 뒤덮은 암운의 그림자에 떠 있는 것은, 어둠과 동화된 낯선 기룡사였다.

반사적으로 《엑스 드레이크》의 전파를 날려 정체불명의 장갑기룡을 조사했다.

기체명 판정·신장기룡 《자하크》.

탑승자— 분석 불능.

'뭐하는, 놈이냐……?! 저 자식은 『용비적』의 신입인가?! 아니— 아니잖아?!'

한순간의 동요와 산만해진 주의력.

그 약간의 틈을 룩스는 놓치지 않았다.

_{리로드 온 파이어}
"—《폭식》."

먼저 시간을 압축한 다음 몇 배까지 기체의 속도를 가속하여 자아내는 초고속 연참.

방어할 틈도 없이 장벽이 찢겨 나가고 무수한 참격이 본체에 꽂혔다.

겔다프는 순간적으로 《서큘러 에지》를 발사해 《엑스 드레이크》의 장갑을 지켰지만, 룩스는 그것들을 피하며 검으로 겔다프의 맨살을 갈랐다.

"그, 아아아아악?!"

장갑을 꿰뚫는 충격의 여파에 겔다프는 고통스러운 절규를 내질렀다.

목숨은 부지했지만, 사지가 더 이상 움직이지 않아 풀밭 위를 나뒹굴었다.

"크으, 으으으으으으으……! 이런, 이런 말도 안 되는 일이?!"

고통의 신음을 흘리는 겔다프에게 대검을 들이밀며 룩스는 상공으로 시선을 향했다.

녹트는 《드레이크》로 지원하려고 하기는 했지만, 이번 공격은 자신이 한 것이 아니라고 했다.

다른 동료—일지도 모르지만, 룩스에게 짐작 가는 구석은 없었다.

무엇보다도 엄호 사격에 나선 그 장갑기룡은 그 자리에서 쥐도 새도 모르게 사라져버렸다.

"……."

아주 짧은 간격을 두고서 룩스는 생각하는 것을 그만두었다.

맨땅에 드러누운 겔다프를 내려다보며 룩스는 시선을 살짝 돌렸다.

그가 있는 곳에서 조금 떨어진 장소에서는 『성식』— 시작이자 끝인 인간형 라그나뢰크와 《린드부름》을 장착한 세리스가 교전 중이었다.

"세리스 선배……."

『Yes. 도와드리지는 못했습니다만, 세리스 선배에게 분명히 전달했습니다. 룩스 씨의, 세리스 선배에 대한 마음을―.』

젤다프가 룩스를 처치하기 위해 유인한 최후의 장소, 『성식』이 있는 곳에 어느새 도착해 있었다.

그곳에는 마지막으로 남은 『성식』의 분신들과 사투를 벌이는 세리스가 있었다.

그것은 용성을 타고 세리스의 귀에 닿았다.

타인의 호의를 솔직하게 받아들이지 못하는 룩스의 결함.

그래서 세리스 자신도 이해하지 못한, 룩스에 대한 호의에서 파생된 고민을 이해하지 못했다는 것을.

그 고백을 녹트의 《드레이크》를 통해, 이해했음을 깨달았다.

"미안합니다, 룩스. 계속 당신을 피해 다녀서―."

힘없이 웃으면서 세리스 또한 자신의 잘못을 고백했다.

"저는 약했던 거군요. 아니, 당신을 신뢰한다고 한 주제에, 저의 나약한 부분까지는 맡길 용기가 없었어요……."

그것은 구제국 시절부터 이어져 내려온 대영주의 딸.

사대 귀족 공작 가문의 영애라는 자리에 있었기에 형성된 그녀의 본질이다.

당시 구제국에 만연하던 남존여비 사상으로 인해 헌신짝 같은 대우를 받던 여자.

여자 후계자밖에 낳지 못한 세리스의 어머니.

일가친척들이 보내는 차가운 시선으로부터 어머니를 지키기 위해, 자신이 누구보다도 강하고 귀족의 이름에 부끄럽지 않은 존재라는 가면을 쓰고 있었다.

"룩스 덕분에 저는 학원 사람들에게 진심을 전할 수 있었습니다. 고고한 태도를 일관하고 남성을 거절한다는 가면을 벗어던진 덕분에 여러분과 하나가 될 수 있었죠. 하지만—."

어쩐지 쓸쓸해 보이는 미소를 지으며 세리스는 자세를 가다듬었다.

"하지만 자신의 나약한 부분까지는 드러내지 못했어요. 사대 귀족 가문의 장녀로서, 귀족으로서의 처지 같은 것은 관계없다고 주장하던 제가 언제부터인가 고집을 부리게 된 겁니다. 그래서 당신들에게 폐를 끼치게 되고 말았지요."

학원제 전후로 룩스의 얼굴을 볼 수 없게 된 것도.

연무전 시작 전에 자신의 몸에 생긴 상처를 보고할 수 없었던 것도.

"그래도 세리스 선배는— 저를 지켜주셨잖아요."

세리스의 자조 섞인 중얼거림에 룩스는 조용히 반론했다.

룩스와 얼굴을 마주 보는 것이 부끄러워져 모습을 보여주지 않아도, 아무리 당황스럽다 하더라도—.

달아나지 않고, 멀리 떨어지지 않으며 계속해서 싸워주었다.

"모두의 마음을 알아차리지 못하는 저를 위해 상처받으셨잖아요."

룩스를 버리고 배신한 구제국 시절의 황족과 백성.

그리고 『칠용기성』의 보좌관을 관두겠다고 마음먹었음에도 그늘에서나마 룩스를 보호하기 위해 지켜봐주었다.

정말로 서툴고, 고지식한—.

그리고 긍지 높으며 강한 사람이라고 생각했다.

무언가를 해내지 못하는 것이 아니라, 자신의 의지로 더욱 험난한 길을 선택하였으며— 그럼에도 고독에 굴하지 않고 그녀는 싸워 왔다.

그런 마음을 지닌 세리스이기에 룩스의 결점을 일깨워줄 수 있었다.

"고맙습니다, 세리스 선배. 저는 아직— 당신 덕분에, 싸울 수 있어요."

"그렇습니까……. 그렇다면 질 수는 없지요, 저도—."

그렇게 중얼거리고 세리스는 다시 자세를 잡았다.

동시에 어깨에 장착된 포구에서 압축 광탄을 발사했다.

광범위 파괴용 특수 무장 《성광폭파》.
_{스타라이트 제로}

공중을 하늘하늘 부유하던 작은 광탄이 섬광과 함께 폭발적으로 팽창했다.

대지를 뒤흔드는 충격과 함께 반경 수십 메르의 공간이 사라졌다.

"구, 오오오오오옷……!"

증식한 『성식』들의 숫자는 꽤 줄어들었지만, 곧바로 주위에 흩어진 『성식』의 일부가 고속으로 모이며 복원을 시작했다.

분열한 상태에서 재생을 반복하는 불사의 라그나뢰크.

설령 룩스의 오의 영구연환으로 무한한 공격을 퍼붓는다 해도, 도중에 잘려 나간 신체의 일부부터 재생하여 되살아나리라.

하지만 더욱 넓은 범위를 폭파하는 최대 출력으로 《성광폭파》를 사용할 경우, 이번에는 건물 안으로 피난한 학생들에게까지 피해가 미치고 만다.

그렇다면 선택할 수 있는 수단은 하나밖에 없었다.

자신의 몸을 감싼 전력(戰力), 장갑기룡의 무장이나 신장의 특성을 연구하여 자신의 힘을 알아 두는 것.

세리스는 육체와 함께 단련해 온 기동정석(機動定石)의 사고를 통해 즉시 대처 수단을 도출해 냈다.

"—《기룡해방》^{브레이크 퍼지}· 개시^온."

기공각검을 쥐고 가볍게 정신을 집중해서 과거에 배운 기초 기술의 형태를 기동시켰다.

장착 중인 장갑의 일부를 해제하고 나머지 부분만을 남겼다.

특수 무장 《성광폭파》의 포구와 장벽을 펼치는 방어 장갑.

그리고 기동력의 중심인 등 날개의 일부마저 해제한 공격 특화 형태.

《기룡해방》^{브레이크 퍼지}은 본디 자신에게 걸리는 부담을 줄이기 위한 기본 기술이지만, 극한까지 연마하면 오의에 버금가는 효과를 발휘했다.

상황에 따라 유동적으로 자신에게 불필요한 장갑을 분리하는 기술.

기룡의 출력을 한 점에 집중하여 특화시키는 이 모드는, 자신의 실력과 적의 전력을 정확하게 파악하지 않은 상태에서 사용하면 자기 자신을 사지로 내모는 양날의 검이 된다.

하지만 지금의 세리스라면 다룰 수 있었다.

룩스의 힘을 빌린 데다, 쓰러트리기 위해선 이 방법이 최선이라고 믿었다.

"녹트. 그대로 『광학 위장』을 유지한 채 전해줬으면 하는 것이 있습니다."

『Yes. 무엇입니까? 제 힘이 닿는 데까지 도와 드리겠습니다.』

그렇게 대답한 녹트에게, 이 주위에서 사람들을 물려주길 바란다고 세리스는 부탁했다.

그 순간 수풀 속에 숨어 있던 기척이 용수철이 튀어 오르듯 움직였다.

"소멸 조짐과 통곡을 확인. 그대에게 구제를 안겨주마."

"—?!"

순간 룩스와 세리스는 예상치 못한 광경에 눈을 부릅떴다.

인간 형태로 부활하여 이번에는 소녀의 형태를 취한 『성식』이, 그 손가락 끝을 빈사 상태의 젤다프의 몸에 찔렀다.

이미 온몸을 난도질당해 전투를 속행할 수 있는 상황이 아니었던 젤다프의 육체—.

찔린 부위에서 검은 문양이 퍼져 나가고, 눈에 보이는 속도로 사지의 상처가 치유되었다.

두 눈은 선혈 같은 빨간색을 띠었으며, 상반신은 검은색 대리석 문양으로 물들어 갔다.

"유적의 비약…… 엘릭시르의 정체는, 설마—."

"『성식』이 지닌 액체였던 건가?!"

룩스 일행이 제정신을 차린 순간 『성식』이 뒤로 도약하여 거리를 벌렸다.

동시에 마인화를 거쳐 완벽하게 부활한 젤다프는 짐승 같은 포효를 터뜨렸다.

"히히히히…… 히야하하하하하핫!"

입술을 반달 모양으로 일그러뜨리며, 인간이 아닌 존재로 변한 젤다프가 기괴하게 웃었다.

"운이 따르는군. 『성식』이 네놈들을 처리해준다면 나는 주인께서 내리신 사명을 완수할 수 있다. 이것으로 신왕국도 박살 내버릴 수 있겠군. 아아, 너희가 뒈진 것을 보고 남겨진 놈들이 실망하는 모습이 눈에 선하구나."

엘릭시르에 의한 마인화는 사람의 정신을 침식하고 그 악의를 증폭시킨다.

다시 말해 이것이 젤다프라는 남자의 본성이리라.

불행에 농락당하여 쓰라림을 맛본 인생인 까닭에 타인의 행복을 저주하고, 깎아내리는 것을 신조로 삼게 된 존재—

악덕을 옳다고 생각하는 헤이부르그의 주인에게 찬동하는 죄인 기룡사.

"옳은 행동을 해서 행복해지는 건 용서할 수 없다. 그런 건 이 내가 인정할 수 없다고, 『검은 영웅』 패거리여. 그런 겉멋만 든 위선자는 자신의 선행에 배신당한 채 인간의 악의에 노출되어 절망하고— 뒈져야 해!"

선혈처럼 빨간 두 눈을 부릅뜨며 겔다프가 움직였다.

하늘을 뒤덮은 구름 사이로 달빛이 드러났을 때, 악의의 화신은 《엑스 드레이크》를 움직여 무시무시한 기세로 도약했다.

†

"마기알카 대장님! 긴급 사태입니다! 성채 도시 주변에 나타난 대량의 환신수가 진군을 계속하여— 현재 이 근처까지 밀어닥친 상황입니다!"

학원에서 조금 떨어진 곳에 있는 1번 지구, 관료들이 머무는 관청 2층.

그곳에서 머물고 있던 『칠용기성』 대장인 마기알카는 실내복을 입고 있었다.

아니, 그렇다기보다는 거의 속옷 차림에 가까운 모습으로— 태연한 태도로 하품을 했다.

"이야기는 들었네. 허나 격납고가 봉쇄당한 이상 우리들도 손을 쓸 방도가 없으니 대기할 수밖에 없어서 말일세. 우연히도 장갑기룡을 쓸 수 있는 상황이었던 녀석들에게 지시는 내려 두었어. 학원 쪽은 트라이어드인가 하는 삼인조가 채프 슬라임 처리를 시작했지. 그리고—."

냉정한 눈초리로 마기알카는 창밖을 바라보았다.

이미 학원 문 앞으로 이동 중인 환신수를 토벌하러 『푸른 폭군』 싱글렌 셸불릿이 그쪽으로 움직이고 있었다.

이 관청 창문 밖으로 멀리 그 모습이 보였다.

"하, 하지만 저 정도의 많은 무리를, 싱글렌 경 혼자서는―."

"내버려 두게. 녀석은 지금 좋아해 마지않는『공적』을 세우기 위해 싸우고 있어. 그러는 동안에는 안심해도 되지. 그도 그럴 것이, 저 비열한 놈은 기룡사로서의 순수한 실력만을 본다면 누구보다도 특출하거든."

마기알카는 중얼거리며 다시 창밖을 노려보았다.

날카로운 시선 끝에는 거대한 푸른빛 기룡을 두른 싱글렌이 있었다.

"신장기룡《리바이어선》. 그 능력은 지극히 단순하게도 물을 조작하는 게 전부지만, 그런 만큼 정체를 파악한다 한들 약점을 찌르기란 한없이 어렵지."

마기알카의 설명을 듣고 전령은 숨을 죽이며 똑같이 창밖을 바라보았다.

그 직후 싱글렌에게 덤벼든 환신수 무리 중 몇 마리가 솟구친 물줄기의 칼날에 난도질당하여 순식간에 자잘한 고깃덩이로 변했다.

마기알카와 전령의 시선 끝, 신장기룡《리바이어선》과 하나가 된 싱글렌은 잇따라 덤벼드는 환신수를 무자비하게 유린했다.

지면에서 솟구친 무수한 물의 칼날이 일격으로 핵을 파괴했다.

적의 반격은 역시나 물로 구성된 방패로 방어하며 압도적인 싸움을 펼치고 있었다.

"지루하기 짝이 없군. 이 시작의 『성식』은 아직 나의 전력을 감당하기에는 부족한 점이 많아. 그런데 너는— 도대체 누구에게 허락받고 내 기술을 훔쳐보는 거냐?"

"—윽?!"

눈앞의 환신수 무리와 대치 중이던 싱글렌이 갑자기 돌아서더니, 구름 사이에 존재하는 상공의 한 지점을 노려보았다.

동시에 《리바이어선》 주위에 생성된 물의 탄환이 눈에 비치지도 않는 속도로 사출되었다.

퍼엉! 단순한 물 덩어리가 폭탄이 터지는 듯한 굉음과 함께 흩어지며 비를 뿌렸다.

그 자리에 있던 기룡사는 싱글렌의 공격을 간신히 막아 낸 후 즉시 발길을 돌려 이탈했다.

"『칠용기성』은 아니군. 『창조주』 놈들인가? 황녀의 명령으로 움직인 종자였나? 아니, 어쩌면— 뭐, 좋아. 너희의 계획이 내게 통할 일은 없으니까."

싱글렌은 의미심장한 미소를 지으며 기공각검을 조용히 쥐었다.

다시 밀려오는 대군과 마주 서며 전투를 재개했다.

†

"상대해주마, 세리스. 자신의 구원을 바라는 자여."

세리스의 눈앞에 서 있는 『성식』은 포세이돈처럼 거대한 촉수 괴물— 라그나뢰크의 모습으로 변신한 채 웨이드의 목소리로 말을 꺼냈다.

지금 이 순간, 자기 혼자서는 쓰러뜨릴 수 없었던— 과거에 패배한 적 있는 자신의 벽, 자신의 약점과도 같은 상대로 『성식』이 변모했다.

심지어 그 라그나뢰크는 예전에 룩스가 해치운 포세이돈 이상의 재생력과 공격력을 겸비하고 있었다.

끝부분에 날카로운 갈고리가 달린 밧줄처럼 생긴 촉수의 공격이 장갑기룡의 장벽을 어렵지 않게 관통하는 위력을 지닌 이상, 수세에 몰리는 건 죽음을 의미했다.

쉽게 조준하지 못하게 공중으로 비상하여 이리저리 피했지만— 이번에는 궤도를 예측해서 다음으로 이동할 지점에 미리 공격을 펼쳤다.

파란색 촉수가 탄환처럼 허공을 꿰뚫고 충격파가 터졌다.

그것들은 주위에 있는 나무들을 관통하고, 여자 기숙사 옥상에 있는 저수조를 박살 내 사방에 물을 흩뿌렸다.

"—《지배자의 신역》."

도주로를 차단당한 불리한 상황을 리셋했다.

"네 동료가 가세하러 올 때까지 시간을 벌려는 게냐? 생각이 짧구나— 나의 제자야."

"……윽?!"

거대한 바다 괴물이 웨이드의 목소리로 말하며 비웃었다.

스스로 일부 장갑을 해제하면서 내려간 방어력으로 인해 고전했으나, 오랫동안 끊임없이 단련해 온 세리스의 체력이라면 아직 기술과 신장으로 버틸 수 있었다.

"―너는 얼마나 더 같은 실수를 되풀이할 생각인 게냐. 누군가를 구하기 위해 자신의 능력으로는 감당할 수 없는 것에 도전하여 다치다 보면, 언젠가 네 몸을 망치게 될 게다. 내 말이 틀렸느냐?"

『성식』― 웨이드의 목소리를 모사하는 라그나뢰크가 갑자기 우거진 나무 쪽으로 촉수를 뻗었다.

그리고 학원 교복을 입은 여학생 하나를 그 안에서 끌고 나왔다.

"꺄악?! 사람 살려!"

소녀의 비명에 반응해 세리스의 몸이 반사적으로 움직였다.

거의 동시에 『광학 위장』 기능으로 몸을 숨기고 있던 녹트의 외침이 용성을 통해 들려왔다.

『기다리세요, 세리스 선배! 그녀는 가짜입니다!』

"―."

사람의 모습으로 변화할 수 있다면, 촉수 끝을 부분적으로 위장하는 것도 가능.

『성식』의 속임수임을 파악했지만, 아주 잠깐 판단이 느려진 사이에 지상에서 무수한 촉수가 생겨났다.

촉수의 날카로운 일격이 얇아진 장벽을 꿰뚫고 세리스의

옆구리를 스치고 지나갔다.

✝

"세리스 선배?!"

세리스가 있는 곳에서 조금 떨어져 있는 광장에서, 세리스가 『성식』에게 반격당하는 모습을 본 룩스가 소리쳤다.

그 틈을 놓치지 않고 《엑스 드레이크》를 장착한 겔다프가 룩스를 목표로 강습했다.

도약하는 동시에 《서큘러 에지》를 발사.

그리고 한 박자 늦게 낙하하며 블레이드를 머리 위로 내리쳤다.

희소 무장의 장점을 활용한 물 흐르는 듯한 일격.

제아무리 룩스라도 동시에 여러 방향에서 날아오는 무기를 전부 피하지는 못하고 《바하무트》는 충격과 함께 뒤쪽으로 나가떨어졌다.

'저 특수 무장─ 추적 유도 기능까지 있는 건가!'

검으로 막을 수 없는 궤도에서 날아오는 원형 칼날은 분명 피했다고 생각했는데, 끝내 몇 발이 직격했다.

비행해서 공중으로 도망칠 수는 없었다.

룩스가 마인으로 변한 겔다프를 붙잡아 두지 못한다면, 『성식』과 교전 중인 세리스─ 혹은 그리 멀지 않은 위치에 있는 여자 기숙사로 목표물을 바꿀 것이다.

대치 중인 겔다프도 그것을 모르는 바가 아니었기에 조금 전부터 룩스를 매섭게 몰아붙이고 있었다.

그리고 마인화의 영향으로 육체적인 제약에서 자유로워진 겔다프는, 원래는 육체적인 부담 때문에 할 수 없었던 벽이나 나무를 발판 삼아 도약하는 곡예에 버금가는 움직임을 펼치며 끊임없이 공격을 퍼부었다.

'오래는 못 버텨. 이대로라면—.'

상상을 초월하는 적의 능력.

밤의 어둠에 가려진 탓에 겔다프의 공격 예비 동작을 완벽한 수준까지는 간파하지 못했다.

그래도 공격을 시작하는 타이밍은 조금씩 보이기 시작했다.

냉정하게 읽어 낸다면, 다음번에는 카운터 일격을 먹일 수 있을 것이다.

룩스가 그런 생각을 품고 노려봤을 때, 어둠에 녹아든 겔다프의 조롱 섞인 목소리가 들려왔다.

"……마음에 안 들어. 미래를 믿는다고 지껄이는 것 같은 그 낯짝이. 기껏 그 공작가 딸내미를 밑바닥으로 끌어내릴 준비를 다 해놨는데 말이지."

"무슨, 소리냐?"

룩스는 조용히 자세를 가다듬었다.

목소리가 들려오는 방향을 통해 겔다프의 위치를 확실하게 포착하기 위해, 굳이 그의 말에 반응했다.

"크크크, 우연히 싸움을 목격한 일반 손님으로 위장해서 몰래 소문을 흘렸지. 그 여자가 공에 눈이 먼 탓에 신왕국이 궁지에 빠진 거라고. 설령 이 싸움에서 이긴다 해도, 그 여자는 비참한 꼴에 빠질 거야. 아무것도 갖지 못한 인간이란 강한 녀석들의 약점에 민감하게 반응하기 마련이잖아?"

룩스의 분노를 유발해서 판단력을 흐리게 하려는 겔다프의 도발이었다.

그러나 얼음장 같은 시선으로 앞을 노려보는 룩스의 안색에는 어떤 변화도 없었다.

"—그렇다 해도 내가 해야 할 일은 달라지지 않아. 나는 이제, 그녀에게 기피당하는 것 따위는 두렵지 않아!"

"헹! 그러시겠지! 역시 냉철한 왕자님이군! 동료가 어떻게 되든 상관없다 이거지! 그렇다면 이것도 피해보라고!"

겔다프가 모멸을 담아 요란한 웃음을 터뜨리는 동시에 그 기척이 움직였다.

동시에 좀 떨어진 어두운 수풀에서 다시 희소 무장이 작렬했다.

《서큘러 에지》— 호를 그리며 발사된 여덟 개의 칼날이 이제까지 보여준 것 이상의 흉악한 속도로 룩스를 노렸다.

동시에 그 뒤를 쫓는 것처럼 활주한 겔다프가 블레이드를 들고 일직선으로 육박했다.

진짜 목적은 룩스의 동요가 아니라 대화로 끌어들여 움직임을 막는 것.

겔다프는 여덟 개의 칼날 중 반드시 두 개를 여자 기숙사

쪽으로 날렸다.

룩스가 그 두 개의 칼날을 튕겨 낼 것을 예측하고 계속해서 사출했다.

어찌어찌 원형 칼날을 튕겨 낸 순간에 생기는 틈을 블레이드 일격으로 노렸다.

한 호흡, 고작 1초 정도 늦게 후속 공격에 나설 시간을 계산하여 겔다프가 도약했다.

《하울링 로어》의 충격파로는 회전하며 적을 추격하는 《서큘러 에지》를 날려버릴 수 없다.

그래서 겔다프는 자신이 룩스의 판단력을 넘어섰다고 생각하며 승리를 확신했다.

"뒈져라, 영웅! 아무것도 지키지 못한 너 자신의 몸을 씹어 삼켜라!"

그러나 그 순간 룩스를 중심으로 주변의 풍경이 왜곡되었다.

구체가 팽창하는 것처럼 파생된 그 공간에는 흑백을 제외한 색이 존재하지 않았다.

"너는 내 가르침을 받은 후, 유례없는 빠른 속도로 장갑기룡의 조작에 통달하게 되었다. 천부적인 재능이 아닌, 소중한 누군가를 지키고 싶다는 너의 소망. 바로 그것이 너의 힘을 이끌어 내 높은 경지로 인도해 주었지. 즉—"

5년 전. 후길에게 들은 조언이 룩스의 뇌리 속에 되살아났다.

『네가 진심으로 소중하게 생각하는 이가 곁에 있다면, 너의 힘은 그때마다 한계를 넘어— 강해질 거다.』

"—하아아아아아아아아아아아아앗!"

그리고 룩스는 용과도 같은 포효를 터뜨렸다.

자신의 육체에 주어진 제한에서 벗어나 힘을 해방하기 위한 행동이었다.

과거 후길에게서 받은 조언을 세리스에게서 다시 한 번 받고, 자신에게 걸린 족쇄를 풀었다.

그것은 틀림없이 한 번은 습득했었으나, 후길에게 배신당하며 잃어버린 힘.

리로드 온 파이어

《폭식》— 압축 강화의 신장을 이용한 시간의 가속.

시간을 압축하여 몇 분의 1까지 감속시킨 《바하무트》의 주위에, 마치 시간 그 자체와 함께 멈추기라도 한 것처럼 여덟 개의 원형 칼날이 정지했다.

"이게 무슨—?!"

마인화의 영향을 받아 진홍색으로 물든 겔다프의 두 눈이 경악으로 활짝 뜨였다.

광범위, 그리고 고출력으로 발동한 신장.

겔다프가 정보로 알고 있던 압축 강화의 예상 출력을 아득하게 웃돌아, 한순간 공간 그 자체가 정지한 것만 같은 착각에 사로잡혔다.

"어떻게 이런……?!"

그 직후 배후의 여자 기숙사를 향해 발사한 원형 칼날은, 마찬가지로 속도가 줄어든 룩스가 휘두른 대검에 튕겨 나가 전부 방향이 틀어졌다.

—하지만 불가능한 일이었을 텐데.

자신처럼 마인으로 변했다면 또 모르지만, 《바하무트》의 출력을 끌어올리는 동시에 보통 이상의 기룡 조작 실력을 발휘할 정도까지는 아니라고 확인해 두었건만.

"큭…… 그래도! 이 일격이라면 통하겠지!"

마인으로 변하며 가능해진, 평범한 사람은 견딜 수 없는 육체적인 부담을 무시한 조작— 초고속 움직임으로 《엑스 드레이크》를 움직인다.

하지만 겔다프가 혼신의 일격을 시도하려는 순간 무지막지한 충격이 가슴을 강타했다.

어디서 날아온 것인지 알 수 없는 대거가 장벽을 부수고 그 가슴을 가볍게 후벼 팠다.

"—으, 크억?!"

조금 전 《폭식》을 발동했을 때—.

룩스가 역으로 겔다프를 노리고 투척한 한 자루의 대거—.

룩스의 주변— 초감속된 시간 속에서 투척된 그 단검이, 십여 배로 초가속하여 겔다프를 습격했다.

그 탓에 자세가 무너졌지만, 겔다프의 몸뚱이는 관성을 이기지 못하고 룩스를 향해 그대로 돌진했다.

함정에 빠진 것은 자신 쪽.

겔다프가 그 사실에 전율한 직후, 공격 태세에 들어가 대기하고 있던 룩스의 즉격이 보기 좋게 겔다프를 강타했다.

"—으, 크어어아아아아아아아아아악?!"

《엑스 드레이크》의 중장갑이 박살 나 흩어지고, 마인으로 변한 상반신이 찢어지며 선혈이 솟구쳤다.

순식간에 결정된 승패.

극한의 상황에서 해방된 룩스가 가쁜 숨을 몰아쉬었다.

"큭……?! 아직 멀었어—."

눈앞의 적은 쓰러졌지만 아직 끝난 것은 아니었다.

인류의 적. 세계를 섬멸하는 기구—『성식』.

세리스를 위해 한 번 더 움직여야만 했다.

이제는 자신을 믿고 기대를 걸어준 세리스의 마음을 알 수 있었다.

그래서 룩스는 지금 당장에라도 기절할 것만 같은 피로를 견디며, 바로 근처에서 사투를 벌이고 있는 그녀를 보았다.

†

"나의 분신— 머릿수를 늘리지 않기 위한 공격이냐? 그리고 처리할 수 없다는 것을 알면서, 왜 괜한 발버둥질을 계속하는 게냐?"

재생과 분열을 무한정 반복하는 인간형 종언신수^{라그나뢰크}—『성식』.

다시 웨이드의 모습으로 돌아온 그 괴물은 몸에서 스르르 촉수를 뻗어 연속해서 세리스를 공격했다.

"—《지배자의 신역^{디바인 게이트}》."

《브레이크 퍼지》로 장갑 일부를 해제한 세리스는 얼마 남지 않은 체력을 억지로 쥐어짜 비행했다.

신장을 이용한 순간 이동을 구사해서 『성식』들을 기습하여 분신을 족족 해치웠지만— 모조리 처리하는 것은 아무리 생각해도 불가능했다.

촤악, 촤악, 분신의 체액을 돌바닥 위에 흩뿌릴 뿐이었다.

본체마저 분열하고 재생해버리는, 포세이돈을 능가하는 이 난적을 격퇴할 수단을 지금의 세리스는 보유하고 있지 않았다.

"왜 나를 쓰러트릴 수 있는 《성광폭파》를 네 손으로 제외한 게냐? 동료의 희생을 차마 감수할 수 없어서? 그런 판단을 내리는 것 또한 다른 사람 위에 서는 귀족의 사명이 아니더냐. —그렇지?"

"윽—?!"

사악한 눈을 번쩍 뜨면서 『성식』이 채찍 같은 촉수를 내뻗었다.

그것이 《린드부름》의 남은 장갑을 때려 세리스의 몸을 멀리 날려버렸다.

《브레이크 퍼지》로 장갑과 장벽이 얇아진 탓에 스치기만 해도 충격이 전달돼서 근육과 뼈가 비명을 질렀다.

연무전 시작 전에 입은 타박상과 맞물려 그녀의 움직임은 점점 무뎌지기 시작했다.

피로와 손상이 차츰 그녀의 발목을 붙잡았다.

그럼에도 불구하고 세리스는 여전히 초연한 분위기를 풍기고 있었다.

"증원을 기다리는 게냐, 나의 제자야. 자신의 희생이 동료에게 도움이 된다면 그것으로 충분하다고—. 꿋꿋하구나. 저 구제국을 막기 위한 주춧돌이 된 나와 같은 길을 선택하려는 게냐?"

스승인 웨이드를 모사한 말투로 말하며 『성식』은 오만하게 웃었다.

그러나 세리스는 숨을 거칠게 헐떡거리는 와중에도 희미하게 미소를 흘렸다.

"고맙습니다. 다시 한 번, 웨이드 선생님을 만나 뵐 수 있게 해줘서."

"—."

『성식』은 아무런 대답도 하지 않았다.

그러나 감사 인사를 듣고 당황한 것처럼 표정이 굳었다.

"하지만 당신은 결국 가짜입니다. 당신은 인간에 대해 배우고자 그런 형태를 취한 모양이지만, 피차 아직도 공부가 부족한 것 같군요."

경장 상태로 상공으로— 촉수의 사정거리 밖으로 피하며 창을 겨눴다.

여자 기숙사 옥상을 넘어, 종루보다도 훨씬 높은 곳까지.

그리고 한 줄기 유성이 낙하하는 것처럼 지상을 향해 일직선으로 하강했다.

"공부가 부족하다니 무슨 소리냐, 나의 제자야. 그 위치에서 가속한 일격일지라도 나를 쓰러뜨릴 수는 없다. 증원이 와도 소용없는 짓이지. 나는 이제부터— 더욱 진화할 것이다."

"제가 사용하는 기술은 거의 다 선생님께 배운 것입니다. 하지만 저는 당신에게 쓰러지지 않아요. 왜냐하면……."

잠시 말을 멈추고 세리스는 미소 지었다.

"—다른 누군가를 신뢰하는 방법을 가르쳐준 사람은, 제가 좋아하는 남자거든요."

세리스가 랜스를 들고 『성식』 무리가 우글대는 대지를 향해 가속했다.

모든 에너지를 랜스와 등 날개의 추진 장치에 주입하여 육체 그 자체를 번개의 화살로 만들었다.

"—윽?!"

밤하늘을 세로로 가르는 뇌광.

가공할 위력과 열기를 머금은 파괴의 소용돌이가 『성식』 본체를 목표로 달려들었다.

인지를 초월한 힘을 지닌 인류의 적— 환신수.

그 정점에 서는 라그나뢰크의 반응 속도를 기룡사의 역량이 뛰어넘었다.

요격하기 위해 휘두른 촉수를 어렵지 않게 끊어버리며 『성식』의 핵을 꿰뚫었다.

"실패했구나, 제자야! 나의 본체는 얼마든지 존재한다! 아무리 발버둥질한다 해도, 너의 힘으로는—."

그 찰나 『성식』은 자신과 세리스가 있는 공간에서 색이 사라졌음을 깨달았다.

룩스가 보유한 《바하무트》의 신장, 《폭식》이 발동하여 압
축 강화의 영향권에 들어간 탓이었다.

"······무엇이, 목적이냐?"

『성식』이 이해할 수 없다는 표정으로 중얼거렸을 때, 눈앞의
세리스가 포효했다.

"―하아아아아아아아아앗!"

《브레이크 퍼지》로 힘을 집약하여 한계를 초월한 최대 출력
의 뇌격을 방출했다.

고독에 잠겨 나약함을 죽이고, 극기를 추구하며 자기 자신
을 갈고닦아 온 소녀.

부단한 노력 끝에 손에 넣은 그녀의 전력(全力)에 호응하여
룩스는 움직였다.

사전 협의 같은 것은 전혀 하지 않았지만, 마치 세리스의
움직임과 공명한 것처럼 기공각검 끝을 앞으로 내밀었다.

"―《폭식》!"

랜스에서 솟구치는 한 점에 집중된 번개를 《바하무트》의 신
장이 십여 배 이상 증폭하여 해방했다.

굉음을 울리며 대기가 파열하고 섬광이 주위를 가득 메웠다.

© 2013 Ayumu Kasuga

"······하지만 소용없다! 나 하나를 쓰러뜨린다 한들—"

핵까지 한꺼번에 재가 되어버린 순간, 『성식』은 자신의 의식을 손에서 놓고 주변에 있는 분신들에게 신호를 날렸다.

분신만 살아 있다면 그쪽을 대신 본체로 삼아 얼마든지 재생할 수 있다— 재생할 수 있을 터였지만, 불가능했다.

"—?!"

그 일대에 들끓던 수많은 분신이 모조리 뇌격에 노출돼 숯덩이로 변해버렸다.

세리스가 포세이돈의 특성을 지닌 『성식』의 분신을 끈덕지게 공격한 이유는 그 숫자를 줄이기 위한 것만은 아니었다.

말하자면, 진짜 책략을 성공으로 이끌기 위한 양동이었다.

수없이 파괴하여 사방에 대량으로 흩뿌려 둔 『성식』의 체액.

그 일대를 흠뻑 적신 수분을 통해 전도시킨 최대 출력의 『뇌섬』으로 『성식』을 일망타진하기 위해서.

온 힘을 다했음에도 부족한 위력은 신장 《폭식》의 _{리로드 온 파이어} 지원을 받아 십여 배 이상 끌어올렸다.

온갖 상황을 상정한 전술을 떠올려, 즉각 최선의 책략을 실행한다.

그것이 바로 갈고닦은 세리스의 사색—『기동정석』.

룩스라면 자신의 노림수를 파악하여— 반드시 《폭식》을 사용해줄 거라고 믿었다.

그리고 그 기대에 응해준 덕분에 성공적으로 이루어 낸 연격.

두 사람이 막상막하의 실력과 동등한 전술을 겸비하고 있지 않았다면 불가능했을, 인연이 자아낸 일격이었다.

"훌륭하, 다. 인, 간이, 여."

세리스의 창에 관통당한 『성식』은 잿더미로 변해 힘없이 부스러졌다.

세계 붕괴의 위협— 환신수를 끊임없이 불러들이던 불협화음의 원흉은, 그 한마디를 남기고 대기 속으로 흩어져 사라졌다.

"하아, 하아, 하아……."

최대급의 일격을 시도한 반동과 피로 탓에 세리스의 몸이 휘청 기울었다.

장갑을 해제하고 비틀대는 그녀의 몸을, 아직 《바하무트》를 장착 중인 룩스가 조심스럽게 안아주었다.

"—수고하셨습니다, 세리스 선배."

온화하고 다정한 소년의 미소.

자신을 지탱해준 남자의 모습을 보고 세리스는 진심으로 안도했다.

가슴의 고동은 여전히 거칠었지만 이제는 시선을 피하지도, 달아나지도 않았다.

그래서…….

"미안해요, 룩스. 당신에게 거짓말을 해서……."

지금까지 할 수 없었던 말을 확실하게, 허심탄회한 마음으로 털어놓았다.

"당신을 신뢰한다고 한 주제에, 당신에게 의지하게 해달라고 한 주제에, 정작 용기를 내지 못했습니다. 인정하고 싶지 않은 저 자신의 나약함을 당신에게 맡길 수가 없었습니다."

"⋯⋯."

세리스는 쓸쓸하게 고백했다.

하지만 룩스는 그녀가 품은 후회를 죄라고 생각할 마음은 없었다.

그 누구라 할지라도 자신의 나약함을 드러내는 데에는 용기가 필요하다.

자신이 이해할 수 없는 생소한 감정에 휘둘리고 있다면 더 말할 것도 없다.

하지만 세리스는 달아나지 않고 룩스를 지키기 위해 그의 곁으로 다가갔다.

"약한 건— 저예요. 모두의 마음을 알고 싶어서 지금까지 그것을 위해 싸웠다고 생각했지만, 사실은 아무것도 몰랐습니다. 마음 깊은 곳에서 받아들이기를 두려워했어요."

5년 전 쿠데타가 일어난 날, 가장 신뢰하던 형에게 배신당하며 룩스의 마음에 생긴 벽을 세리스는 허물어주었다.

그리고 세리스 덕분에 확실하게 알게 되었다.

적어도 과거에 후길이 해준 조언은 옳았음을.

처음부터 룩스를 배신하고, 함정에 빠뜨리려고 했던 것은 아니었음을⋯⋯.

"그러니까, 고맙습니다. 세리스 선배. 제 마음을 녹여주고, 제 곁에 있어주어서—"

감사와 친애를 담은 말을 소중한 그녀에게 전해주었다.

룩스의 품에 안겨 있던 세리스는 희미하게 뺨을 물들이며 허둥댔다.

"그, 그런 말을…… 얼굴을 보며 하면 곤란합니다! 아, 아니, 곤란하지 않아요. 허가하겠습니다. 하, 하지만 지금은 쑥스러워서―."

그러더니 자기 손으로 얼굴을 가려버렸다.

평소에는 그렇게 강하고 늠름한 선배건만. 룩스는 무례한 줄 알면서도 생각하고 말았다.

이럴 때의 세리스는 무척 귀엽다고.

그런 생각을 하고 있는데 갑자기 뒤에서 소리가 들렸다.

"―죽, 어어어어어엇!"

빈사 상태로 엎어져 있던 겔다프가 만신창이가 된 《엑스 드레이크》를 움직여 룩스 일행의 등 뒤에서 블레이드를 휘둘렀다.

그러나―.

"의미 없는 행동이야. 당신의 장갑기룡은 더는 움직일 수 없어."

룩스가 냉정하게 내뱉은 한마디와 동시에 《엑스 드레이크》의 장갑 팔이 박살 나 떨어졌다.

사용자인 겔다프의 육체가 마인으로 변화한 탓에 해제되지는 않았지만, 이미 전투도 도주도 불가능한 상태였다.

환신수와 동급 이상의 생명력과 강인함을 지닌 마인을 공략하려면, 장갑기룡을 파괴하는 쪽이 유효하다는 것을 딜루이와의 전투에서 배웠다.

이대로 젤다프를 신문해서 이번 사태가 헤이부르그가 꾸민 일이라는 것을 밝혀내면 연무전 승패 결과를 뒤집을 수 있다.

"네, 이놈, 들⋯⋯."

서서히 엘릭시르의 효과도 사라지기 시작했다.

젤다프의 상반신을 뒤덮고 있던 칠흑빛 문양이 사라지고 피와 땀에 얼룩진 맨몸으로 돌아왔다.

만신창이의 몸뚱이로 더욱 발버둥질하려던 그의 안색이 갑자기 변했다.

"―엡! 알겠습니다! 역시 저의 주인이십니다!"

고통에 허덕이던 표정을 싹 바꾸며 음험한 미소를 떠올린 젤다프는 머리 위로 도약했다.

거의 70퍼센트 가까이 부서진 《엑스 드레이크》로 도주하는 것은 불가능할 터였지만, 그래도 그 뒤를 추격하려 하던 룩스는 등줄기에 전율을 느꼈다.

"―."

《바하무트》를 조작하여 공중으로 띄우려는 손을 아슬아슬한 순간에 멈추었다.

용성을 통해 누군가에게 지시받고 있는 것으로 보이는 젤다프의 움직임이 다소 부자연스러웠기 때문이다.

'왜 머리 위로 도약한 거지? 도주가 목적이라면, 보통 뒤쪽으로 뛸 텐데―.'

"룩스! 위험합니다!"

장갑 팔에 안긴 세리스의 비명과 동시에 룩스는 그 자리에서 바로 옆으로 몸을 날렸다.

그리고 1초 후, 눈이 멀어버릴 듯한 섬광이 시야를 덮쳤다.

"악……."

조금 떨어져서 도약한 겔다프가 포격에 직격당했다.

압도적인 충격과 섬광의 격류에 휩쓸려 그대로 장갑기룡과 함께 폭발— 소멸했다.

"……큭?!"

룩스는 재빨리 포격이 날아온 방향으로 돌아서며 자세를 잡았다.

달빛이 내리는 야경 속, 학원 부지 외부— 약간 높은 위치에 있는 광장에 기괴하게 생긴 장갑기룡이 서 있었다.

콩알만 한 크기로 보일 만큼 멀리 떨어져 있었지만, 주위의 건물과 비교해보면 그 장갑과 캐논이 이상할 정도로 거대하다는 사실을 알 수 있었다.

아마도 리샤가 가지고 있는 《티아마트》의 특수 무장, 《일곱 개의 용머리》와 동급 이상의 파괴력을 지닌 것 같았다.

사용자의 얼굴은 물론 보이지 않았다.

그 인물은 그저 달빛을 등진 채 서 있었다.

"로자 그랑하이드, 인가……?"

겔다프에게 도약하라는 명령을 내려 룩스를 공중으로 유인하고, 한꺼번에 처리하려고 한 기룡사.

짐작할 수 있는 건 그 정도가 전부였지만, 의아한 점이 있었다.

룩스와 세리스가 연무전에서 상대했던 《고리니시체》와는

장갑의 형태가 아주 판이했다.

특수 무장의 연결이라는 차원이 아니라, 이 원거리에서도 알아차릴 수 있을 정도로 크기 자체가 달랐다.

《연옥기구》— 자신의 기룡을 개조하여 그 자리에서 새로운 형태를 취하는 신장.

아니면 몇 시간 전의 연무전에서는 전혀 선보이지 않았던 힘인 것인가—.

"저건, 도대체—."

《드레이크》의 『광학 위장』을 구동한 채 전황을 파악하고 정보를 전달하던 녹트가 모습을 드러내더니 떨리는 목소리로 경탄했다.

세리스는 소녀의 무사한 모습에 안도하는 동시에 바로 지시를 내렸다.

"녹트, 방금 포격을 날린 저 장갑기룡의 정체를 조사할 수 있나요?"

"No. 제 레이더가 탐지할 수 있는 범위 밖에 있습니다. 게다가— 이미 달아났군요."

녹트의 말처럼 조금 전의 악마 같은 기룡사는 즉시 광장을 벗어나 룩스 일행의 시야에서 자취를 감추었다.

"그렇습니까. —Yes. 이쪽도 무사합니다. 『성식』은 룩스 씨와 세리스 선배가 성공적으로 격퇴했습니다."

기룡 격납고를 뒤덮은 채프 슬라임을 처리 중이던 다른 트라이어드 멤버와 연락하는 중이었는지 녹트가 고개를 들었다.

"수고하셨습니다. 성채 도시로 밀려오던 환신수들도 섬멸했다는군요. 당장은 안심해도 될 것 같습니다."

싱글렌이 성채 도시를 습격한 환신수의 태반을 혼자서 상대하는 사이, 『용비적』의 계략으로 봉쇄된 격납고를 개방하여 나머지 환신수들을 단숨에 토벌한 모양이었다.

그 말을 증명하는 것처럼 뒤쪽에서 커다란 소리가 들려왔다.

"이봐— 룩스! 무사하냐—?"

《티아마트》를 두른 리샤가 앞장서서 날아오고 있었고, 그 뒤로 크루루시퍼와 피르히, 트라이어드의 모습이 보였다.

그들의 모습을 의식한 순간 세리스는 크흠, 헛기침을 한 다음 허둥지둥 룩스의 품에서 빠져나왔다.

"그, 당신에게 제 나약함을 맡기는 것과, 다른 사람들에게 알리는 건 다른 영역이니까요."

살짝 달아오른 얼굴로 그렇게 변명하면서 의연한 표정을 보였다.

그대로 드러눕고 싶을 정도로 지쳤을 텐데도 『기사단』의 단장으로서 모범이 되는 모습을 보여주려 하고 있었다.

역시 쉽게 약한 소리를 내뱉을 생각은 없는 것 같았다.

그녀다운 허세였고, 동시에 그런 점이 사랑스럽다고 생각했다.

"그럼, 쓰러지고 싶어지면 몰래 말씀해주세요. 그때는 언제든지, 제가 지탱해드릴 테니까—."

"—허가합니다. 이따금 당신에게 어리광을 부리게 될지도 모릅니다만, 남들에게는 비밀로 해주세요, 룩스."

웃으면서 그렇게 대답하는 세리스를 향해 룩스도 고개를 끄덕였다.

5년 전 혁명의 날―.

후길에게 배신당한 그때 잃어버린 한 가지 해답을 세리스가 알려주었다.

의지할 수 있는, 그리고 존경할 만한 소녀라고 룩스는 생각했다.

동시에 어쩐지 자신과 닮은 이 선배와의 인연이 진심으로 기뻤다.

"네. 제가 잘못된 길로 가지 않도록, 앞으로도 저를 잘 이끌어주세요."

룩스는 미소를 머금고 자신의 솔직한 마음을 입에 담았다.

그리고 오늘 밤의 전투― 세계를 멸망시킬 『성식』과의 접촉은 이것으로 일단 막을 내렸다.

『용비적』의 기습과 동시에 출현한 인간형 라그나뢰크『성식』의 위협은 사라졌다.

하지만 다음 날,『창조주』의 제1 황녀 리스테르카가 그것은 한시적인 승리에 불과하다는 이야기를 한 모양이었다.

『성식』을 내보내는 것은 어디까지나『대성역』.

그 인간형 라그나뢰크는 처치한다 해도 시간이 지나면 되살아나며, 부활할 때까지의 주기가 점점 빨라진다.

반년 후라는 세계가 붕괴하기까지의 기한은 그것을 고려하여 계산한 시간이라는 이야기였다.

한순간의 평온—.

그래도 위기를 모면한 것 자체는 분명한 사실이었다.

학원제 뒷정리는 다음 날부터 시작되었고, 동시에 성채 도시에 모였던『칠용기성』과 지도자 대리인들도 대부분이 귀국했다.

그 압도적인 힘으로 성채 도시를 환신수의 위협으로부터 구해 낸 싱글렌은 연합에서 높이 평가받았고,『성식』을 한 차례 물리친 룩스와 세리스 또한 그 공로를 인정받았다.

헤이부르그의 전 죄인. 뛰어난 실력을 보유하였으나 죄를 짓고 투옥당한 암살 부대, 『육형사』의 일원인 『엽형』의 겔다프는 신원 불명의 기룡사가 발사한 포격에 휩쓸려 소멸했다.

　따라서 헤이부르그 공화국 측이 세리스 일행을 함정에 빠뜨렸다는 혐의는 입증하지 못했고, 1개월간 유지되는 『탑』의 조사권도 여전히 그쪽에서 쥐고 있었기에 상황은 섣불리 예측할 수 없는 방향으로 흐르기 시작했다.

　또한 『성식』이 나타나 혼란에 빠진 틈을 타 『용비적』이 학원 지하 감옥에 침투하여 사단장 드라켄을 빼내고, 신장기룡 《애스프》를 회수했다는 사실이 밝혀졌다.

　『성식』 토벌에 나선 틈을 찔린 만큼 어쩔 수 없는 일이기는 했으나, 뼈아픈 사건이었다.

　앞으로는 기룡 격납고의 방비도 더욱 강화하는 대책을 세우기로 한 것 같았다.

　그리고— 세계에는 새로운 목적이 생겼다.

　구시대의 황족, 『창조주』가 밝힌 신탁—『성식』으로 인한 세계 붕괴를 막기 위해 과거의 지혜와 기술이 잠든 낙원의 땅, 『대성역』을 목표로 삼게 되었다.

　그러려면 『방주』와 『거병』을 제외한 나머지 유적의 해방이 필수.

　『그랑 포스』라고 불리는 크리스털을 각 유적의 최심부에서 회수하기 위해, 그것을 지닌 나머지 다섯 마리의 라그나뢰크를 토벌하는 것이 최우선 사항이었다.

동시에 그것과 병행해서 해결해야 하는 과제는 세 개.

첫째로 유적 공략을 둘러싸고 적대 중인 기룡사 용병 조직―『용비적』의 섬멸.

둘째로 그 소재가 몇 개월 전부터 묘연해진 제7 유적『달』의 발견.

셋째로 이 세계 연합 내에 존재할지도 모르는 『배신자』의 토벌.

어찌 되었든 『대성역』에 도달하는 과정에서 공로를 세운 국가에 더욱 많은 보수를 수여하겠다고 선언한 리스테르카 덕분에, 각국은 의도치 않게 서로 성과를 놓고 경쟁하는 구도가 되었다.

학원에서 떠날 때, 싱글렌이 룩스에게 건넨 한마디가 지금도 귓가에 남아 있었다.

"『창조주』들이 협조적이라는 사실에 각국의 왕들은 안도하고 있는 모양이더군. ―멍청한 것에도 정도가 있다고 생각하지 않나? 날품팔이 왕자여."

"무슨 의미입니까?"

룩스의 반응에 싱글렌은 오만한 웃음을 유지하며 대답했다.

"모르는 척하지 마라. 놈들의 의도 정도는 너도 느끼고 있을 텐데. 처음부터 『창조주』들이 적대적인 자세로 나왔다면 전 세계가 적으로 돌아섰을 거다. ―하지만 놈들은 약삭빠르게도 자신들의 재산과 기술력을 미끼 삼아 각국이 경쟁하는 구도를 만들었지."

"······."

"뭐, 됐다. 지금으로선 녀석들이 배신할 거라고 단언할 수 없으니. 그보다 나는 네 형을 잘 안다. 내 밑으로 들어온다면 지금 당장에라도 가르쳐주마. 덤으로 다른 문제도 해결해줄 수 있어. 헤이부르그가 가져간 유적 조사권 말이지."

―룩스는 그 제안을 받아들이지 않았다.

싱글렌의 말에도 일리는 있었다.

하지만 역시 이 남자는 방심해서는 안 되는 상대라고 룩스의 직감이 말하고 있었다.

룩스와 세리스는 전투 중에 입은 상처와 피로를 치유하기 위해 이틀 정도 휴식을 명령받았고, 그 사이에 학원제의 뒷정리는 끝났다.

무척 시끌벅적했던 첫 학원제.

일말의 아쉬움을 느끼며, 룩스는 세리스가 제출했다는 『칠용기성』보좌관 사직서를 철회해줄 수 없겠냐고 탄원하기 위해 리샤 일행과 함께 서둘러서 렐리를 찾아갔다.

당연히 기각당할지도 모른다는 각오도 해 두었지만······.

"아아, 사직서 말인가요? 네, 왕도에는 제출하지 않았습니다. 저는 맡아 두겠다고 했을 뿐이거든요."

렐리는 태평하게 웃으며 그렇게 대답했다.

"어차피 룩스 군이랑 가까운 사람들이 알면 어떡해서든 철회해 달라고 올 게 뻔하잖아요? 정식으로 사퇴 절차를 밟았다간 그때 귀찮아질 테니까."

역시나, 라고— 오래전부터 렐리와 알고 지낸 룩스는 그녀의 수완에 기가 막힐 뿐이었다.

"난감한 분이시군요, 학원장님. 하지만 덕분에 살았습니다."

한시름 놓은 세리스가 가슴을 쓸어내리며 『기사단』 멤버들을 돌아보았다.

"여러분, 따라와 주셔서 감사합니다. 보좌관으로서 신왕국의— 룩스의 힘이 될 수 있게끔 앞으로도 온 힘을 다하겠습니다."

"에휴~ 세리스 선배도 참, 또 딱딱하게 구시기는."

"Yes. 하지만 정말로 다행입니다."

세리스의 미소를 보며 트라이어드의 티르파와 녹트가 한마디씩 대답했다.

룩스를 포함하여 그 자리에 있는 모두가 안도하는 표정을 떠올렸을 때, 문득 샤리스가 어쩐지 장난기 섞인 웃음을 보이며 세리스의 등을 가볍게 때렸다.

"그렇군. 우리에게 감사한다 이거지. 앞으로는 훌륭한 선배로서 약속을 지키겠다고— 내 말이 맞아?"

"그, 그렇습니다……만, 갑자기 뭔가요?"

어쩐지 수상쩍은 샤리스의 태도에 세리스는 난처한 표정을 지었다.

그러자 샤리스는 득의양양하게 웃으며 그 이야기를 꺼냈다.

"다들 잘 들었지? 그럼 선언한 대로 룩스 군과의 약속을 지켜주겠어? 안 그러면 우리의 축제는 끝나지 않는다고."

"네……?"

룩스와 세리스가 동시에 고개를 갸우뚱하고, 다른 『기사단』 멤버들도 한순간 멀뚱한 표정을 지었다.

그러나 바로 이해했는지 저마다 눈을 크게 뜨며 놀랐다.

"자, 잠깐만?! 그건 이미 지나간 이야기잖아?! 일부러 할 것까지는—."

"그러게. 실제로 학원제는 이미 끝났으니, 억지로 할 필요는 없다고 봐."

"게, 게다가 지금, 이런 곳에서 하지 않아도—."

리샤와 크루루시퍼, 그리고 아이리까지 나란히 무언가를 막으려 했다.

그러자 피르히가 멍한 무표정으로 대놓고 대답을 꺼냈다.

"나도 루우랑 뽀뽀, 하고 싶어."

"……윽?!"

그 한마디에 그 자리에 있는 전원이 생각해 냈다.

학원제 이벤트, 가장 대회에서 받은 벌칙.

세리스는, 룩스에게 키스하지 못한 채 달아나고 말았다.

"두 사람의 오해도 풀린 것 같으니, 부담 갖지 말고 해봐. 자, 우리 모두가 증인이다."

"Yes. 벌칙이오니 어쩔 수 없습니다. 입맞춤은 책에서 본 것이 전부인지라, 저도 왠지 가슴이 두근거리는군요."

"으아— 하, 하지만 말야. 역시 관두는 게 낫지 않을까?! 이미 시간도 지나버렸는데—."

축제를 좋아하는 티르파치고는 드물게도 룩스와 세리스의

키스를 막으려고 했지만—.

"흐음? 그래도 괜찮겠어? 네가 똑같은 상황에 놓였다고 생각해 봐. 그때 도망친다면 티르파, 너도 손해 보게 될 텐데?"

"으— 아, 알았어! 그러면 단칼에 해버려!"

내키지 않는 태도를 보이던 티르파까지 샤리스의 설득에 넘어가 멋대로 각오를 다졌다.

"아, 알겠습니다. 그러면 저기— 괜찮, 을까요? 룩스……."

룩스가 문득 앞을 보자 세리스는 부끄러운지 시선을 돌리고 있었지만, 표정에는 굳은 각오가 서려 있었다.

'버, 벌칙이기도 하고, 여기까지 온 이상 어쩔 수 없는, 거지?'

"……시, 실례하겠습니다!"

룩스는 쿵쾅대는 가슴을 다스리며, 약간의 긴장감을 품고 눈을 감았다.

벌칙의 규칙을 따르자면 입맞춤은 어느 부위에 하든 오케이였다.

세리스는 고지식한데다 남자와 교제해본 적이 없으니 이마나 뺨에 해줄 것이다.

룩스가 그렇게 생각하며 자세를 잡은 직후, 세리스가 몸을 기울여 그에게 기댔다.

"—어?"

얼굴에 입술이 닿기 전에 세리스에게 밀려 넘어졌다.

룩스가 깜짝 놀라 눈을 부릅뜬 순간, 그의 머릿속이 새하얗게 변했다.

열기를 머금은 숨결이 닿은 직후— 소녀의 싱그럽고 매끄러운 입술이 룩스의 입에 포개졌다.

부드럽고도 관능적인, 그것만으로도 녹아버릴 것 같은 감촉.

세리스는 학원장실 소파 위로 룩스를 넘어뜨려, 마치 덮치는 듯한 자세로 그에게 입을 맞추었다.

"으응, 음……."

한 손은 깍지 끼는 것처럼 룩스의 손을 쥔 채, 세리스는 자신의 풍만한 두 언덕을 룩스의 가슴에 밀어붙였다.

압도적인 볼륨과 말랑함 속에서 느껴지는 탄력.

입술, 깍지 낀 손가락, 밀어붙이는 가슴.

모든 것이 머리를 멍하게 하는 달콤한 자극으로 변해 룩스의 정욕을 간지럽혔다.

'뭐야, 이거……. 머리가, 이상하게—.'

딱딱하게 굳어 꼼짝도 하지 못하는 룩스에 비해, 세리스는 왠지 술에 취한 듯한 얼굴로 부드럽게 룩스의 입술을 탐했다.

결코 격렬하지도 강하지도 않지만, 한없는 사랑이 담긴 그 애무에 룩스의 이성은 흐물흐물하게 녹아내렸다.

이제 다른 사람이 베푸는 호의를 저항하지 않게 된 그는 지금까지 이상으로 월등히 강한 자극을 느끼고 있었다.

"푸, 하……!"

약 십여 초간의 키스를 마친 세리스가 마침내 룩스를 해방해주었다.

그녀가 타액에 젖은 입술을 훔치며 가쁜 숨을 내쉬었다.

"이, 이건 이상합니다! 너무 심해요! 이것이— 진짜 입맞춤 입니까? 이, 이런 건 허가할 수 없습니다! 지나치게 선정적이 에요!"

세리스가 반쯤 얼이 빠져나간 표정으로 중얼거린 순간, 완전히 얼어붙었던 주위의 시간이 다시 움직이기 시작했다.

"누가 할 소릴 하는 거야————앗?!"

그렇게 소리친 리샤와 티르파를 필두로 모든 『기사단』 멤버들이 열화와 같은 태클을 걸었다.

"세, 세리스, 대체 그런 건 누구한테 배운 거야? 나, 나한테 도 좀, 자극이 심해서—."

샤리스는 혼란에 빠져 더듬거렸고, 크루루시퍼도 기막히다 는 시선으로 세리스를 바라보았다.

"아무래도 당신을 너무 얕보고 있었던 것 같아……."

"오빠, 정신 차리세요!"

한편 완전히 정신이 나가 천장을 올려다보고 있는 룩스를 흔들어 대는 아이리 옆에서, 리샤는 입 밖으로 영혼이 빠져나 가기라도 한 것처럼 우두커니 서 있었지만—.

"룩스가, 나의, 기사가……."

"한 번 더 뽀뽀하면, 일어나려나?"

"—이 정신없는 틈에 무슨 짓을 하려는 거냐, 이 천연 아가 씨가!"

진지한 표정으로 중얼거리는 피르히의 목소리를 듣고 제정 신으로 돌아와 그녀를 말렸다.

"다, 다들 왜 그렇게 당황하는 겁니까?! 저, 저는 그저 어제 요루카에게 배운 입맞춤 방법을 그대로—."

"⋯⋯?!"

잘 익은 사과처럼 새빨갛게 달아오른 세리스가 동요하며 소리치자, 모두의 시선이 방구석에 서 있는 검은 옷의 소녀에게 로 집중됐다.

"⋯⋯어머? 무슨 문제라도 있나요? 여러분. 주인님과의 입 맞춤이었으니, 당연히 훗날을 위한 전희로써 제가 아는 지식 을 전해드렸습니다만—."

요루카가 활짝 밝게 웃으며 대답한 순간, 모두의 의식이 일 치했다.

잠시 뜸을 들인 직후, 그 마음을 대표하는 것처럼 리샤가 한 발짝 앞으로 나섰다.

"네·가·원·흉·이·었·냐—————————!"

영혼을 담은 리샤의 호통이 학원장실이 있는 학원 건물에 메아리쳤다.

즐거웠던 학원제의 끝.

그 아쉬움을 날려버리려는 듯한 소동 속에서, 룩스는 소녀 들과의 새로운 관계를 쌓기 시작했다.

†

"하아…… 뭔가 엄청난 일이 되어버렸네."

모든 것이 일단락된 후, 룩스는 혼자서 도서관 안쪽— 지하로 이어지는 계단을 내려갔다.

학생들에게는 개방되지 않는 비밀의 방.

수많은 기구와 서가가 나란히 늘어선 석실로 들어섰다.

세리스와의 벌칙을 끝낸 후, 해산하고 학원장실에서 나가려는 룩스의 어깨를 두드리며 렐리가 어떤 의뢰를 했다.

한 소녀의 이야기를 들어주길 바란다는 의뢰를—.

아니, 엄밀하게 말하자면 소녀라고 할 만한 연령은 아닌 모양이지만…….

"—목이 빠지도록 기다렸네, 내 애인 후보여. 또 하나의 시련을 넘어, 조금은 남자다워졌느뇨?"

저번에는 렐리가 앉았던 자리에는 독특한 의상과 풍모가 특징적인 소녀가 있었다.

어딘가 저속하다고 해도 될 만한 음흉한 웃음이 얼굴에 밴 『칠용기성』의 대장, 마기알카 젠 반프리크.

렐리의 요청인 만큼 어느 정도 예상하긴 했지만, 그래도 역시 뜻밖의 호출이었다.

하지만 룩스는 겉으로는 조금도 동요를 드러내지 않은 채 조용히 쓴웃음을 지으며 그 질문에 답했다.

"고맙습니다. 하지만 이번에 『성식』을 물리칠 수 있었던 건 세리스 선배 덕분이고, 저는 학원 사람들에게 도움을 받았을 뿐이에요."

마기알카가 언급한 『애인 후보』라는 부분은 한 귀로 흘리며 룩스는 대답했다.

"겸손이 과하구먼. 그대는 혼자서 무언가를 해내는 것보다, 그대를 도와주고 싶어 하는 이를 끌어들이는 것에 재능이 있다는 걸 아느뇨? 역시 내 의뢰를 맡기기에 알맞은 남자로다."

"마기알카 대장의, 의뢰요……?"

룩스가 나지막한 목소리로 되묻자, 마기알카는 훗, 의미심장한 그늘을 띤 미소를 보였다.

"최근에 많은 녀석들이 그대를 주목하고 있는 것 같더군? 저 빌어먹을 악당 같은 부대장 싱글렌에, 『강철의 마녀』로자 그랑하이드에, 게다가 그 『창조주』의 측근인 후길 아카디아와도 인연이 있다고 들었네만."

"……."

그 이름이 나온 순간 왠지 모르게 마기알카가 무슨 이야기를 할지 예상이 됐다.

룩스 본인은 안색을 바꾸지 않았다고 생각했지만, 미묘한 변화라도 포착했는지 마기알카는 미소 지었다.

"너무 걱정하지 말게나. 그대를 잡아먹을 생각은 없으니까. 다만 뭐, 그 『창조주』라는 녀석들은 생각보다 귀찮은 상대라고 생각했을 뿐이라네."

"……그게 무슨 말씀이십니까?"

"귀공들이 토멸한 그 『성식』인가 하는 『비장의 수단』을 꺼내

든 타이밍 이야기라네."

그리고 당당하게 웃으며 마기알카는 다리를 꼬았다.

"대량의 환신수를 끌어들여 소환하고, 게다가 가까운 곳에 있는 라그나뢰크까지도 불러들일 위험이 있는 신호를 발산하는 악마. 게다가 『창조주』 놈들의 이야기를 곧이곧대로 믿는다면, 그놈은 시간이 지나면 몇 번이든 되살아난다고 하지 않는가?"

"―."

『성식』은— 처치해도 되살아난다.

그것을 만들어 내는 시스템 자체를 파괴하지 않는 한 막을 수 없었다.

따라서 그 기구를 관리한다고 하는 『대성역』으로 갈 필요가 있는 것이다.

이는 크루루시퍼와 함께 유미르 교국의 유적 『갱도』에서 찾아낸 정보와 일치했다.

『창조주』의 거짓말은— 아닐 것이었다.

"세계가 붕괴할 때까지 남은 기한은 이제 반년. 세계를 멸망시킬 재앙인 『성식』. 녀석들이 떠들어 댈 때만 해도 하찮은 농담에 지나지 않았던 정보가, 엊그제 일어난 일로 급격히 진실미를 띠기 시작했지 않은가. 그 세계 회의를 마친 직후에, 계산이라도 한 것처럼."

"너무 작위적이라는 말씀이십니까? 『창조주』들은 『성식』을 조종하는 기술마저 갖고 있다고요?"

룩스는 순간적으로 그렇게 대답했지만, 마기알카는 조용히 고개를 저었다.

"그럴지도 모르지만, 내 예상은 조금 다르구먼. 녀석들은 『성식』의 움직임 자체는 대강 파악하고 있지만, 자유자재로 조종하는 것까지는 불가능―하지 않을까 생각한다네. 녀석들이 만약 그런 짓을 할 수 있다면, 우리는 좀 더 교묘한 함정에 빠져 전멸하더라도 이상할 것 없지 않은가?"

"……."

룩스도 그 말에는 일리가 있다고 생각했다.

다만 현 단계에서 거짓된 부분이 없다 해도, 『창조주』를 완전히 신용할 수 있는 것은 아니었지만.

"하여간 그 이야기는 넘어가고, 세계가 붕괴하기까지 고작 반년밖에 남지 않았어. 『칠용기성』을 떠맡은 세계의 정점으로서 나는 내 재산을― 아니, 세계의 평화를 지킬 사명이 있다네."

어딘가 노골적인 대의명분을 입에 담은 다음, 마기알카는 자리에서 일어나 가슴을 활짝 폈다.

"그러니 아티스타마 신왕국 『칠용기성』 룩스 아카디아여. 대장으로서 그대에게 특명을 내리겠네. 우리 세계 연합에 존재하는 배신자를 찾아― 말살하게! 그놈이 어디에 나타날지는 이미 짚이는 데가 있다네."

붉은 망토를 휘날리며 마기알카가 드높이 선언했다.

"—."

심연 같은 지배자의 미소를 보며 룩스는 새로운 파란이 일
어날 조짐을 느꼈다.

■작가 후기

안녕하십니까.

1개월 정도 무인도에서 쉬고 싶은 아카츠키 센리입니다.

이런 생각을 하기 시작한 지도 어느덧 1년이 지났습니다.

휴식은 고사하고 좀처럼 병원에 갈 시간조차 나지 않는 나날을 보내고 있습니다.

하지만 중세 판타지는 꽤 가혹한 세계니까요.

룩스 군 일행에 비하면 아무것도 아닌 레벨이겠죠(착란).

드디어 애니메이션이 시작했습니다.

시작했을까, 이 후기를 작성 중인 지금은 저도 아직 실제 영상은 보지 못했기 때문에 어떤 모습일지 기대되는군요.

애프터 레코딩 현장을 견학해보았는데, 캐릭터에 목소리를 입히는 순간이 신기한 느낌이 들어 재미있었습니다.

그리고 제가 쓴 대사가 낭독되는 상황이 창피한 나머지 현장에서는 이따금 속으로 「우와아—!」 하고 비명을 지르며 귀를 틀어막기도 했습니다(폭발).

자, 다음 9권은 단편집 + 알파가 되겠습니다.

끊임없는 싸움과 음모에 치여 여러 가지로 지친 룩스 군과 히로인들.

그녀들과의 소소한 일상과, 움직이기 시작한 이야기를 기대해주세요.

피르히의 두 번째 이야기도 제대로 쓸 예정이니, 그 이야기는 그때 가서 하기로—.

그럼 감사 인사를 올리겠습니다.

본작의 일러스트를 담당하시는 카스가 아유무 님.

이번에는 꽤 아슬아슬한 컬러 일러스트를 멋진 퀄리티로 그려주셔서 감사합니다. 러프를 본 뒤로 채색되는 순간을 몹시 기대하고 있었습니다.

물론 전투 장면의 컬러 일러스트 이야기입니다.

……그러면 애니메이션과 함께, 앞으로도 바하무트를 잘 부탁드리겠습니다!

2015년 12월 모일 아카츠키 센리

■역자 후기

안녕하세요, 불초 역자 원성민입니다.

여름입니다. 무더위와 습기의 계절입니다. 올해도 여전히 에어컨은 없는 환경이지만, 의자를 풀 메쉬 소재로 바꾼 덕분에 땀에서는 자유로워졌습니다. 돈이 꽤 깨지기는 했지만 돈값은 제대로 하는군요. 진작 살걸 그랬어요······.

이번에는 컴퓨터에 치명적인 문제가 생기는 바람에 많은 분들께 크나큰 폐를 끼쳐드리고 말았습니다. SSD에 저장된 데이터가 통째로 날아가다니······ 덕분에 한동안 몰골이 말이 아니었네요. 물론 지금도 거울을 보면 처참합니다······. 앞으로는 백업과 클라우드 드라이브를 적극적으로 활용해야겠어요. 정말이지 큰 교훈을 얻었습니다.

앞으로는 더 큰 문제가 생기지 않기를 기도하며, 다음 권에서 다시 뵙겠습니다.

최약무패의 신장기룡 8

1판 1쇄 발행 2016년 8월 10일
1판 2쇄 발행 2019년 5월 30일

지은이_ Senri Akatsuki
일러스트_ Ayumu Kasuga
옮긴이_ 원성민

발행인_ 신현호
편집국장_ 김은주
편집진행_ 최은진 · 김기준 · 김승신 · 원현선 · 권세라
편집디자인_ 양우연
국제업무_ 정아라 · 전은지
관리 · 영업_ 김민원 · 조인희

펴낸곳_ (주)디앤씨미디어
등록_ 2002년 4월 25일 제20-260호
주소_ 서울시 구로구 디지털로 26길 111 JnK디지털타워 503호
전화_ 02-333-2513(대표)
팩시밀리_ 02-333-2514
이메일_ lnovelpiya@naver.com
L노벨 공식 카페_ http://cafe.naver.com/lnovel11

원제 SAIJAKU MUHAI NO BAHAMUT vol. 8
Copyright ⓒ 2016 Senri Akatsuki
Illustrations copyright ⓒ 2016 Ayumu Kasuga
All rights reserved.
Original Japanese edition published in 2016 by SB Creative Corp.

This Korean edition is published by arrangement with SB Creative Corp., Tokyo
in care of Tuttle-Mori Agency, Inc., Tokyo.

ISBN 979-11-5981-413-6 04830
ISBN 978-89-267-9873-7 (세트)

값 7,000원

덜떨어진 마수연마사 1권

미나미 타쿠미 지음 | 코인 일러스트 | 이경인 옮김

자신이 받은 몬스터의 문장에 따라 우열이 정해지는 세계.
몬스터를 거느리며 싸우는 『마수연마사』를 육성하는 학원,
『베기움』에 다니는 레인은 학원 유일의 슬라임 트레이너.
주변의 조소도 아랑곳하지 않고, 파트너인 펨펨을 믿으며
누구보다도 노력을 거듭하고 있었다.
그런 레인에게 집요하게 달라붙는
학년 3위의 미소녀 드래곤 트레이너 에르니아.
문장과 미모를 겸비한 완벽한 그녀가
밑바닥에 있는 레인에게 집착하는 이유는
과거의 인연이 원인인 모양인데……?!
"그 분통함은 잊을 수가 없다!
억에 하나라도 네놈이 나를 이긴다면 기꺼이 연인이든 뭐든 되어주지!!"

최약이건 최강이건 상관없다!
승리를 향한 집념이 정해진 운명에 역전극을 불러온다!

레전드 1권

칸나즈키 코우 지음 | 유우나기 일러스트 | 김장준 옮김

고등학교 2학년 여름 방학, 사에키 레이지는 사고로 목숨을 잃는다.
정신이 든 그의 앞에 나타난 것은 이세계 대마술사 제파일이었다.
"그대에게는 숨겨진 마력이 있다네.
그 재능으로 나의 일문이 만들어 낸 『마수술』을 계승해주게."
부탁을 승낙한 레이지— 레이는 이세계 엘진에서 제2의 인생을 걷는다.
새로운 육체와 더없이 강력한 매직 아이템 그리고 파트너인 마수 세트와 함께…….
이것은 이세계에 새로운 「전설」을 새길 소년의 이야기.

『마수(그리폰)』를 파트너 삼아 소년이 새기는 전설이 지금 시작된다!